鳴海 章

失踪

浅草機動捜査隊

実業之日本社

実業之日本社文庫

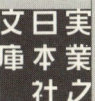

失踪　浅草機動捜査隊　目次

序章　ちぐはぐ

右手でそっと髪に触れた。ネットでだんご状にまとめてある。左手でバッグの中を探りながら稲田小町《いなだこまち》はふと思った。

セミロングって、何年ぶりかしら？

もっとも自ら望んで長くしたのではなく、五ヵ月前、警視庁機動捜査隊で一個班をひきいるようになってからというもの、つい美容室にご無沙汰《ぶさた》してしまった結果だ。長い髪は何かとうっとうしい。洗うと乾くまでに時間がかかる。その上、出勤前にきっちりまとめ上げなくてはならない。ろくなことはなかった。

年末にはばっさりカットするつもりでいたのに年が改まってひと月半も経《た》っていた。

ようやく左手が鍵束を探りあてて取りだした。バッグ、財布、システム手帳のカバーはわりと有名なニューヨークのブランド物なのに、キーホルダーだけは自社マスコットのピーポくんだった。自宅のドア、職場の机の抽斗《ひきだし》、同じく職場のロッカー、手錠の鍵などがひとまとめにしてある。

ドアに鍵を差し、くるりと回したとたん、腕時計が音もなく手首から外れた。小町は床に落ちた時計をわずかの間見下ろしていた。

気を取り直し、鍵束をバッグに放りこんでから腕時計を拾いあげた。留め具が当たるところでバンドがすっぱり断ち切られていた。バンドを交換したのがいつだったかはっきりと覚えていないが、少なくとも一年は経っていない。昨日も一昨日も同じ時計を着けていたが、バンドが切れそうな兆候はなかった。

気づかなかっただけ？——小町は首をかしげた。

秒針が動いているのを確かめ、今日一日ならスマートフォンを代用すればいいかと思ってコートのポケットに入れた。髪が長くなってからというもの、比例するように出勤するまでにかかる時間が延びている。もう一度部屋に戻って別の時計に換えている余裕はなかった。

エレベーターに向かって歩きだそうとバッグを揺すりあげたとき、今度はショルダーバッグの肩紐《かたひも》が外れてだらりと垂れさがった。とっさにつかんだ。今日はファイル二冊のほか私物のノートパソコンが入れてあった。落として壊せば、痛い出費を強いられる。

天井を見上げ、唇をすぼめて息を吐いた。

バッグはバネのついた金具で肩紐を着脱することでショルダーと手提げのふた通りに使えるタイプで、かれこれ七、八年は使っているが、いまだかつて肩紐の金具が外れたことなどなかった。

どこかちぐはぐな一日の始まりだと思った。

エレベーターに乗りこんでから金具を点検した小町はまたしても首をかしげた。金具は単に外れただけで壊れているわけではなく、取りつけられたバネが弱っているようでもなかった。取りつけて外すのを二度くり返し、左肩から提げたまま何度か揺すぶってみたが、異常はない。

エレベーターの扉が開き、玄関ホールを抜けると階段を降りた。

すでに貴重な何分間をロスしているに違いない。何も考えずに左手首を目の前に持ってきた小町は小さく舌打ちして首を振り、マンション前の坂を急ぎ足で下った。突き当たりを左に折れ、墓地のわきを抜けて外苑東《がいえんひがし》通りまで出ると東京メトロ日比谷線六本木駅まで歩いた。改札を抜け、ホームまで歩いたところでちょうど〈東武《とうぶ》動物公園行き〉が入ってきた。乗りこみ、扉のわきに立ったところでコートのポケットから時計を取りだした。午前七時十二分。いつもより五分ほど遅れている。

時計をひっくり返し、バンドを子細に眺めた。革製なのでほぼ年に一度交換しているのだが、それほど傷んでいるようには見えなかった。仕事の途中で余裕があれば時計店に寄って買おうと決め、ふたたびコートのポケットに戻した。

三十分ほどで南千住《みなみせんじゅ》の駅に着き、南口の左にある大きな歩道橋に上った。自然と足早になり、左手はしっかりとバッグの肩紐を留める金具を握っていた。何本もの線路を越え、南側の階段を駆けおりて歩道を歩きだそうとしたとき、一枚のポスターが目について足を止めた。

大きなゴチック体の文字で〈ルルちゃんをさがしてます〉とあり、猫の写真が三枚載っている。体毛は白で、両耳の下と左の脇腹に黒いぶちがあり、尻尾《しっぽ》は黒かった。失踪《しっそう》した日付と場所、ルルという名前と七歳、メス、体長四十センチ、ニャーではなく、フーと鳴くといったことが箇条書《かじょうが》きにしてある。

猫の種類は書かれていない。飼い主が知らないのか、気にしていないのかも知れない。下方に〈どうかみなさまのお力をお貸しください〉とあり、名前と携帯電話の番号が印字されていた。手作りのポスターは透明なプラスチックでラミネートされ、四隅をガムテープでとめられていた。

小町は眉根《まゆね》を寄せ、つぶやいた。

「まずいよなぁ」

飼い主の心配はひしひしと伝わってくるが、貼《は》られているのが横断歩道橋の手すりとなれば、東京都の道路占用規則違反だ。しかし、剝《は》がすのにしのびなかった。

「今回だけよ」

小町はつぶやき、歩道を歩きだした。都道四六四号線、通称吉野通りを南へ下り、泪橋《なみだばし》交差点で明治通りを渡って、さらに南へ向かった。コンビニエンスストアを通りすぎ、となりのタバコ屋の前まで来たとき、自動販売機の横に貼られたルルちゃんのポスターが目についた。失踪した場所——おそらくは飼い主の自宅——が玉姫稲荷《たまひめいなり》神社の近所だったことを思いだしながら通りすぎる。

通り沿いにはビジネスホテルの看板がいくつもあった。古い商店には窓をがっちりとした鉄柵で保護しているところもある。高度経済成長を支えた労働者が全国から集まり、過酷な労働条件に反対する争議が頻発し、デモや警官隊との衝突、投石騒ぎがあった名残だと聞いた。小町が生まれる前の話であり、今は住民の高齢化が進んでいた。

やがて右手に四階建ての日本堤《にほんづつみ》交番が見えてきた。立哨《りっしょう》している制服警官に会釈し、裏口から入って階段を上がる。二階にある機動捜査隊浅草分駐所に入って、自分の机まで行くと椅子《いす》を引いてバッグを置いた。

わきの応接セットで同じ班に所属する辰見悟郎《たつみごろう》がテーブルの上に広げた新聞から顔を上げた。くたびれたスーツによれたネクタイ、スキンヘッドと見まがうばかりに髪を短く刈っていた。

「おはようございます」

小町から声をかけた。階級では辰見は巡査部長、小町は警部で、しかも班長だが、階級章《ホシ》より勤続年数《メンコ》を重んじていた。メンコが飯椀《めしわん》を指す旧軍の隠語で、軍隊での食事回数がすなわち勤続年数と教えてくれたのも辰見だ。

「おはよう」辰見が片方の眉を上げた。「珍しいね」

「何か？」

「今朝はコーヒー持参じゃないんだ」

「ああ」

南千住の駅構内にあるコーヒーショップでプラスチックカップ入りのカフェラテを買ってくるのが小町の習慣だったが、今朝は思いだしもしなかった。

「いろいろありましてね」小町は苦笑し、コートを脱いでバッグの上に重ねた。「四階行ってきます」

「はい。ご苦労さん」

辰見はふたたび新聞に目をやった。目をすぼめている。五十代後半ともなれば、老眼でも不思議はないが、メガネをかけているところを見たことがない。

分駐所を出て、階段を上りながら何ともちぐはぐな一日のスタートに小町は小さく首を振った。

日本堤交番の四階、南西角の部屋には厚さが十センチはありそうな鉄扉が取りつけられている。部屋自体はそれほど広くない。入るとすぐにカウンターになっていて奥へは進めないようになっていた。向かい合わせにした机が二つあるほかは壁際に大小二つの金庫が並べられていた。大きい方は天井までの高さがあり、小さい方は三分の二ほど、どちらも扉は左右に開かれていた。

「おはようございます」

小町はカウンターの上に職員番号を刻んだ黄色いプラスチックのプレートを置いて声をかけた。

「おはようさん」

拳銃出納係を勤める初老の制服警官が立ちあがり、大金庫をのぞきこむとほっそりとした自動拳銃を取りだし、小さい方の金庫から弾倉を取った。カウンターまでやって来て、小町の前に拳銃と弾倉を置き、プレートをつまみ上げた。

小町はスマートな銃――ＳＩＧ《シグ》／ＳＡＵＥＲ《ザウエル》　Ｐ２３０ＪＰと五発入りの弾倉に手を伸ばした。

「ストレートブローバックってスライドが重くないかね」出納係は小町のプレートをもてあそびながらいう。「五十肩のおれにはしんどいよ」

小町はにやりとして出納《すいとう》係に目を向けた。

「そりゃショートリコイルが付いてた方が複座バネが弱くて済みますからね」

出納係が口元に笑みを浮かべた。

警察官で拳銃マニアは案外少ない。自分が携行している拳銃の名称、口径はおろか、銃身長さえ知らない者は珍しくない。興味がないどころか、一日中右腰に吊《つ》っていなければならない厄介物とすら思っている。

自動拳銃は箱形弾倉からくり出される弾丸を一発ずつ薬室に送りこんで撃発させ、その際に発生する反動でスライドが後退、空になった薬莢《やっきょう》を排出して第二弾を薬室に装塡《そうてん》する。銃身がメインフレームに固定され、弾丸が銃口を飛びだすまでバネの力によって薬室を閉じておくタイプをストレートブローバックといい、小口径弾向きだ。P230は三二口径だが、ストレートブローバックの限界はもうひとまわり大きな380ACP弾といわれる。

一方、9ミリパラベラム弾以上になるとショートリコイルという機構が組みこまれている。銃身がメインフレームには固定されておらず、発射時にはスライドと一体になって後退する。もっとも後退するのは数ミリに過ぎず、その後は銃身とスライドが分離し、排莢するようになっていた。複雑な機構だが、少なくともスライドのバネは弱めにできる。

小町はP230を顔の横に持ってきた。

「でも、これって最高にクールじゃないですか」

「クール？」出納係が目を剝《む》いた。「それは拳銃と我々の職務の両方を愚弄《ぐろう》してることになるぜ、班長」

「愚弄は大げさでしょう」小町は銃と弾倉を上着の左右のポケットに別々に入れた。

「前々から思ってたんですけど、この拳銃庫って機動捜査隊のためだけにあるでしょう」

一階の交番に詰めている警官は浅草警察署地域課に勤務しており、交番に来る前に浅草署で拳銃出納を済ませてきている。

「無駄だってか。おれをふくめて」

「いや……」

小町はあわてた。出納係が首を振り、大小二つの金庫をふり返る。

「冗談だよ。それにここは元から保管庫だった。マンモス交番っていわれてた頃からね」

労働争議が頻発していた頃、日本最大の交番で〝マンモス〟とあだ名がついていた。日本最大二百人の機動隊員が待機できるよう鉄筋コンクリート四階建てとなったのである。いわば砦《とりで》のような存在で、交番でありながら所轄署の各課と同等とされていた。現在は一交番であり、二階を機動捜査隊が使用していた。

「あの頃は拳銃だけじゃなく、ガス弾を発射する擲弾筒《てきだんとう》や特殊銃が各種保管されてたんだ」

「さすが現場を踏んだ方はよくご存じで」

出納係がじろりと小町を睨《にら》む。

「おれをいくつだと思ってるんだ。今じゃ、苔《こけ》むした巡査部長だが、ここらで騒乱があった時代はまだ小学生だよ」

「失礼しました」小町も金庫に目を向けた。「特殊銃って、どんなのがあったんでしょうね」

「米軍払い下げのライフルに短機関銃、一時は最新式の自動小銃、重機関銃……」

「そこまで？」

小町が目を見開くとふり返った出納係がにやりと目を細めた。かつがれたのだ。

「お世話様でした」

小町は拳銃保管庫をあとにした。


「……というわけで昨日はほぼ平和な一日でありました」

前日の当務にあたった前島《まえしま》班長が引き継ぎ打ち合わせを締めくくった。小町はノートに目をやる。前島班が臨場したのは盗犯が二件、喧嘩《けんか》騒ぎが一件、交通事故三件――いずれも軽傷者があっただけ――、そのほか一一〇番通報に二件対応している。殺人も刃《にん》傷沙汰《じょう》もなく、たしかにほぼ平和といえそうだ。

「なお、懸案の新仏荒し《にいぼとけあら》事案については午前中から警戒にあたったものの、予定通り昨日は発生せず、情報等も得られておりません。今日あたりは動きを活発化させるおそれがあるので、稲田班にあっては警戒と継続捜査をお願いしたい」

この一ヵ月ほどの間に足立区北部で死人が出た家ばかりを狙った侵入盗事案が十件以上も発生していた。新聞の死亡記事などを手がかりに葬儀日程を調べ、留守になったときを狙って忍びこんでいる。正式名称ではないが、新仏荒しと呼んで警戒を強めていた。

捜査は主に足立区内の所轄署刑事課が行っていたが、機動捜査隊浅草分駐所にとっても管轄区域の一部なので一一〇番通報で臨場することもたびたびあった。通夜、葬式の日時がはっきりわかっており、遺族ともなれば、その後に骨揚げ、繰り上げ法要があるので帰宅時間を予想しやすい。通報は盗みに入られて数時間後というケースが大半だった。

昨日は友引だったので、通夜や葬儀は少ない。

「以上」

前島がいい、小町がうなずいて引き継ぎが終了する。

毎朝九時に打ち合わせを行った。凶器を所持した被疑者が逃走中といった重大事案でもないかぎり打ち合わせは十五分ほどで済む。もっとも、危ない奴《やつ》が刃物を呑《の》んで平和な住宅街に潜伏していれば、打ち合わせそのものはなく、前日の当務班は市中警戒をつづけており、小町たちも出勤と同時に駆りだされることになる。

各班は班長の姓で呼ばれ、浅草分駐所には前島、笠置《かさぎ》、そして稲田の三班があり、一日交替で当務に就いていた。一当務は午前九時の引き継ぎから翌朝午前九時の引き継ぎまでの二十四時間であり、当務明けの日は非番、その翌日が労休となる。非番とはいってもそのまま帰れる日はほとんどなく、書類作りに追われ、昼過ぎに分駐所を出られれば御《おん》の字で、夕方まで机に張りついているのは珍しくなく、すべての書類を作り終えると日付が変わっていることも再三だ。

会議室を出ると稲田班の五名が小町の周りに立った。小町を含めて六名で一班を構成しており、二人ずつ三組に分かれて任務にあたっていた。

「ええっと」小町は部下たちを見まわした。「今日は伊佐《いさ》部長と浅川《あさかわ》部長、村川《むらかわ》部長と小沼《おぬま》君がペアだったわね。私は辰見部長と組みます」

部長は巡査部長の略に過ぎない。伊佐と浅川はここ何年かコンビを組んでおり、浅草分駐所ではもっとも若手——三十半ばでそろそろ中堅だが——の小沼優哉《ゆうや》が村川と組む。

各人がうなずく。

「それでは新仏荒し事案もあるのでとくに急ぎの書類仕事がなければ、警邏《けいら》に出発してください。何か質問、連絡事項は？」

誰からも発言はなかった。伊佐・浅川組、村川・小沼組を送りだしたあと、小町は壁際に寄り、ベルトにつけた拳銃ケースからＰ２３０を抜いた。すでに弾倉は差してある。

スライドを一杯まで引き、手を離すと分駐所に甲高い金属音が響きわたった。

規則では自動拳銃の場合、薬室を空にしておくことになっているが、とっさに抜いて、すぐに撃てる状態になっていない拳銃を持ち歩くのは無意味だ。赴任した当初こそ、小町が装塡するたび、分駐所にいる機捜隊員たちがぎょっとしたように目を向けたが、何にでも慣れはある。今では誰一人見向きもしない。

P230に安全装置をかけ、ケースに戻し、留め革をしっかりとかけた。ベルトには右腰に拳銃、左腰に警棒と手錠のケースが付けてあるが、上着の裾《すそ》に隠れて、さほど目立たない。受令機は上着の内ポケットに入れ、イヤフォンをポケットの縁に出しておいた。

警察手帳をズボンの右ポケット、スマートフォンをワイシャツの胸ポケットに入れる。ニューヨーク在住のデザイナーが崩れたスーツのラインを目にしたらそれこそ冒瀆《ぼうとく》だと喚《わめ》きそうだが、幸い昵懇《じっこん》の間柄ではない。

ふり返ると辰見が黒いソフトアタッシェを手にして立ちあがった。

「先に車に行ってる」

「了解」

「はい、それじゃ後ほど」

辰見が片手を上げ、分駐所を出ていった。車は交番の裏手にある駐車場に停《と》めてあった。シルバーグレーのフォードアセダンで、小町が使うことになっている捜査車輛《しゃりょう》に搭載されている無線機の呼び出し符丁は六六〇三《ろくろくまるさん》だ。

小町はバッグから二冊のファイルとノートパソコンを抜いて机に置き、白手袋や靴カバー、臙脂《えんじ》色に機捜の文字が刺繍《ししゅう》された腕章、LED懐中電灯など刑事の七つ道具を放りこんだ。念のため、もう一度肩紐の留め具を点検する。机の上をざっと点検し、慎重にショルダーバッグを肩にかけ、コートを手にした。

「行ってきます」

前島班に声をかけ、散発的な行ってらっしゃいの声に送られて分駐所を出る。機動捜査隊の一当務、二十四時間がここから始まる。

第一章　牛丼屋にて

1

日本堤交番の裏手に八台分の駐車スペースがある。割りあてられたシルバーグレーの捜査車輛は所定の場所に停めてあったが、周囲に辰見の姿はなかった。小町は車に近づき、運転席をのぞいた。すでにキーは差してあった。

「運転しろってことね」

小町は運転席のドアを開けるとトランクの開閉レバーを引いた。バッグとコートを後部座席に置いて、車の後ろに回り、トランクの中を点検する。六尺棒、透明な防弾楯《たて》、覚醒剤《かくせいざい》の検査用キットなどがきちんと収納されているのを確かめ、トランクを閉じた。運転席に乗りこんでエンジンをかけると同時に辰見が姿を現し、助手席のドアを開けた。

「ナイスタイミング。乗車前点検中なんで、とりあえず前の方からお願いします」

「了解」

助手席の床にソフトアタッシェを置いた辰見が捜査車輛の前に立ったところでヘッドライトを点《つ》け、上向きに切り替え、パッシングをした。次いで右、左とウィンカーを出す。辰見はうなずき、後部に回る。ふたたびウィンカーを左右に出し、ブレーキを踏む。辰見が助手席に乗りこんでくる。

「異常なし」

「了解」小町はライトをオフにした。「先に車に来てるかと思ってました」

「おれは時々深呼吸が必要でね」

そういって辰見が手にした携帯灰皿を振った。白地にえび茶の文字とイラストが入っている。イラストは東京スカイツリーを背景に人力車が描かれているのだが、乗っている客がパンダだ。

「何ですか、それ。でたらめじゃないですか」

「台東区のタバコ販売者協議会が作ったもんでね。馴染《なじ》みにしてるちゃんこ屋の女将《おかみ》がくれたんだ」

二月に入って気温がぐっと下がっている。久しぶりに熱々のちゃんこ鍋も悪くないなと思う。辰見が人力車の下を指さした。

「とくにここが気に入ってる」

小さな文字だが、〈たばこ税は貴重な財源として区政の様々な分野で活用されています〉と記されている。携帯灰皿を上着のポケットにねじこんだ辰見が鼻に皺《しわ》を寄せる。

「高額納税者だってえのに汚いものでも見る扱いだからな。たまにはこんなことをいっ

「てもらわないと割に合わん。どうせならタバコのパッケージにもわざとらしい言い訳なんか書かないでこっちにしてもらいたいくらいだ」

「言い訳?」

「あなたの健康云々《うんぬん》って文句だよ。そんなことより税金がいかに役に立ってるか声を大にして宣伝してくれた方が少しは肩身の狭い思いをしないで済む」

「肩身の狭い思い……、してる?」

ふんと鼻を鳴らした辰見が首をかしげていった。

「それほどでもない」

駐車場から車を出した小町はちょうど車が途切れたのを見て、右に出た。いつもなら左の泪橋方面に出るのだが、今朝は何となくいつもと道順を変えたくなった。

「こっちに何かあるのか」

辰見が訊《き》く。小町は首を振った。

「いや……、何となく」

「何となくね。今朝はいろいろあったみたいだな」

辰見はシートに躰《からだ》をあずけ、道路の左側に目を向けた。都道四六四号線を南に向かって走りだし、すぐ先にある東浅草二丁目交差点の赤信号で止まると左にウィンカーを出した。

辰見は何もいわずに歩道を眺めている。道路は片側一車線となり、両側には商店が並んでいた。交差点をいくつか過ぎ、コンビニエンスストアに近づいたとき、駐車スペースから後ろ向きに出ようとしているピンク色の軽自動車が目についた。そのまま道路に出るのかと思ったら前進に切り替え、歩道の上を走って捜査車輛が走っている道路に出ようとした。

「あらぁ」辰見がぼそりという。「さすがに見過ごすってわけにはいかないな」

「ですね」

小町はアクセルを軽く踏み、捜査車輛を加速させると軽自動車の前を塞《ふさ》ぐように停めた。同時に辰見がセンターコンソールに手を伸ばし、赤色灯とサイレンのスイッチを入れる。サイレンの方はほんの一瞬吹鳴《すいめい》させただけだ。

辰見がドアを開けようとしたとき、軽自動車がいきなりバックしてさっきまで車を停めていた場所に戻りはじめた。ふたたび歩道を走行して、である。

「おい、冗談だろ」

辰見が声を張りあげたのにはわけがある。コンビニエンスストアに隣接して交番があるのだ。だが、ピンクの軽自動車は駐車スペースで方向を変え、コンビニエンスストアわきの道に入った。小町が左折して軽自動車を追跡しはじめると辰見がサイレンのスイッチを入れた。ルームミラーには交番から飛びだしてきた警官が見えた。

住宅街の狭い道に入った軽自動車が加速する。

「ありゃ、馬鹿の二乗だ」

軽自動車を追尾しながら小町はふと思った。

警察官の停止命令に従わず逃走をはかった軽自動車の運転者に、朝っぱらから住宅街でカーチェイスを演じる羽目になった小町をかけて二乗なのか、と。

軽自動車は時速七十キロ近くにまで速度を上げていた。住宅街の狭い道路を走るには危険すぎる。辰見は無線機のマイクを取りあげた。

「六六〇三《ろくろくまるさん》から本部。現在、六六〇三にあっては台東区清川《きよかわ》二丁目の……」

「そんなもん誰だってパニクるでしょってのの、え？　いきなり目の前にぬっと出てきてさ、え？　サイレンなんか鳴らしやがってさ、え？　わざとでしょ、え？　わざとやってんでしょうが、え？　警察ってのはホント汚《きったね》えよな。違う、え？」

まくしたてているのはピンクの軽自動車を運転していた女だ。身長は百五十センチ足らずだが、体重は優に八十キロを超えていそうだ。毛玉のいっぱいついた黒のトレーナーに、所々にかぎ裂きやら焼け焦げのついた赤いスウェットパンツを穿《は》き、よれよれになったコインローファーのかかとを踏んづけている。長年にわたって染め、パーマをかけられたために艶《つや》も張りもないくしゃくしゃの髪を左右で無造作に縛っている。広がった髪のせいで頭が三つあるようだ。目鼻は小さい。顔をふくらませている脂肪が押しよせてきているようだ。

空はどんより曇り、気温はさっぱり上がらなかった。小町にしてみれば、保温機能にすぐれた高機能下着を着け、ワイシャツの上に防刃ベストを羽織っていてさえ震えが来るというのに女の顔はじっとり汗ばんでいた。鼻の頭には汗の粒が浮かんでいる。汗は女が太っているせいだけではなさそうだ。

「びっくりしたのはわかったから。まず免許証を見せてもらえるかな」

相手をしているのは自動車警邏隊の中年警官だ。メタルフレームのメガネをかけ、温厚そうな顔立ちをしており、口調も穏やかだ。相勤者の女性警官が軽自動車のナンバープレートを確認し、無線機で照会をかけている。

十分後、ピンクの軽自動車は隅田川沿いの都道で路肩に寄せ、停止していた。すぐ後ろには小町たちの捜査車輌、その後ろにコンビニエンスストアに隣接する交番から駆けつけたミニパトカー、軽自動車の前には自動車警邏隊の車輌と南千住署から来たパトカーが停められていた。

「だから免許は自宅《うち》にあるっていってるんでしょうが、え？」

女は堂々といい放ったが、運転免許証の非携帯は道路交通法違反だ。

「それじゃ、何か身分を証明するものを……」

「どうしてよ、え？　どうしてあたしが身分を証明しなきゃならないの、え？　そっちがいきなり目の前を塞いで脅かしたんでしょ、え？　あたしは買い物して、うちに帰ろうとしてただけなのに。何にも悪いことしてないでしょ、え？　それなのにどうして身分を証明しなきゃいけないのさ。おかしいでしょ、え？」

歩道を自動車で走行し、停止命令を無視した挙げ句、住宅街を七十キロ超のスピードで突っ走り、明治通りには黄色から赤に変わったばかりの信号を無視して強引に進入、右折している。小町はサイレンを鳴らしたまま、追跡をつづけた。女は白鬚《しらひげ》橋の手前で左折して隅田川沿いの都道に入ったのだが、その先には辰見の連絡を受けて駆けつけた自動車警邏隊と南千住署のパトカーが待ちかまえていた。ようやく観念したのか女は車を路肩に寄せて停めた。最初に声をかけたのは中年の自邏隊員だ。

押し問答の末、ようやく車検証を見せることに同意し、軽自動車の所有者であることと姓名がわかった。その間に自邏隊の女性警察官が照会した結果、女の免許が五年前に失効していること、数十回にわたる駐車違反の呼び出しに応じていないことも判明した。

小町は少し離れたところで交番から来た警察官と推移を見守っている。機動捜査隊の任務は初動捜査にあり、殺人、傷害など重大な刑事事件でもないかぎり所轄署などに引き継ぐのが原則だ。辰見は隅田川の土手に上がり、しゃがみ込んでタバコを喫《す》っていた。台東区のタバコ販売業者が製作したという携帯灰皿を手にしている。

とりあえず女は南千住署に連行され、引きつづき取り調べを受けることになった。

土手を下りてきた辰見が声をかけてくる。

「警邏に戻ろう」

「そうですね」

捜査車輛に乗りこむと小町はエンジンをかけ、ゆっくりと出した。シートベルトを締め、赤色灯のスイッチを切った辰見がパトカーをふり返る。

「やっぱり持ってる刑事《デカ》だな、班長は。ちょっとした道路交通法《どうろこうつうほう》違反のはずがたちまちパトカー四台の大捕物だ」

「よくいわれます」

小町を見て、ちらりと笑みを浮かべた辰見は無線機のマイクを取りあげ、口元に持っていった。

「機捜六六〇三にあっては清川三丁目の現場を離れ、警邏に戻る」

〝本部、了解〟

スピーカーから声が流れた。

日々、街を丹念にパトロールしていても事件、事故になかなか遭遇しない警察官と、書類仕事をしていても事件の方から飛びこんできて現場に引っぱり出され、たちまち大事件になる警察官がたしかにいる。小町ははっきりと後者だ。真面目《まじめ》、不真面目という問題ではなく、持って生まれたつきというか、強運——人によっては悪運ともいう——によるとしか説明のしようがない。刑事になる前、地域課で勤務していた頃から大小さまざまな事件にぶつかってきた。

しかし、単に事件にあたるだけでは持ってるとはいわれない。被疑者を突きとめ、検挙に結びつける確率も高くなくてはならない。運ばかりでなく、努力もしてきたと小町は自負している。

「さて……」辰見は道路の左に建ちならぶ団地を見やっていった。「どちらへ行きますかね、班長」

「やっぱり新仏荒しですね」

「それなら北だが、うちの連中も回ってるだろう。我々は尾久橋《おぐばし》通りをのぼっていくことにしようか」

「了解」

小町はウィンカーを出し、左に折れた。

隅田川《すみだがわ》沿いの都道を左に折れ、明治通りを抜けて尾久橋通りに入った。辰見が尾久橋通りといった理由はわかった。浅草分駐所の管轄区域にあって尾久橋通りはもっとも西を走っている。

尾久橋通りを走りはじめてほどなく小町は一台の軽自動車に目を留めた。片側二車線の左側を走っている。間に二台挟んで後ろにつけた。

ボディカラーは黒だが、すっかり艶を失って、灰色に見えた。ボディは傷だらけで後部中央に縦にへこみがある。バックしていて電柱か標識にでもぶつけたのだろう。黄色のナンバープレートには赤茶色の筋が入っていた。プレートを留めているナットが雨に打たれ、錆《さび》が流れだした跡だ。長い間乗りまわしているだけでなく、まるで車に気を遣っていないのがわかる。

後部の窓から車内を見やり、運転者と助手席にもう一人座っているのを確かめた。後部座席に人影はないようだ。

軽自動車は北上をつづけ、曙橋《あけぼのばし》に入った。相変わらず間に二台を挟んで小町もつづく。長い橋はまず隅田川を越え、幅の狭い土地を挟んで荒川にかかる。右手に大型家電量販店のある交差点の信号が赤で減速したとき、軽自動車の左のブレーキランプが点灯しなかった。とりあえず整備不良車として停止を求めることができそうだと思った。

信号待ちの先頭が目をつけた軽自動車で、軽トラック、タクシーとつづいている。軽トラックの荷台には何も積まれていない。右側車線の先頭はシルバーのワンボックスカー、右折レーンには赤いスポーツタイプの車が止まっていた。

信号が赤から青に変わり、まずワンボックスカーが飛びだした。黒の軽自動車はあわてる様子もなく、ゆっくりと発進した。つづく軽トラックが左折し、タクシーは直進する。軽自動車がのんびり走っているせいでタクシーとの間はそれほど開かなかった。タクシーが加速する。後部座席に座っている客の頭が見えていた。

ほどなく軽自動車が右にウィンカーを出し、車線を変更した。タクシーはそのまま進み、小町は右のドアミラーを見て後方に車がないことを確認して軽自動車のすぐ後ろにつけた。

「今日は軽が大当たりってわけか」辰見は座りなおし、小町に目を向けた。「これもいわゆるデカの勘って奴ですか」

小町はほんのわずか肩をすくめただけで返事とした。おちゃらけた物言いをしながら辰見も軽自動車にひたと視線を据えている。

どうして前を行く軽自動車に目をつけたのか、その理由を先ほどから考えていたのだが、これといって思いつかなかった。

今のところ、勘といわれればその通りかも知れない。

首都高速中央環状線の高架をくぐり、下りに入った。右には日暮里《にっぽり》・舎人《とねり》ライナーの高架が見えていた。わざと減速して軽自動車との車間距離を開き、右から来た赤い乗用車を割りこませた。

もし、軽自動車の運転者が何らかの犯罪にかかわっているとすれば、頻繁にルームミラーをチェックするはずだし、天井から車内に突きでている赤色灯のケースを気にするかも知れない。

軽自動車が減速し、左にウィンカーを出した。牛丼チェーン店の看板にドライブスルーの文字が見えた。

「朝食は？」

「ここ何年も食ってないなぁ」辰見は短く刈った髪をつるりと撫《な》でた。「この時間だとまだ朝定食に間に合うかな」

「どうでしょう」

赤い乗用車はまっすぐに進み、小町は左のウィンカーを出して牛丼チェーン店の駐車場に乗りいれた。

軽自動車は入口に近い駐車スペースに入り、ドアが開いた。運転席から降りたのは男で四十代半ばといったところか。ぼさぼさの髪に中綿が入ったグリーンのジャンパーを羽織っていた。助手席から降りたのは女だ。さらに後部ドアが開いて小学生くらいの女の子が降りてくる。座席で横になっていたのだろう。

「家族連れですかね」

小町はゆっくりと軽自動車の後ろを通りすぎながらつぶやいた。

「腹、減った。とりあえず飯にしよう」

辰見は前を向いたままいう。

牛丼屋の駐車場はドライブスルーのサービスを行っているせいで一方通行の順路が決められていた。小町は軽自動車から三台分を空け、車をバックさせて白線の内側に捜査車輛を入れた。

となりで辰見がごそごそと動いている。車を停め、目をやるとダッシュボードに組みこまれている保管庫のテンキーに暗証番号を打ちこんでいた。小町がエンジンを切る間に辰見は床に置いたソフトアタッシェからホルスターごと拳銃を取りだし、保管庫に入れて蓋《ふた》を閉じた。

小町をふり返った辰見がにやりとする。

「五十肩がひどくてな。一日中こんなものをつけていたら肩がぱんぱんになって肝心なときに腕が上がらなくなる」

機捜隊員は当務中常時拳銃の携行が義務づけられている。

「規則違反ですよ」

「班長は自動拳銃だよな」

規則では自動拳銃を携行する際には薬室を空にしておくことになっている。

先に辰見が降り、小町は後部座席に置いたバッグを助手席の床に移してから降りた。

すぐに軽自動車から降りた三人の位置を確認する。ちょうど牛丼店の入口にかかっていて、小町を見ることができない。軽自動車の前に回り、フロントガラスに貼られた車検証のシールを見た。足を速め、辰見に追いつく。

「どうだった？」

「車検は来月まで。一応セーフですね」

「職務質問だけなら整備不良でも何とかいけるな」

辰見がガラス戸を引いて先に入った。あとにつづいた小町は店内を見やり、三人組が店の奥のテーブル席につくのを確かめた。

親子なのだろうかと思う。男は最初に見たよりも老けている感じで六十近いかも知れない。女は四十代後半から五十代といった感じで夫婦といっても不自然ではなかったが、女の子が幼すぎるような気がした。

2

カウンター席に辰見と並んで座った小町は注文を済ませ、ピンクの軽自動車を運転していた女のことをぼんやり考えはじめた。

照会の結果、女が四十一歳であることがわかった。氏名、住所も明らかになったが、憶《おぼ》えているのは年齢だけでしかない。凄《すさ》まじく太っていたのは、元々の体質もあるだろうし、出産を経験したせいかも知れない。出産は女にとって体質が激変するきっかけになるという話はよく聞く。

しかし、小町は彼女が何かを放棄してしまったのではないかと考えている。

太りやすい体質の女性はいくらでもいるし、小町自身、四十歳を目前にして新陳代謝が落ちていると感じている。スイーツにそれほどの興味はないが、酒は飲む。年末年始で宴席がつづくと、躰が重くなったように感じる。肝臓がくたびれて、躰がだるく感じるせいもあるのだろうが、間違いなく体重も増えているだろう。

体重が増え、走るのが遅くなったり、躰のきれが悪くなると仕事に影響するし、職業柄思わぬ受傷にもなりかねない。酒や食事の量をコントロールし、時間があれば、スポーツジムに通って汗を流すことにしている。体重計に乗るのは、躰の重さがなくなってからだ。そして自分がベストと考える体重のままであることを確かめて安心する。

現状ではあくまでも仕事を節制の理由にしている。恋愛をしていれば、ボーイフレンドのひと言が体型と体重を保つ理由になるだろう。

『最近、太ったんじゃない？』

そのあと、女はほんの少しぽっちゃりしている方が可愛《かわい》らしいだとか、今のお前が好きだとか必死にフォローされても、太ったという言葉だけが頭の中でリフレインする。

仕事や恋愛はやはり箍《たが》なのだと思う。

運転免許が失効してから五年もの間、彼女は運転をつづけていた。寒気の中でも汗ばむほど太り、毛玉だらけのトレーナーを着ていることと無免許運転は無関係ではないだろう。

母親でありながら幼い子供、ときには自ら食べ物を口にすることができない赤ん坊を放置して、自分は一ヵ月、二ヵ月と遊んで歩き、挙げ句に子供を餓死に追いこむ事件がある。被疑者は母性が欠落していると糾弾されるが、その前に自分自身を放棄してしまっているように感じる。

小町はかつて保育園で保育士をしていた。そのときに園児の女の子が誘拐され、殺害されるという事件に出くわした。ショックから立ち直るために警察官を志した。失われた命は帰ってこないけれど、同じような事件を防ぎたいと思いさだめたからだ。

少なくとも警視庁の採用試験に臨んだ動機はそこにあった。

しかし、現実に警察官になってみると事件を未然に防ぐことがいかに困難かを思い知らされた。違法行為がなければ、警察官は手も足も出せない。それでも警察官を辞めようとは考えたことがない。

同じ警察官ならいっそ犯罪を専門に追う刑事になろうと決心した。刑事任用のため、昼夜を問わず仕事に取り組み、さらに現場で軽んじられないため睡眠時間を削って試験勉強をして、巡査部長、警部補と昇任してきた。

身近で起こった誘拐殺人事件で、よりによって自分が被害者の遺体を発見するという巡り合わせを恨んだこともある。公園の公衆便所で便槽に浮かぶ女児の死体を目の当たりにしなければ、警察官にはならなかった。あまりに無惨でみじめな遺体の様子は小町の記憶に焼きつけられ、離れなかった。懸命に仕事をし、勉強したのも、少しでも足をとめれば、たちまちあのときの女児の姿が浮かびあがってくるからだ。

ひょっとしたら忌まわしい記憶から逃げるため、走りつづけているのかも知れないと思うこともあった。

巡査部長となり、盗犯担当の刑事として日々を送るうち、結婚、出産のチャンスを見送った。母になりたいという願望はあったが、刑事の職務とは両立させられない。一般論ではなく、あくまでも個人的な考えではあるが。

今、機動捜査隊で一個班をまかされる立場となり、充実感はある。一方でわが子を手に抱くことができていたらと思わないこともない。だが、結婚して子供を産んでいたとしても、どこかに後悔はあっただろう。

一つだけはっきりしているのは、すでに選択は済み、後戻りできないことだ。医療技術の進歩により四十を過ぎても出産できるといわれるが、そのときには刑事の仕事を諦めなくてはならない。

結局、どちらを選んでも後悔はつきまとうし、濃淡があるだけなのだ。

ひとりの刑事として違法行為の臭《にお》いを嗅《か》ぎつけ、追いかける。今はそれが生き甲斐《がい》であり、持ってるデカといわれることに誇りも感じている。それでも現実的に打率十割はあり得ないし、むしろ下手な鉄砲も数打ちゃ当たる方式で怪しいと感じる相手に目をつけ、職務質問をし、違法行為をとらえていくしかない。

色褪《あ》せ、後部にへこみがあって、ナンバープレートに錆が流れている軽自動車が目についたのは、無免許運転をつづけたピンクの軽自動車の女と同じような自分に対する無関心の臭いを感じたからだ。自分への関心を失うと法律を破ることもそれほど気にしなくなる。また、違法薬物の使用が自堕落な生活を招くことも多い。

しかし、今回の打席では空振りしたようだと感じていた。

牛丼店は中央にコの字型のカウンターがあり、まわりに五つのテーブル席が配されていた。小町は辰見と並んでカウンターの角に座っていた。三人組は右斜め前のテーブル席にいる。うつむいて彼らの会話に聞き耳を立てていたが、そこに犯罪臭はなかった。

男は店内に背を向けるように座り、向かい側に女と女の子が並んで腰を下ろしていた。女性店員がテーブルに水の入ったコップを置く。メニューを手にしていたのは、男だ。

「すき焼き鍋定食にしようと思うけど、どうだ？」

男は向かい側の二人に訊いた。女は娘らしき女の子の髪をいじっている。ツインテールにしているのだが、髪をまとめているリボンを一つ外し、手櫛《てぐし》で整えていた。男の言葉に反応しない。

焦《じ》れたように男が声を張った。

「なあ、どうだ？」

女ははっとしたように男を見たが、ほんの一瞬目を向けただけですぐに顔を伏せた。それでも女の子の髪に触れている手を止めようとはしない。細い声で答えた。

「はい」

男は女の子に目を向けた。

「お前も同じでいいか」

女の子が顔を伏せたまま、うなずくのを見ると男は店員をふり返った。

「じゃあ、すき焼き鍋定食を三つ」

「お時間の方、七分程度いただきますが、よろしかったでしょうか」

「かまわないよ」

小町と辰見はすでに朝定食Aセットを注文している。


小町は窓の外を見ているふうを装って視界の隅に三人組をとらえていた。露骨に目を向けるわけにもいかないので三人の顔をはっきり見たわけではない。女は丈の長いベージュのカーディガンに同系色のセーターを重ね着し、黒っぽいスカートを穿いている。

髪が長く、メガネをかけていた。女の子の方はピンクのセーター、薄っぺらなグリーンのウィンドブレーカー、紺のスカートに白いソックスだが、ストッキングは着けていない。スニーカーは薄汚れていた。

店員が遠ざかると男が切りだした。

「学校なんか行かなくたって大したことじゃないんだ」

女がくぐもった声でいう。

「でも、サオリはまだ義務教育だから」

やはり母子のようだ。

「義務だって関係ねえよ。イジメに遭って自殺しちゃう子だっているんだから」

「でも……」

その先がはっきり聞きとれない。女は娘の髪をいじりつづけていて、小町から顔をそむけているためだ。

「おじちゃんの家にお母さんといっしょにいればいいんだ」

男が急に猫なで声になったのは娘に話しかけているせいだ。自分をおじちゃんと呼んだことからすると夫婦でも親子でもないようだ。娘はうつむいたまま、返事をしない。母親が髪をいじっているのを我慢しているようにも見える。

「な?」

男はいったが、やはり娘は何とも答えなかった。

どういった関係なのか——窓の外に目をやったまま、小町は思いをめぐらせた。

母親は娘の右側の髪をまとめ、今度は左側に取りかかっている。いくら相手が娘とはいえ、食事の席で髪に触っているのは気になった。先ほどからずっと手櫛で髪を整えている。

「学校なんて出なくたって、立派に生きていける。おはようございます、ありがとうございました、ごめんなさいの三つがちゃんといえりゃ、あとは世間様が育ててくれるよ」

「だけど、迷惑かけるし」

母親が答える。

「迷惑？　誰に迷惑かけるっていうんだ。おれの家だし、食い物だってある。何、落ちつくまでだよ。二、三日でもいいし、気が向いたら好きなだけいていいんだ」

トレイを二つ手にした店員が目の前にやって来て、辰見と小町の前に置く。

「お待たせいたしました。朝Aセット、二つになります」

厚さが五ミリほどしかない鮭《さけ》の切り身、牛丼の具をわずかに盛った小鉢、焼き海苔《のり》、漬け物、ライスと味噌汁《みそしる》が並んでいる。小町は塗り箸《ばし》を手にした。となりでは辰見が小皿に醤油《しょうゆ》を注いでいる。

小町も小皿に醤油をとり、焼き海苔の袋を開けた。海苔をつまみ、表と裏にたっぷりと醤油をつけてライスを丸める。辰見は醤油をつけない海苔でライスを巻いてから小皿にほんのわずかつけて口に運んだ。

その手があったか、と胸のうちでつぶやいた。

「おい、いい加減にしろよ」

男の声が少し大きくなったので小町は素早く視線を走らせた。左の髪をまとめた母親がふたたび右の髪のリボンを外そうとしていた。

「ごめんなさい」

母親はおどおどした様子で詫《わ》びた。

焼き海苔を巻いたライスを食べ、味噌汁を口に運びながら小町は胸の底にいやな予感が広がるのを感じた。

母親が娘の髪を整える執拗《しつよう》さが気になった。

ぼろぼろの軽自動車はおそらく男のものだろう。母子は住むところにも困っているようだし、車を運転していたのは男だ。ゆっくりと朝定食を食べながらも意識は男と母子に向かっていて、味はまるでわからない。

母親が左の頰《ほお》を掻《か》きはじめた。しばらく手を動かしていたが、男がじっと見ているのに気がつくと、今度は椅子の背にかけたバッグから財布を取りだし、レシートの整理を始めた。何枚ものレシートを取りだし、テーブルに置くと一枚ずつていねいに折っていく。

「そっちの方だったか」

となりで辰見がつぶやいた。いつの間にか定食をきれいに平らげ、水の入ったグラスを手にしていた。辰見がテーブル席の三人組に目をやった気配は感じなかったが、観察はつづけていたようだ。

トレイを手にした店員が三人組のテーブルに近づく。男の前に置き、もう一つは母親が受けとると娘の前に置いた。

「もう一つはすぐにお持ちしますので」

「おう」

男が答える。母親は娘に箸を持たせると積みあげたレシートをそそくさと財布に入れ、バッグにしまった。

「ちょっとごめんなさい」

バッグを手にして立ちあがる。三つ目のトレイを運んできた店員とすれ違い、トイレに向かった。

小町は箸をそろえてトレイの上に置くと両手を合わせた。

「ごちそう様でした」

半分ほど食べただけだ。辰見がちらりと視線をくれたが、何もいわなかった。

「ちょっと失礼します」

小町は小声でいうとスツールからすべり降り、男と娘が残されたテーブルのわきを通ってトイレに向かった。

短い廊下の先にあるドアには男女兼用のプレートのほか、〈従業員も使わせていただきます〉と書かれた紙まで貼られている。

ドアノブに手をかける。まわそうとしたが、鍵がかかっていた。

小町は壁にもたれ、腕を組むと床に視線を落とした。ため息を吐《つ》きそうになる。

ロックが外れ、ドアが内側に向かってわずかに開くと小町は右肩を押しつけるようにして強引にトイレに入った。後ずさりした母親がメガネの奥で目を見開いている。小町は母親を壁に押しつけ、圧《お》し殺した声で告げた。

「静かに。警察」

母親は右手に持ったトートバッグを振りあげ、小町に叩《たた》きつけようとした。母親の手首をつかんだのは反射的な動作だった。張りのない皮で覆われた骨のような手首の感触が小町の胸に突きささる。充分な食事をとっていないため、痩《や》せこけているのだ。セーターにカーディガンを重ね着しているというのに肋骨《ろっこつ》が動くのがわかる。

もがき、もう一度バッグを小町に叩きつけようとしたので手首の関節を決めた。トートバッグが小町の背を滑り、床に落ちる。

「話を聞きたいだけ」

だが、母親はなおもがきつづけた。

「娘さんがいるでしょう」

耳元でささやくと、躰の力を抜き、目をつぶって顔を背けた。左の頬を小町に向ける恰好《かっこう》になる。青白い肌に爪《つめ》で引っかいた跡だけが赤く、小さなおでき﹅﹅﹅が破れて血が滲《にじ》んでいる。娘の髪に触れるのをやめたあと、頬を掻いていたのを思いだした。男に見とがめられると今度は財布からレシートを出して折りはじめた。

「中を見せてもらってもいいかな」

背後で辰見の声がした。

母親が目を開き、小町の肩越しに辰見を見やった。ふたたびもがこうとしたので押さえつけた。

「大人しくして。娘さんの前で大騒ぎにしたくない」

母親は辰見から小町へと視線を移した。白目に細い血管が縦横に走っている。

もう一度辰見がいった。

「バッグの中味、見せてもらってもいいかな?」

母親の唇が震え、何かいおうとするように開いた。上の前歯は犬歯と犬歯の間が失われていた。まっすぐ見返す小町の視線に耐えられなくなったように目を伏せ、小さな声でいった。

「はい」

後ろで辰見がつぶやいた。

「パケがある」

たいていは覚醒剤《シャブ》の粉末や結晶を入れたプラスチックの小袋を指す。母親の閉じたまぶたの間から涙が溢《あふ》れだした。辰見が声をかけてきた。

「とりあえず応援要請する」

「お願いします」

小町は母親を見つめたまま、ふり返らずに答えた。

「ああ、機捜の辰見だけどね、浅草の……、応援を要請したい。場所は四号線の北側、扇《おうぎ》だ。四号線に面した牛丼屋……、そう、そこだ。頼む」

五分もしないうちに辰見がいった。

「応援が来た。先にあっちの二人を出すから班長は今しばらくここで待っててくれ」

「了解」

母親は声を出さず涙を流しつづけていた。

泣くくらいなら――小町は母親を見つめたまま、胸のうちでつぶやいた――シャブなんかに手を出すんじゃねえよ。

3

トイレは狭い洗面所の奥が個室になっていて、錆びた金属の臭いが充満していた。床には灰色のタイルが貼られ、濡《ぬ》れている。白茶けた蛍光灯の光を受けているせいか、母親の顔色はますます青白く見えた。パケが見つかったと辰見がいったとたん、母親は涙を流しはじめたが、ようやく落ちついたようだ。

小町は切りだした。

「名前は？」

母親は顔を上げずに答えた。

「伊藤《いとう》……、伊藤千都子《ちづこ》です」

「年齢《とし》は？」

「三十二」

まばたきして相手を見た。肌は荒れ、皺だらけ、髪に艶はなく、白髪が混じっている。地味な服装のせいもあって、四十代後半から五十代と踏んでいたのだが、はるかに若かった。容姿の衰えぶりから何年にもわたって覚醒剤を常用していることが予想できる。

「娘さんの名前は？」

千都子ははっとしたように顔を上げかけたが、すぐに目を伏せた。

「早麻理《さおり》といいます」

「小学生？」

「はい。五年生です」

「連れの男性は？　ご主人？」

小町の問いに千都子はきっぱりと首を振った。

「笈田《おいだ》さんは私が前に勤めていた食堂によく来ていたお客さんで、私たちが団地を追いだされそうだといったらうちに来たらいいと前からいってくれていたんです」

立ち入ったことだけどとはあえて断らなかった。警察の質問はつねに立ち入ったことばかりだ。

「さっき学校がどうとかって話をしてたけど、何かあったの？」

「早麻理は不登校なんです。四年生の一学期から学校に行ってません。イジメに遭っていたんじゃないかと思います」

「学校には話した？」

小町の問いにふたたび千都子は首を振ったが、先ほどよりは弱々しかった。

「私がちゃんとしてないせいで……」

眉間《みけん》に深い皺を刻み、今にも泣きだしそうに唇を歪《ゆが》めたとき、辰見が姿を現した。

「よし、出よう」

小町は千都子の右腕に手をかけた。

「駐車場に停めてある車に乗ってもらう。手錠は使わないから大人しく車に乗ってね」

「はい」

辰見が先を歩き、小町は千都子の腕を取ったまま つづいた。辰見は左手に千都子のバッグを持っている。

店内に客の姿はなく、カウンターの中に女性店員が二人いるだけだ。二人とも硬い表情で小町たちを見ている。千都子は顔を伏せたままだったが、足取りは意外にしっかりしていた。

牛丼店を出て駐車場に入ると笈田が軽自動車のわきに立ち、二人の制服警官が付き添っていた。軽自動車のとなりにミニパトが停められていて、後部座席に座った早麻理がふり返っている。千都子はちらりと娘を見やったものの手を上げたり、うなずいたりはせず、すぐにうつむいた。同時に早麻理も前に向きなおる。

先に捜査車輛についた辰見がトランクを開け、覚醒剤の検査キットを取りだす間に小町は千都子を後部座席に座らせ、となりに腰を下ろしてドアを閉めた。辰見が運転席に乗りこんで検査キットの入った小さな鞄《かばん》と千都子のトートバッグ、それに白い綿製の手袋を差しだした。受けとり、検査キットを尻のわきに置くと手袋を着けてからバッグを千都子に見せた。布製で色は黒、トートバッグで口は開きっぱなし、ファスナーや留め金の類《たぐ》いはない。

「これはあなたのものね」

「はい」

千都子がうなずくと辰見があとを受けた。

「パケは内側のポケットに入ってる」

小町はバッグを開いた。内側のポケットがわずかに開いていて、プラスチックの小袋が二つ見えた。一つには白い粉が入っていて、もう一つは破られ、空になっている。小町はバッグを開いたまま、千都子に見せた。

「内側のポケットに透明な袋が入っているのが見えるでしょ。白い粉が入っているのと破れていて、空っぽなのと」

千都子が目を伏せたままうなずく。

「ちゃんと見て」

小町が語気を強めると千都子は一瞬躰を震わせ、バッグをのぞきこんでうなずいた。

「袋を取りだすのでちゃんと見てて」

小町は千都子に目を向けたままいい、バッグに手を入れると内側のポケットから粉の入ったパケを取りだした。

「あなたのバッグから取りだしたものに間違いないわね」

うなずいた千都子の目がにわかにぎらぎら輝いてきたように見えた。

ついさっき嚙んだばかりじゃないかと思いながら、小町は検査キットから液状試薬の入った軟質プラスチックの試験管と耳かき大のスプーンを取りだした。

「試験管の中に入っている薬液にこの粉を入れる。今は透明だけど、青紫色になったら覚醒剤ということだから」

「はい」

千都子は一瞬たりとも目を離そうとしない。小町はパケを破り、スプーンで粉をすくうと試験管の蓋を開けて試薬の中に落とし、蓋を閉めて振りはじめた。途中、試験管を両手で持ち、折りまげる。さらに振った。透明だった試薬が薄青く染まりはじめ、やがて青紫色になった。

キットから見本となる色を印刷した紙を取りだし、試験管とともに千都子の鼻先に突きつける。

「同じ色ね」

「はい」

「それでは……」

左手首を目の前に持ってきた小町は舌打ちした。辰見が腕時計を見る。

「午前十時十八分」

「ありがとう」

礼をいって千都子に目を向けた小町はぎょっとした。千都子の二つの瞳は白目の中に小さくぽつんと浮かんでいるようだ。

「午前十時十八分、覚醒剤所持の現行犯で逮捕します」

千都子は小町が手にしているパケに目を据えたまま、返事をしなかった。


覚醒剤所持の現行犯で伊藤千都子を逮捕すると、牛丼店を管轄に置く西新井警察署からさらに一台のパトカーが臨場した。逮捕時に被疑者といっしょにいたので笈田——運転免許証から和男《かずお》、六十一歳とわかった——と早麻理にも西新井署まで任意で同行してもらい、事情を聴き、身体検査、車の検索を行うことになった。

同意した笈田の軽自動車には最寄り交番の警察官が同乗することになったので、辰見がブレーキランプが片方切れていることを告げた。早麻理はパトカーに乗り、千都子は捜査車輌で行く。小町は後部座席に千都子と並び、辰見が運転した。

牛丼店から西新井署までは十分ほどしかかからなかったが、その間話を聞くことはできた。

千都子は昭和五十六年新潟県三条《さんじょう》市の生まれで、父親はサラリーマン、母親は専業主婦、姉が一人いる。両親とも健在で新潟に在住しており、姉は結婚して千葉に住んでいるという。千都子は地元の高校を卒業し、美容師の専門学校に通うため、上京した。十九歳のときに長距離トラックの運転手をしている男と知り合い、妊娠して結婚、専門学校を中退して子育てに専念することになった。

千都子は目を伏せたまま、ぼそぼそと語った。

「主人はいずれ自分のトラックを持って、独立するんだといって頑張っていたんです。でも、だんだん景気が悪くなっていて、荷物が少なくなりました。だから集荷するにも一ヵ所じゃ仕事にならないんでいくつもまわるようになって、配送先も増えました。仕事がきつかったんですけど、私と早麻理を食べさせるために無理をするようになって……」

長時間の労働に耐えるため、運転手仲間に覚醒剤を教えられたという。

「私は心配したんですけど、居眠り運転で事故を起こすよりはましだといって」

止めるに止められなかったと千都子はいった。小口の仕事を増やしたため、夫が家を空ける時間が長くなって、そのうち千都子も育児ノイローゼのようになった。夫不在の家を守る心労が重なったとき、夫が不安を取り除くためだといって覚醒剤の使用を勧めたという。

「注射は怖かったのでアブリでやってました」

アブリはアルミホイル等に置いた覚醒剤を燃やして煙を吸いこむ方法である。注射ほどに即効性はなく、効果も薄かったが、確実に千都子をむしばんでいった。使うほどに薬に対する耐性ができ、使用頻度は高まり、やがて注射をするようになった。自ら静脈に針を刺す恐怖より薬への欲求が上回っていった。

西新井署に到着すると千都子の身柄を銃器薬物対策課に引き渡したあと、会議室で薬物担当係長に逮捕の状況、千都子から聞いた話を告げた。

すべてを聞き終えた係長がふっと苦笑いをした。小町はむっとして係長を見返した。ひたいの禿《は》げあがった、人の好《よ》さそうな丸顔の係長はあわてて手を振った。

「すまん。お宅の話を笑ったわけじゃないんだ。今度はそっちの話で来たかと思ってね。実はあの女、西新井署で一年ちょっとくらい前に挙げたんだ。初犯だったし、所持、使用だったんで執行猶予《ゆうよ》がついてた」

「さっきいわれたその話というのは？」

「新潟生まれで美容師の専門学校に通っていたけど、運転手と知り合って結婚って話だが、全部……、いや、九割方が嘘《うそ》ってところかな」

係長は小町を見上げ、言葉を継いだ。

「しかし、あの手の女は思い込みが激しいからね。嘘だとも思ってないのかも知れない。薬でだいぶいっちゃってるようだし」

伊藤千都子が話した中で事実通りなのは名前、年齢くらいで、生まれ、育ったのは足立区の北側にある二軒長屋だ。美容師の専門学校に入学し、中退したというのは事実に違いなかったが、生来不器用なたちであるせいか実習が始まると授業についていけなくなったという。スナック勤めをするようになって、そこで知り合った客と同棲《どうせい》、妊娠して早麻理を産んだ。

「まあ、あの女も不幸っていえば不幸なんだな。男は伊藤千都子が妊娠したことを知ると逃げた。子供の顔を見せれば、男が戻ってくると思ったらしいんだが、男が逃げたときには堕《お》ろせなくなっていたというのが本当だ。だから結婚も一度もしてない。ずっと伊藤姓のままだよ。名前とかは免許で確認した？」

小町がうなずくと係長がふっと息を吐いた。

「本籍地は結婚すれば変わるし、旧姓なんて書いてないからね。かといって身分証明といえば、運転免許くらいしかない。最初の男……、娘の父親は職を転々としていた。その後、千都子は主に飲食店でアルバイトをしながら何人かの男と同棲したりしてたんだ。その中に新潟生まれのトラック運転手がいた。それこそ三条の生まれだよ」

覚醒剤を教えたのがそのトラック運転手というのも事実のようだ。

係長は小鼻のわきを掻いた。

「リーマンショックなんかで景気が悪くなったのは本当の話だし、無理して仕事を取らないと運転手が食っていくのも大変らしい。皆が皆、シャブを嚙《か》んでハンドル握ってるわけじゃないんだけどね。独立を夢見て自前のトラックを買ったはいいが、ローンに追われるんだよ。返済が滞れば、トラックは取りあげられるし、飯のタネを失えば食うにも困る。運送会社はどこも景気が悪くて、そうそう働き口があるわけじゃない。結局、無理するしかないんだなぁ」

「そうですか」小町はうなずいた。「娘はどうなるんですかね?」

「とりあえずは児童相談所《じそうだんじょ》に連絡して保護してもらうしかない。うちらじゃ、どうしようもないからね。前のときも相談所に行ったけど、裁判の間だけ預かってもらう形だった。だが、今回は実刑だろう。相談所から児童保護施設かな。十一、二歳だったね」

「小学校の五年生だと」

「猶予中の再犯だから一年六ヵ月は打たれるかな」

係長は黙りこみ、首の後ろを揉《も》みはじめた。

「さっき伊藤千都子の顔を見たんだけど、シャブってのは恐ろしいね。あれで結構男好きのする顔立ちをしてたんだ。もう少しぽっちゃりしててね。だけど一年であんなになっちゃうなんてなぁ。おれも最初は誰かわからなかったよ」

覚醒剤を使用すると万能感に満たされ、何も食べなくても平気でいられるように感じる。だが、錯覚だ。躰は見る見るうちに痩せていき、その様子は自分の肉を削《そ》ぎおとして食い散らしているようだ。

また覚醒剤に混入される不純物——売る側がかさを増すために樟脳《しょうのう》などを混ぜる——のため、吹き出物がでるし、効能が切れたときには全身がむず痒《がゆ》くなるので掻きむしる。千都子の左頬に散らばっていた赤い斑点を思いだした。

禁断症状の凄まじい苦しみから逃れる方法は覚醒剤を体内に入れることでしかなく、やがて覚醒剤を手に入れること以外、何も考えられなくなる。

笈田の車に目をつけたのは、周囲に比べてあまりにボロだったからだが、牛丼屋に入ってからは千都子の仕草が気になった。早麻理の髪を解き、手櫛ですいて、リボンを結びなおす。ツインテールにしていたが、左を終えて、右も終えるとふたたび左に取りかかろうとした。執拗に同じ動作をくり返すのも禁断症状の表れだ。髪に触れるのをやめると財布からレシートを出し、折っていた。

「シャブってのは寿命の前借りだよな」

係長のつぶやきにうなずいた。千都子が三十二歳だと知ったときには驚いた。四十代後半より若くは見えなかったからだ。

「泣いたんですよ」小町はテーブルに目をやったまままいった。「泣くくらいならどうして手を出したのかって……、腹が立った。子供がいるのに」

「そうだね」

「娘はどうなるんでしょうね」

「わからん」係長は首を振った。「あの子次第としかいいようがないな。大人になって、自分の力で何とかしていくしかない」

ほどなく会議室に女性捜査員が顔を出し、千都子の尿を検査した結果、陽性反応が出たと告げた。所持に使用が加わる。

もっとも覚醒剤を持ち歩いていて使わない者はいない。


会議室を出て駐車場へつづく裏口まで来たとき、小町は声をかけられた。

「稲田」

そういって近づいてきたのはリムレスのメガネをかけたすらりとした女性——中條逸美《なかじょういつみ》だ。西新井警察署生活安全課で少年係にいる。小町とは警察学校の同期だ。

「しばらくぶりね。半年？」

中條の言葉を訂正する。

「五ヵ月」

浅草分駐所に赴任した直後、自殺に偽装された死体が見つかるという事案に小町はぶつかった。その後、捜査本部が西新井署に設けられ、中條も応援に駆りだされたのだ。

「ちょっといいかな」

中條にいわれ、二人そろって廊下に出た。

「実はね、私、近々退職しようと思ってるんだ」

「どうしたの？」

小町の問いに中條が目を細めた。

「子供ができたの」

「おめでとう」

中條は既婚者で夫は高校の教師をしていることは知っていた。中学校の同級生で同窓会で再会して交際を始め、その後結婚した。

「結婚して何年だっけ」

「十二年」中條が苦笑いする。「私も仕事をほっぽり出すわけにいかなくて、ずるずる来たし、うちの人も認めてくれてたんだけど、ほら、私もそろそろ限界でしょう」

警察学校の同期だったが、中條は小町より三歳若い。小町は短大を卒業し、保育園で一年弱勤務しているためだ。

それでも三十六か、と小町は思った。

「やっぱり自分の子供が欲しくてね。子供を産んでから復帰することも考えたんだけど、今みたいにフルタイムじゃ働けないでしょ。うちの人は復帰してもいいっていってくれたんだけど、やっぱり赤ちゃんにはお母さんが必要だしね」

「そうだよ」

たった今聞いた伊藤千都子の半生が脳裏を過《よ》ぎっていく。

中條がまじまじと小町を見つめた。

「それに私、この仕事が好きなんだ。そこだけは稲田に負けない。だから復帰しないことにしたの。わかってくれるでしょ?」

「何となく。でも、本当はわかりたくない気もする」

「そういえば、聞いたわよ。シャブで挙げたんだって? さすがに持ってくる女は違うわね」

「持ってる、だよ。そこんとこお間違えなく。それに女じゃなく、デカ」

「小町らしいな」

中條の笑顔は明るく、ちょっと眩《まぶ》しいと小町は思った。

「そうだ。パクった被疑者に娘がいるのね、小学校五年生の。たぶん児童相談所が引き取ることになると思うんだけど」

「そういう状態じゃ、仕方ないわね」

中條が表情を曇らせた。少年係として問題行動を起こす未成年者を数多く見ているだけでなく、自らも母親になろうとしているのだ。

「あの子のこと、気に留めておいてくれる？」

「もちろん。私に何ができるってわけじゃないけど、注意しておく」

「よろしく」

そのとき、背後からさっと冷たい風が吹いてきて小町はふり返った。裏口のガラス扉を押しあけて二人が入ってくる。グレーのパンツスーツを着た中年の女と、ジャンパーを着た男が近づいてきた。

女が小町と中條のどちらにともなく声をかけてきた。

「恐れ入ります。児童相談所の者ですが」

「ああ」中條が前に出た。「伊藤早麻理ちゃんの件で来られたんですか」

「そうです」

中年女の表情が明るくなったが、目尻の皺が目立った。

「少年係の中條と申します。ご案内します」

「ありがとうございます。児相で副所長をしております渡部《わたべ》と申します。こちらは……」

渡部がふり返ろうとすると、後ろに立っていた男がさえぎるようにいった。

「それじゃ、私は車で待ってます」

ほんの一瞬、渡部はむっとしたように唇を結んだが、すぐに表情を和らげた。

「そうね。そうしてちょうだい」

男は一礼すると裏口に向かって歩き去った。

渡部が男の背中を見て首を振る。

「矢島《やじま》君にも困ったもんだな」

「どうかされたんですか」

中條が声をかけると渡部は向きなおった。

「ちゃんとご挨拶もしないで失礼しました。彼、暗いでしょ。人見知りというか他人とのコミュニケーションに若干問題がありましてね。若く見えますけどもう四十過ぎなんですよ。独身で、十年以上も勤務しているのにほかの職員とあまり打ち解けなくて」

渡部は声を低くして付け足した。

「ぼっち二号っていわれてるんです」

いやな感じと小町は思った。矢島ではなく、渡部に対してである。

ぼっちというのが独身者を揶揄《やゆ》する最近流行《はや》りの言葉であることは知っていたが、実際耳にするのは初めてだ。独身というだけでなく、職場でもプライベートでも一人でいることを好み、食事も一人ですることが多い男女を指す。未婚者の小町には、どことなく見下されたような響きが少々気に障る。

「二号って」

中條が訊くと渡部は嬉《うれ》しそうな顔をした。

「ついこの間まで彼より年上の女性職員がいたんです。仕事は真面目にこなすんですけど、全然笑わない人で。そういう人がいると職場が暗くなりますからね。親御《おやご》さんの介護をするために退職したんですが」

すでに伊藤千都子、早麻理とともに刑事課に引き継いでいる。渡部に反発を感じた小町は名乗って挨拶をする気になれなかった。

「それじゃ、私はこれで」

「ご苦労さん」

中條がいい、渡部も会釈を返す。

「ご苦労様でした」

小町は会釈を返すと裏口に向かった。

4

西新井警察署の裏口を押しあけると冷たい風が吹きこんできて、小町は思わず首を縮めた。千都子を連行してきてからかれこれ二時間近くになる。あらためて暖房のありがたさが身にしみた。

駐車場の一角に笈田の軽自動車が停めてあり、持ち主自身がしゃがみ込んでブレーキランプのカバーを外していた。その後ろに立っているのは辰見だけで、ほかの警官の姿はない。

上着の襟を掻きよせ、小走りに近づくと辰見が顔を向けた。

「ご苦労さん」

「どうも」小町は笈田の手元に目をやった。「何やってるんですか」

「ご覧の通りブレーキランプを修理してるんだ。このまま走らせれば、整備不良車で道路交通法《どうろこうつうほう》違反だからね」

「器用なものね」

小町はどちらともなくいったが、笈田が手を止めずに答えた。

「電気の球ぁ取っ替えるだけだ。素人でもできる」

辰見がちらりと笑みを浮かべ、笈田の背に声をかけた。

「ましてあんたはこの道五十年のプロだもんな」

「四十六年だけどね」

ブレーキランプにカバーを被《かぶ》せた笈田が立ちあがった。小町を見て、辰見に視線を移した。

「やっぱりどうにもならんかね」

辰見がうなり、鼻をつまんだ。小町は笈田と辰見を交互に見て訊いた。

「何のこと？」

「早麻理ちゃんだよ」笈田がすがるような目で小町を見た。「千都子があんなことになったんじゃ、とても今日明日に戻れるわけじゃないだろ。そうしたら早麻理ちゃんはどうするんだ？　泊まるところもないじゃないか」

辰見が答えた。

「さっきもいっただろ。あんた、あの親子の親族じゃない。気持ちはわかるが、小学生を引き取るわけにはいかないんだよ」

「それじゃ、あの子はどうなる？」

「とりあえずは児童相談所だな」

「そんな……、可哀想《かわいそう》じゃないか」

「法律ってのは融通が利かなくてね」

小町と辰見は笈田から離れ、捜査車輛に向かった。目の前まで来たとき、辰見がキーを差しだしてくる。小町は受けとって運転席のドアに差しこんだ。

少し離れたところに白のライトバンが停められていて、運転席にぼっち二号こと矢島がいた。身じろぎもせず、ハンドルを見つめている。

「どうかした？」

「いえ」

小町は首を振り、ドアロックを解除して乗りこんだ。辰見は助手席に回りこむ。

「すっかり冷えちまった」シートベルトを留めようとしながら辰見がいう。「手がかじかんでうまくいかんぜ」

金具がかちゃかちゃ音を立てているのを聞きながら小町はエンジンをかけた。ようやくシートベルトの金具を留めた辰見が笈田に目をやった。軽自動車の後ろに立ったまま、西新井署の建物に目を向け、ジャンパーのポケットからタバコを取りだした。警察の敷地内は禁煙だ。わかっているのか火を点《つ》けようとはしない。

小町は車を出した。

「あいつは自動車の整備工をしてたんだ。中学を出て、自宅の近くにあった工場で働くようになった」

それで素人でもできるといったのかと小町は思った。

「それにしてはあまり車に気を遣ってるように見えませんね」

「あの車は勤めていた工場でもらったんだそうだ。廃車寸前だけど、車検があと二ヵ月残ってる。廃車にかかる費用を自分で払うといってもらい受けた。家族ができれば、車がないと不便だと思ったそうだ」

家族というのは、笈田が伊藤千都子と結婚するつもりでいたということか。

「車からは何も？」

笈田の軽自動車は牛丼屋から西新井警察署に運ばれたあと、徹底的に検索されている。覚醒剤事犯といっしょに行動し、同じ車に乗っていたのだから車内に遺留物があってもおかしくない。

「何もない」辰見は首を振った。「あの女がシャブをヅケてることはまったく知らなかったといってる。おそらく本当だろう。ひょっとしたら女が裸になってるところも見たことはなかったんじゃないかな」

「伊藤千都子は警戒してたんですかね。注射の跡とか見られないように」

西新井署に連行されてから千都子は身体検査を受けている。両腕の内側には静脈に沿って注射痕が見つかったと聞いた。小町は駐車場から右に出て車首を北へ向けた。昼を過ぎたが、今のところ新仏荒しについての連絡は何も入っていない。

「たぶんな」

「銃対の薬物担当にいわれたんですけど、彼女は一年くらい前に西新井警察署《PS》でパクられてます」

「私はシャブ中ですって看板を首から提げてたようなもんだからなぁ」

「この車の中で聞いた話はほとんど嘘でした。生まれは新潟じゃなく、この近所……、もう少し北の方だって。娘はいますけど、一度も結婚したことはありません」

「娘といえば、イジメから不登校になったといってたな」

「それも本当かどうかはわかりませんね」

小町は病院の前を抜け、駅前のロータリーにつづく道路にぶつかったところで左折した。直進し、突きあたりの尾竹橋通りを右折した。

「一年前のときは初犯？」

「ええ。それで猶予刑になって」

「それでも裁判には二、三ヵ月はかかるだろ。その間娘は児相か」

「施設には行かなかったようですね」

環状七号線を左折し、尾久橋通りを目指す。二時間かけて元の警邏に戻るだけのことだ。いや、と小町はすぐに思った。ピンクの軽自動車を運転していた太った女の件、千都子の覚醒剤所持、使用の件について状況報告書を作らなくてはならない。千都子の件では覚醒剤であることを検査し、逮捕しているので逮捕手続書の作成もある。当務は六分の一を終わっただけなのに三本も書類を作成しなくてはならなくなった。

明日は机にへばりついてパソコンのキーボードを叩かなくてはならないだろう。憂鬱《ゆううつ》になる。だから考えないことにした。

「西新井ＰＳに警察学校の同期がいるんです、少年係に」

「そうなんだ」

「一応、早麻理ちゃんのことをいってきました。一人でも気にかけてくれる人がいると安心かなと思って」

「西新井の少年係……」辰見が腕組みする。「何て奴？」

「中條逸美。女性です」

「そうか。顔くらいは見てるかも知れないな」

尾久橋通りが近づき、小町は江北陸橋を避け、左のレーンに捜査車輛を入れた。無線機からはひっきりなしに通信が流れていたが、新仏荒しについての情報も小町たちの呼び出し符丁である六六〇三を呼ぶ声もない。

江北陸橋の真下で右折して尾久橋通りに入るとふたたび右に日暮里・舎人ライナーの高架が見えてきた。

もし、笈田の車に目をつけなかったら——ふっと浮かんできた思いはふり払った。

伊藤早麻理は古びたソファに腰かけ、絡みあわせた両手の指を見ていた。メガネをかけ、頭の禿げた男に座っているようにいわれたのはスチール製の書類棚を組みあわせた一角で部屋ではなかった。見覚えがあった。一年前、母といっしょに連れられてきたときに押しこまれた場所なのだ。

「こんにちは」

女が入ってきて声をかけた。

「こんにちは」

早麻理はちょこんと頭を下げた。

女のあとから、先ほど早麻理をこの場所に連れてきた頭の禿げた男が来た。先に入った女が早麻理の向かい側のソファに腰を下ろしたが、頭の禿げた男は入口に突っ立ったままいった。

「それではよろしくお願いします」

女の方がうなずくと早麻理をちらりと見て出ていった。

「お久しぶりね」女が早麻理に向きなおっていう。「少し痩せたかしら」

「いや……」早麻理はうつむき、首を振った。「わかりません。痩せたかも」

「また、大変なことになったわね」

つづけて女がいい、早麻理は顔を上げずにうなずいた。

女は児童相談所の副所長で年齢は知らないが、母よりかなり年上で、早麻理から見れば立派なお婆《ばあ》ちゃんだ。グレーのスーツを着て、紺色のタートルネックのセーターの上からペンダントをしている。

「心配しないでね。私たちが早麻理ちゃんのお世話をしっかりするから」

うつむいている早麻理に顔を近づけた副所長の息が鼻先にふわりと漂ってきた。錆びた鉄パイプのような悪臭に早麻理はまばたきした。副所長は自分の息が臭いことにまるで気づいていない。

早麻理は悪臭をこらえながら声を圧しだした。

「あの、お母さんは……」

副所長がため息を吐き、さらなる悪臭が押しよせてくる。母について訊いたことを後悔した。

「今後のことは相談所に行って、あなたが落ちついてからお話ししましょう」

一年前、いきなり刑事が自宅にやって来て母と早麻理を連れて警察署に来た。それから早麻理は児童相談所に移され、そこで三ヵ月を過ごすことになった。

テレビを見ていれば、覚醒剤がどういうものかわかるし、母親が覚醒剤中毒であることも気づいていた。初犯だったため、シッコウユウヨがつき、三ヵ月で戻ってきたときには驚いたが、やはり安心し、嬉しかった。

今度はシッコウユウヨにはならず刑務所に入るかも知れないが、正直なところほっとしてもいた。覚醒剤のことしか考えていない母といっしょに暮らしているのは苦痛でしかなかったし、恐ろしくもあったのだ。

居間のテーブルの前に正座し、床に散らばったスーパーやコンビニエンスストアのポり袋を一枚一枚指でこすり、きちんと角をつけて折りたたんでは重ねていく母を何度も見ていた。すべてをたたみ終えると五十センチほどになったポリ袋の塔を崩し、床に散らせて、また一枚ずつ拾いあげてはたたみ直していく。母はひと言も喋《しゃべ》らず夜通し同じことをくり返していた。皮が剝《む》け、ピンク色の肉が見えている指でポリ袋をこするので角には血の帯がついていた。

思いだすだけでぞっとする。

「それじゃ、行きましょうか」

副所長がいい、先に立った。早麻理も立ちあがった。副所長が誰かれとなく会釈をするので早麻理も同じように頭を下げる。それとなく大部屋を見渡すが、母を連れてきた女刑事の姿は見えなかった。

廊下を歩き、階段を下りながら早麻理は牛丼屋での出来事を思いかえした。

早麻理たちにつづいて黒いスーツを着た男女が入ってきたとき、すぐに警察だと思った。女の方はテレビドラマと同じようにスカートではなくパンツでワイシャツの襟を上着の上に出していた。男の方はスキンヘッド——髪を短く刈っているだけだとあとでわかった——で眠そうな顔をしていた。

二人はカウンターの角に並んで座り、ちらちらとこちらを見ていたというのに母も笈田もまるで気づかなかった。母の頭には覚醒剤しかなく、笈田は間抜けな年寄りで、心配する振りをしながら母を部屋に連れこむことだけを考えていた。

笈田が住んでいるのは小さな借家で変な臭いがした。床はぶよぶよだったし、窓もひどく汚れていた。母といっしょに暮らしている団地の方がはるかにましに思えたほどだ。だが、家賃を払っていないので団地は出なくてはならなかった。住むところがなくなる、どうしようと母はいったが、それでも夜になるとポリ袋をたたんでいた。

小学校にあがる前までは母に髪を触ってもらうのが好きだった。美容師の学校に通っていた母はいつもていねいにブラシをかけ、早麻理の髪がきれいだと褒めてくれた。だけど夜になると出かけてしまうので母がブラシをかけてくれることは滅多になかった。十一歳の今なら母がスナックで働いていたとわかるけれど、あの頃はひたすら一人になる夜が怖かった。テレビを点けっぱなしにして、蛍光灯も消さず、居間で寝ていた。

警察署の裏口を出ると笈田が近づいてきた。ずっと待っていたのだろう。ぼろい車もそのままあった。

副所長が笈田の前に立ちふさがる。

「笈田というんだけど」

「警察の係の方からお話は承っています。笈田さんのお申し出はわかりますが、規則がありましてご身内でないかぎりこの子の保護者になることはできません」

「身内っていっても」

笈田は母や早麻理に向かって話をするときには偉そうにまくしたてるくせに、きちんとスーツを着た人を相手にすると最後までちゃんといえない。今も笑っているような、泣いているようなおどおどした顔をしていた。

身内といわれて思い浮かぶのは母の両親、早麻理にしてみれば祖父母だ。祖父は長い間工場で働いてきたと聞いた。酒が好きで、アルコール依存症になってしまった。祖母は気の強い人で、祖父をいつもアル中と罵《ののし》っていた。祖父は言い返そうとせず、顔を背けていた。祖母は腹を立てて祖父を叩いた。平手のときもあったし、ハエ叩きや物差しを使うこともあった。祖父は両手で頭を抱え、ぶたれるまま黙っていた。祖父がアルコール依存症になったのは祖母のせいかも知れないと思う。母が家を出て、結婚しないまま早麻理を産んだのも、覚醒剤に手を出したのも、ひょっとしたら……。

「だけどさ」

笈田がもぐもぐという。

「この子については私どもが責任をもって対処しますのでご安心ください」

「母親の方はどうなるんだい」

「さあ」副所長が首を振る。「そればかりは警察の方に訊いていただくよりほかにありません。私どもとしては子供たちの生活を守るのが仕事ですから」

「だけどよぉ」

ふたたび笈田がいうと副所長はきっぱりと告げた。

「申し訳ありません。これからすぐに戻らなくてはなりませんので、これで失礼いたします」

「この子はどうなる?」

「その点に関しましても……、大変申し訳ありませんが、お答えするわけにはまいりませんので。悪《あ》しからずご了承ください」

副所長が早麻理に目を向けた。

「先に車へいってらっしゃい」

駐車場には白いライトバンが停まっていて、運転席にジャンパーを着た男がいた。見覚えがある。一年前、同じように早麻理を迎えに来たライトバンを運転していたし、その後、児童相談所で何度も顔を合わせている。

副所長は笈田の前に立ちふさがっていたが、笈田が追ってくるとは思えなかった。それだけの勇気はない。

早麻理がライトバンの後ろに乗ると、副所長は笈田の前を離れ、助手席に乗りこんだ。笈田はじっと立ち尽くし、早麻理たちを見ている。惨めったらしい姿とすがるような目を見るのがいやで早麻理は笈田の車に目をやった。色褪せ、後ろにへこみのある車で、車内にはいやな臭いが立ちこめていた。灰色のビニールのシートもべとべとして気持ち悪かった。

ライトバンが動きだす。

笈田の車に二度と乗ることがないと思うと少しほっとした。

スマートフォンのディスプレイに表示されているカメラのマークに触れるとシャッターを模した電子音が響いた。栃尾将輝《とちおまさき》は撮影したばかりの写真を表示し、親指と人差し指をあてて拡大した。

〈ルルちゃんをさがしてます〉という文字も三枚ある猫の写真も画面からはみ出す。人差し指をスライドさせ、猫の特徴や飼い主の連絡先がピンぼけになっておらず、ちゃんと読めるのを確認して、スマートフォンをジーパンのポケットに突っこんだ。

かかとを引きずって歩きだしながら欠伸《あくび》をしたあと、ぼそりとつぶやいた。

「腹、減った」

第二章　ガイコツ団地

1

玉姫《たまひめ》稲荷神社の参拝者用駐車場に停めておいた白の軽ワゴン車に乗りこんだ栃尾はスマートフォンを取りだし、先ほど撮ったばかりのポスターを表示した。

猫の名前はルル、メスで体長四十センチとある。栃尾は頭を搔き、顔をしかめた。猫のオス、メスなど区別がつかなかったし、体長四十センチといっても猫はどれでもそのくらいの大きさではないかと思った。

画面にあてた指をスライドさせ、猫の顔をクローズアップして眺める。両耳の下に黒いぶちがある。指を動かして、脇腹や尻尾も黒いことを確かめた。それ以外の体毛は白だ。

「似てるっちゃ、似てるか」

一匹の白猫を思いうかべて独りごちる。だが、両耳の下というより眉毛《まゆげ》のような形で目の上に黒い模様があったような気がする。みょうに人くさい顔に見えて、あまり可愛いとは思わなかった。だが、尻尾の色までは憶《おぼ》えていない。気になったのはニャーではなくフーと鳴くというところだ。手を出そうとするとたしかにフーという声を出したが、鳴いているというより威嚇している感じがした。

「まあ、帰ってからだ」

ふたたび独りごちるとスマートフォンをジーパンのポケットにねじこみ、キーに手を伸ばしたが、ひねる前に鼻を動かし、唇を歪めた。

後ろをふり返る。後ろのシートは外して後部は平らにして荷室として使っていた。床に工事用のブルーシートを敷き、座席のすぐ後ろに幅、高さ、奥行きがそれぞれ一メートルほどの鉄製檻《おり》が置いてある。後部ドア近くには取っ手のついた犬、猫用のキャリーバスケットが二つあった。

「ちゃんと掃除してるのか」

ワゴン車には獣臭さが充満しており、生々しい糞尿《ふんにょう》の臭いも混じっていた。咽《のど》にえぐみを感じる。

首を振った栃尾は運転席側の窓を五センチばかり開け、助手席に倒れこんでハンドルを回し、同じように五センチほど下げた。その程度で悪臭が抜けるかわからなかったが、二月に窓を全開にして走る気にはなれない。

エンジンをかけるとすぐにヒーターから風が吹きだしたものの冷たい。両手をこすり合わせ、息を吹きかける。ギアをDレンジに入れ、サイドブレーキを外して駐車場を出た。

浅草の北にある稲荷神社は靴のバーゲンセールで来たことがある。わりと広めの駐車場があって無断借用するには都合がよかった。それでも最初はさすがに気がとがめ、賽《さい》銭《せん》を放りこんでちゃんと参拝したものだ。二度目以降は駐車場だけを使わせてもらっているが、相手が神様なら心は広いだろうと勝手に解釈している。

明治通りに出て左折し、南千住《みなみせんじゅ》の駅をかすめるようにして北へ向かう。国道四号線に乗りいれ、千住大橋、千住新橋と渡ったのちに左折、首都高速の下を通りぬけ、西へ向かった。

ガラスを下ろした窓からは容赦なく冷たい風が吹きこんできた。ヒーターのスイッチを最強に入れたが、寒さはまるで変わらない。仕方なく運転席側の窓を閉めると今度はヒーターの熱気にあおられたせいか獣臭さが一段と強くなったが、我慢してハンドルを握っているよりなかった。

尾久橋通りを渡って道なりに進む。五百メートルほど走ったところで右折、マンションや住宅、寺、神社の間に町工場が点在している区画に入った。道は狭く、やたら一方通行が多い。だが、慣れているので苦にはならなかった。やがて左手に青い波形トタンを張った二階建ての元工場が見えてくる。

栃尾は元工場の前にワゴン車を停めた。車から降り、左右に開く扉にかかっている番号式南京錠を外し、左右に開く扉の片方だけを開け、車に戻ってバックから入れた。中はコンクリート打ちされた床に埃《ほこり》が積もっているだけだ。エンジンを切って扉を閉め、内側の留め金をかけた。

入口のわきにある鉄製の階段を上り、二階の廊下を進んで突きあたりにある合板張りのドアを開けた。目がちかちかするほどの異臭が押しよせてきて、口元を歪め、まばたきをくり返した。

板張りの部屋は十畳ほどの広さがあった。かつては事務所として使っていた部屋だが、名残は壁際に放置されたロッカーと古びたソファだけでしかない。何気なくソファに目をやった栃尾はぎょっとした。

ソファの前に男がうつ伏せに倒れていて、周囲に犬、猫が群がってかすかにうごめいている。次の瞬間、大きないびきが聞こえてきて頭に血が昇った。ぎょっとさせられた分、怒りが倍になる。足を踏みならして近づくと犬はさっと散ったが、猫は顔を持ちあげ、胡散臭《うさんくさ》そうな顔つきで栃尾を睨んだ。中には顔を上げようとさえしない奴もいる。

足音に気づきもせず眠りこけている男に近づくと腰の辺りを蹴飛ばして怒鳴った。

「起きろ」

がばっと躰を起こした男は正座すると栃尾を見上げた。目の焦点が定まっておらず、おまけにたっぷり目やにが溜《た》まっている。

「おはよう」

男——森谷爽太《もりやそうた》は半分眠った状態でいった。やや太めではあるが、無精髭《ぶしょうひげ》が汚らしく爽《さわ》やかというにはほど遠い。

「おはようじゃない。もう昼過ぎだ」

「ああ、そうなの」

森谷はぼりぼりと頭を掻き、にやにやしてつぶやいた。

「すっかり寝ちゃったな」

それから欠伸をして指先で目やにを取りだしたので、ついに栃尾は森谷の頭を張った。

「痛いな」

「当たり前だ。思い切りひっぱたいた」

「ひどいよ」

のんびりした口調で森谷がいい、もう一度欠伸をしかけたので一歩踏みだすとさすがに欠伸を取りやめ、両手を頭の上に出した。

「何だってのんびり昼寝なんかしてるんだ」

「だって寒いからさぁ。ここは暖房がないだろ」

ふいに森谷がにこにこして栃尾を見た。

「何だよ。薄気味悪い顔してんじゃねえよ」

「寒いのはこいつらも同じなんだよなぁ。犬も猫もなくひとかたまりになるんだよ。それで試しにおやつをばらまいてみたんだ。そうしたら皆集まってさ。くっついてるとぬくぬくあったかいんだよね。そのうちにふうっと気が遠くなって」

「マジお気楽だな、お前」

「マジ気持ちがいいんだって。一度試してみたら？」

もう一度、殴ってやろうかと思ったが、かろうじて我慢した。

「遠慮しとく。そんなことよりお前が今朝、商店街で見たってポスターの写真を撮ってきたぞ。あの猫はどこだ？」

「どこって、その辺にいるはずだけど……」

「頼りにならねぇ奴だ」

「自分でもそう思う」

「アホ」

栃尾は力一杯罵り、騒ぎたてる犬を無視して猫を探しはじめた。

電話がつながった。

「はい」

音声はクリアで女の声が答えた。すぐ耳元から聞こえたような気がした。低いが、太くはなく、年寄りだなと栃尾は思った。

「ルルって猫のポスターを見たんですが」

床にべったり座りこんだ森谷が右の手首を曲げ、手の甲についた傷を嘗《な》めている。耳の下に黒いぶちがある白猫を捕まえようとして引っかかれたのだ。

猫みたいな奴――栃尾は胸のうちでつぶやいた。

猫の尻尾は太めで、それほど長くなく黒かった。今は籐《とう》で編んだバスケットの中にいる。角に尻を押しつけ、背を丸め、栃尾を睨んでいた。

「ひょっとしたらうちの庭に入りこんだのが、そうかなと思って」

「ルルちゃんなんですか」女はいきなり大声になった。「ルルちゃんがいたんですか」

栃尾はスマートフォンを耳から遠ざけた。

「ルルちゃんに間違いないんでしょうか」

わざと間を置き、天井を見上げた。規則正しく穴の開いた白い防火用合板には埃とも汚れともつかない灰色の筋がのたくっている。

「いやぁ、わかりません。ただポスターの写真に似てるなと思いまして。それでお電話したんです」

バスケットに目をやった栃尾がつづけた。

「耳の下に黒い模様があるんですよね」

「大きさは？」

面倒くさい婆《ばばあ》だと思いつつ、答える。

「幅が三、四センチくらいですね。真ん中で分かれてて、両端が垂れさがってる感じです。あと左の脇腹にも黒い模様があって、尻尾も黒いです」

「ルルちゃん」

女が電話口で叫んだので栃尾はスマートフォンを遠ざけ、そっぽを向いて思い切り舌打ちした。

「すみません」女の声が低くなった。「心配で心配でずっと眠れなかったものですから」

たった二日だろうが、と思いつつも栃尾はできるだけ優しくいった。

「お気持ちはわかります。実はうちの庭に入ってきて、親父《おやじ》が作っていた盆栽の鉢を落っことして割ってしまいましてね。その音で気づいたんです」

傷を嘗めていた森谷が顔を上げ、眉を寄せて栃尾を見た。盆栽というのはたった今思いついたアドリブだ。

「お宅様の盆栽を？　それはとんだ粗相をしまして」

「大したことはありません」

「盆栽は弁償させていただきます」

「いや、平気ですよ。せいぜい二万か三万くらいのものだし、親父も死んじゃっていないですからね」

「それはお気の毒に……」

「いえ、恐れ入ります」

森谷の眉がますます寄る。栃尾の父親は健在だし、趣味といえばせいぜいパチスロで、盆栽など生まれてから一度も触ったことがないだろう。

森谷がポスターを見つけたのは角に馬鹿でかい交番がある商店街だ。薬局の入口に貼ってあったという。軽ワゴン車を停めた稲荷神社に近い。栃尾はポスターを確認しに行き、神社の駐車場に車を停めたのだが、歩いていてすぐ電柱に貼ってある同じポスターを見つけた。森谷はルルという名前を覚えていたが、何ごとにつけても間が抜けているのが森谷なので、念のため商店街の薬局まで行って確かめてきた。

さて、ここからが肝心だと自分に言い聞かせ、栃尾はバスケットの猫に視線を移した。

「実はぼくのうちは……」

栃尾は玉姫稲荷神社から南へ少し下ったところにある寺の名前を出し、その近所だといった。

「それならルルちゃんに間違いありません。うちは……」

女が自宅の住所を口にする。

当たり——栃尾は唇をすぼめ、口笛を吹く真似《まね》をした。すぐ焦げ茶の化粧タイルを貼った二階屋が浮かんだ。そここそ栃尾と森谷が猫を連れだした家にほかならない。

女がまくし立てる。

「これからすぐお宅様にお伺いして……」

「ちょっと待ってください」栃尾は不思議そうな顔をしている森谷に向かって、笑みを見せた。「ぼくも仕事中ですから」

「ああ、そうでしょうね。すみません」

「それでもご心配なのはわかります。実はこれから配達があって、すぐ出かけなきゃならないんですが、近所なものですからそちらに回れると思うんですよ」

「うちはわかりますか」

「いえ、わかりません。それでどうでしょう。一時間後に稲荷神社の駐車場で、というのは。ぼくは白の軽ワゴンに乗っていきます。そこでまず猫を見ていただいて、ルルちゃんかどうか確かめていただくというのは」

「一時間後ですね」

「はい。ぼくの携帯の番号はそちらに出ていると思いますので、もし、途中で何かあったら電話ください。ぼくの方も配達とか長引いたら、こちらの同じ番号に電話します。それでいいですか」

「はい、はい、はい。くれぐれも、どうか、よろしくお願いします」

「それでは、あとで」

電話を切ると森谷が口を開いた。

「盆栽って何？」

「ちょっとした思いつきだけど、うまく行く。金にならなきゃ、しようがねえだろ」

栃尾は立ちあがるとスマートフォンをジーパンのポケットに突っこみ、ルルという猫を入れたバスケットを持ちあげた。


一時間後、稲荷神社の駐車場に軽ワゴン車を乗りいれると待ちかまえていたようにやたら裾の長いピンク色のダウンコートを着た女が近づいてきた。栃尾は助手席に置いたバスケットを取って車から降りた。

「あ、どうも」

頭を下げかけて、やめた。女は紫のレンズをはめた縁なしメガネ越しにバスケットを見ている。栃尾の声はまるで耳に入っていない様子だ。声から想像した通り痩せていて、白髪をメガネとそろいの紫色に染めている婆だった。

バスケットを置くと婆がその前にしゃがんだ。扉を開けたとたん、猫が飛びだして女の膝に前足をかけ、そのまま胸まで駆けのぼった。婆が猫を抱きしめる。

「ルルちゃん、どこ行ってたでしゅか、お母さん、心配したでちゅよ」

婆が口にする赤ちゃん言葉も不気味だったが、白粉《おしろい》を塗りたくった頰を猫がさかんに嘗めているのも気持ち悪い。

おえっ、吐きそう――胸のうちで毒づきながら顔には精一杯笑みを浮かべている。

婆は猫を抱いたまま立ちあがると一礼した。

「ありがとうございます。ルルちゃんでした。本当によかった」

「何よりです」

「それとご迷惑をおかけして」

「いえ、気にしないでください。大したことじゃないですから」

「ルルちゃんはいつお宅へ行ったんでしょう」

「気がついたのは昨日です。庭でがちゃんと音がしたもので見に行ったら、この……、ルルちゃんがうずくまっているのが見えたんです。きれいな猫だし、野良じゃないなと思って煮干しを上げたんですけど、まずくなかったですかね」

「ルルちゃんの大好物です。あなた……」

婆が眉間に皺を刻んで栃尾を見る。電話をかけたときには名前を告げていない。名乗るつもりもなかったし、婆が訊こうとしていることは察しがついた。

「昔、うちでも猫を飼ってたんです。こんなにきれいなのじゃなかったですけど。ぼくが小学生の頃でした」

実際、栃尾が小学生のときには猫を二匹飼っていた。

「だから煮干しかなと思って。それじゃ、ぼくは配達の途中なんで、これで」

「本当に感謝、感激……」

婆ははっとしたように顔を上げ、コートのポケットに手を突っこんだ。

「あやうく忘れるところでした。これ、本当に少なくて恥ずかしいかぎりなんですけど、気持ちです」

差しだしてきたのはのし袋で謝礼とスタンプが捺《お》してある。

だが、栃尾は両手を上げた。

「いえ、そんなことをしてもらうためにやったわけじゃありませんから。たまたまポスターを見かけて、うちに来た猫に似てるなと思って連絡させてもらっただけで」

「そうおっしゃらずに」

婆は片手に猫を抱いたまま、のし袋を栃尾の手に押しつけてくる。

「私の気持ちがすみませんので」

「そうですか」栃尾はのし袋を受けとった。「それでは遠慮なく」

のし袋を渡してから婆がもう一度頭を下げる。

「大切な盆栽まで壊してしまって」

「いや、親父が死んでからはほったらかしなんですよ。うちじゃ、誰もいじらないんで。

それでも捨てるに捨てられないんですよね」

「本当に申し訳ありません」

「それじゃ、これで失礼します」

バスケットを拾いあげると車に戻り、早速のし袋を開いた。一万円札が五枚入っている。悪くない。二枚を抜いて、ジーパンのポケットにねじ込み、のし袋は革ジャンパーの内ポケットに入れて駐車場を出た。

近所にあるコンビニエンスストアの前で停めると、中から森谷が出てきて助手席に乗りこむなり訊いた。

「どうだった？」

「三万だ。案外しけてやがった」栃尾は首を振って車を出した。「とりあえず何か食おう。腹減った」

「おれも腹減った。金が入ったんだから焼き肉がいいな」

「お前の考えてることって単純だな。金が入ったら肉かよ。まあ、いいけど」

「それとあいつらのご飯も買わなきゃ」

わかっていいながらわざと訊きかえした。

「あいつらって？」

「犬と猫だよ」

「それならご飯じゃなく餌《えさ》だろ、馬鹿」

「それじゃ、おやつは何ていうんだ？」

赤信号で車を停め、栃尾は森谷を睨んだ。森谷がまっすぐ見返している。

「犬のおやつだ」

栃尾が答えると森谷はにやりとして指さしてきたので頭を一つ張った。

「痛《いて》えな。自分が負かされたからって引っぱたくことはないだろ」

「うるせえ」

森谷は小、中学校とずっといじめられていた。無理もないと思う。

2

無煙ロースターに並べた塩ホルモンを何度も箸でひっくり返し、多少周囲が焦げようと完全に火を通してからタレにつけて口に運ぶ森谷を見ながら、やっぱりこいつとは気が合うと栃尾は思った。

タン塩はレモン汁で食べるが、塩ホルモンはタレをつける。どの肉でも完全に火が通っていないと食べないところも似ていた。

本当の肉好きは半生くらいで食うんだとかつての職場の先輩にいわれ、半ば強制的に生焼けの肉を口にいれたが、グニャグニャした食感が気持ち悪く、ろくに嚙まないで呑みこんだ。どうだと訊かれたから正直に美味《おい》しくないと答えたらお前は肉の味がわからないといわれた。

表面がかりかりに焦げ、少し苦いホルモンを嚙みながら栃尾は周囲を見まわした。午後二時を過ぎていたが、それでもまだテーブル席の三分の一ほどに客がいる。

ランチは九十分間で肉、野菜、ライス、漬け物、味噌汁、スイーツが食べ放題、ソフトドリンクバーが付いて千九百八十円である。かつての先輩に連れられていったのも似たようなチェーン店で肉の味につべこべいっても始まらないだろと思ったものだ。

焼けたホルモンをタレの小皿に移し、ロースターにロースを載せた。精肉はカルビよりロースが好みで、もつ系といってもホルモンとタン塩しか食べられないという点でも栃尾と森谷は似ていたし、今年二十五歳になるものの酒が飲めないのも同じだった。

高校を卒業して、従業員十名ほどの内装業の会社に入ったとき、新入社員歓迎会で生ビールのジョッキを押しつけられた。ほんのひと口飲んだだけなのにトイレに駆けこんで吐き、その夜はジンマシンが出て一晩中のたうち回った。それでも翌日親方——社長というより似合ったし、本人も親方と呼ばれる方を好んだ——に怒られるのが怖くて会社に行ったが、夕方まで頭痛と吐き気に悩まされた。飲んでもいないのに二日酔いになるかと親方や先輩にいわれたが、頭が痛く、胸がむかむかしていたのは事実だ。心底、アルコールが躰に合わないのだと思い知らされた。

会社は六年半勤め、仕事もそこそこ覚えたが、ふいに行きたくなくなって辞めた。週に一、二度社員そろって宴会があるのがいやだったのかも知れない。その点、森谷との焼き肉はどちらもウーロン茶を飲みながらなので気楽だ。

森谷と二人で焼き肉を食べるときには、二つのルールがあった。

ルールその一。食べ放題なので冷蔵された陳列ケースから皿に肉を取り分けて持ってくるのだが、互いに食べたい物を食べたい量だけ取ってきて、自分のペースで焼くこと。ルールその二。ロースターには真ん中に見えないラインがあって、それぞれの陣地で焼くこと。

たまに新メニューに挑戦することはあったが、新人がレギュラーに昇格したことは一度もない。栃尾も森谷も冒険があまり好きではない。

唯一の違いといえば、栃尾は漬け物がどれも嫌いだが、森谷はたくわん、お新香、キムチ類と何でも食べる。今日も漬け物専用の皿を設け、盛り合わせにしているが、匂《にお》いまでいやというほどではないので気にはならない。

逆に森谷は味噌汁が嫌いだ。泥水みたいでいやなのだという。栃尾にしても味噌汁がなければ飯が食えないというほどではないが、熱い味噌汁をすすると日本人に生まれてよかったと思う程度には好きだ。それでいて森谷はポタージュスープが大好きなのだからおかしな奴だ。

ホルモンの脂で唇をてらてら光らせた森谷がふいにいった。

「とっちゃんって、やっぱり頭いいよな」

栃尾でとっちゃん――小学校三年のときに同じクラスになって以来、森谷はずっと同じ呼び方をしている。

「何だよ、いきなり。自慢じゃないけど、勉強で褒められたことなんて一度もないぞ」

両親とも息子には大して期待していなかったのだろう。通信簿を見せても一度も怒られたことがない。褒められたこともなかったが、勉強しろともいわれなかった。

「電話だよ。いきなり盆栽がどうたらっていいはじめて、それから親父さんが死んでるっていうだろ。びっくりするよ」

「ああ、あれか」

焼き上がったロースをタレにつけ、口に運ぶ。もぐもぐやりながらつづけた。

「この間の婆がひどかったろ」

「チワワのデブ婆か」

森谷がにやにやしていう。

今日と同じようにバスケットに入れてチワワを返しに行ったらいきなり大泣きして、姿が見えなくなってからご飯が咽を通らなくてといった。ルルという猫を飼っていた家の倍はありそうな大きなお屋敷に住んでいて、指という指の全部に宝石のついた指輪をはめ、高そうなセーターを着ていた女だ。まるまる太っていて、決してやつれているようには見えなかった。

適当に話をでっち上げて、とことこ歩いているところを見かけたものでといったら涙と鼻水で顔をぐしゃぐしゃにして何度も礼をいった。こりゃ期待できるなと思っていたら押しつけてきたのが折りたたんだ千円札が一枚だけ。こちらも犬用のビーフジャーキーを餌に連れだした手前、あまり強いことはいえなかったが、それにしても千円はひどい。今どき小学生の小遣いにしたってそっぽを向かれるだろう。

「だから話を盛った」

「それで三万だもんな。盆栽を弁償したつもりなんだろ」

「ああ」

「やっぱり頭いいよ」

感心してしきりにうなずく森谷を見ながら胸のうちで詫びた。

本当は五万あったんだ、すまん。

森谷を拾う前にのし袋から二万円を抜いた。すべて自分で仕切っているので森谷に気づかれる心配はないが、少し後ろめたくはある。

「これ、食い終わったら団地のそばの川に行くぞ。迷い犬のツイートが出てた」

栃尾の言葉に森谷が首を振った。

「すぐはダメだよ。いったん帰ってあいつらにご飯を食べさせなきゃ」

「餌だっていってるだろ」訂正しながらも栃尾はうなずいた。「わかった。じゃ、いったん工場に帰ろう」

あわてることはないだろうと栃尾は思った。迷い犬、迷い猫のツイートは毎日のように出ていたし、犬猫探してますという専用のインターネットの掲示板もあった。ツイッターや掲示板をチェックすることをリサーチといい、比較的近所であれば、探しに行くことをパトロールと称していた。だが、何といっても効率がいいのは狙いをつけた家のペットを誘いだし、連れてきてしまう方法だ。返す相手がはっきりわかっているので手間がない。チワワを飼っていた太った女のような例もあるが、謝礼はだいたい一、二万円にはなった。

「ご飯も買ってかないともうないよ」

恐る恐るといった調子で森谷がいう。

首尾よく犬、猫を連れてきても——盗みだすとは思っていない——、相手とうまく連絡がつかなければ、近所まで行って放してしまうことも多かった。ところが、森谷がいやがる。結局、つねに工場には犬や猫が十匹以上もうろうろしている羽目になる。

でも、こいつとは気が合うし……。

「それにまだ時間あるだろ」森谷が立ちあがる。「おれ、もうひと皿取ってくるよ」

「おれも」

栃尾も立ちあがった。食い放題の残り時間はあと十分を切っている。


西新井警察署から児童相談所まで車なら十分とかからない。一年前、同じコースをたどったのだから早麻理にもわかっていた。途中、副所長がコンビニエンスストアで弁当を買っていくといった。いっしょに行って好きなものを選んでいいといわれたが、人前に出るのがいやだったのでお任せしますと答え、車から降りなかった。

児童相談所に到着すると副所長のあとについて相談室というプレートが貼ってある個室に来た。コンビニエンスストアのポリ袋をぶら下げた副所長がドアを開けて、早麻理をふり返った。

「とりあえずお昼にしましょう。お腹《なか》、空《す》いたでしょ」

「はい」

「相談はそのあとね。腹が減っては戦ができないっていうし」

大げさかといって副所長が笑う。早麻理はかすかに笑みを浮かべてうなずいた。

相談室は中央にテーブルが置かれ、椅子が四つ置いてある。向かい合わせに座ると副所長は早麻理の前に弁当とウーロン茶のペットボトルを置いた。

「コップを持ってこようか」

「いえ」早麻理は首を振った。「私はこのままで大丈夫です」

「そう。それじゃ、お行儀が悪いけど、私もコップなしにしよう。皆には内緒よ」

「はい」

弁当の中味は半分がゴマのかかったご飯、残り半分がおかずで、ほんの申し訳程度の千切りキャベツにデミグラスソースがかかった小さめのハンバーグと魚のフライが載っており、プラスチックの小さなカップに盛られたマカロニサラダとひじきの煮物がついていた。副所長の前にも同じ弁当が置かれていた。

合掌した。

「いただきます」

「はい」副所長がにっこり頰笑《ほほえ》んでうなずく。「いただきましょう」

醬油の入った小袋を破って魚のフライに少量かけ、割り箸を手にした。マカロニサラダを口に運ぶ。ぼそぼそしていてまるで美味しくなかったが、早麻理には馴染んだ味だ。

嚙みながらふと思う。

お母さんの作った料理を最後に食べたのはいつだろう……。

食事はたいていコンビニエンスストアで買った物で済ませた。弁当やサンドイッチ、ハンバーガーがあたるときはまだいい方で、一袋八個入り百円というパンに水という日もあった。百円のパンにしても母と二人で四個ずつ分け合って食べていたのが、一日に二人で一袋という日もあったし、母はまったく食べないことも多かった。

　思いだした。一年前、同じように児童相談所に来て最初に食事をしたとき、母の手料理を食べたのはいつだろうと考えていたのだ。笑いだしそうになり、あわててこらえた。

　副所長は箸を置き、ペットボトルを直接口につけ、ウーロン茶をごくごく飲んだあと、訊いてきた。

「最近、学校の方はどう?」

　早麻理は箸を止め、うつむいたまま何も答えなかった。

「食べながらでいいのよ。遠慮しないで」

　いきなり学校はどうといわれて食えるかと思いつつも早麻理は顔を上げずにぼそぼそと答えた。

「学校には行ってません」

　脳裏に浮かんだのは、胸元に花柄模様を編みこんだ紺色のセーターだ。

　冬になると毎日同じセーターを着ていた。一週間は誰の目にもとまらなかった。だが、翌週も同じセーターで学校に行くと顔を寄せ合ってひそひそ話をするクラスメートの姿が目につくようになった。そのうち臭いという言葉が耳に入るようになった。

　自分ではわからなかったが、一週間、十日と同じセーターを着ているのだからいやな臭いがするかも知れないと思った。クラスメートは知らなかったが、早麻理は週末も寝るときも同じセーターを着ていた。二週間が経《た》つと脱いでもセミの抜け殻のように躰の形になってセーターが立った。

「小学校は義務教育なの。義務という意味、わかる？」

「はい」

「どうして学校に行かなくなったの？」

「何となく」

「誰かにいじめられたとか、嫌がらせをされたから？」

「いえ」首を振り、わずかに考えたあと答えた。「ありません」

「だけど……」

副所長が首から吊《つ》っている携帯電話が鳴りだした。手に取って開き、メガネを持ちあげて表示を見る。目を細めると目尻の皺が目立った。ボタンを押し、耳にあてた。

「渡部でございます」

答えながら早麻理を見て、小さくうなずく。心臓がきゅんとした。

「はい、そうです。児童相談所の……、はい、以前にもお電話しました。実は……」

副所長は携帯電話を耳にあてたまま、部屋を出ていった。

心臓がどきどきしていて、喉元《のどもと》に酸っぱいものがこみ上げてくるような気がした。電話は祖母からだろうと直感した。母が逮捕された以上、連絡する先は祖母以外にない。一年前は祖母は早麻理を引き取ろうとせず、母の裁判の間相談所で生活したが、早麻理にはむしろありがたかった。

お祖母ちゃんの家はいやだ……。

早麻理は小さなカップに入ったひじきの煮物を見つめながら祖母の家の食卓を思いだしていた。

丼に山盛りになったひじきの煮物から湯気が立ちのぼっていた。ところどころに刻んだ油揚《あぶらげ》やちくわが見える。

「いつまでぼやっと見てるんだよ」ちゃぶ台の向こう側で祖母は団扇《うちわ》を動かし、早麻理を見ていた。「見てたって、これっきりおかずは増えやしないんだから。さっさと食べておしまい」

祖母、祖父、母と早麻理の四人で丸いちゃぶ台を囲んでいた。祖母と母、早麻理の前には茶碗《ちゃわん》に盛ったご飯が置かれているが、祖父はビール会社の名前が入ったコップで焼酎《しょうちゅう》を飲んでいた。

「いただきます」

合掌してから早麻理は箸を手にした。母はぼんやりとした目をちゃぶ台に向けているが、何も見ていないような感じだ。躰が右へ左へゆっくり揺れている。

早麻理はひじきを少し取り、ご飯にのせて食べ、祖母に目をやった。

「美味しいです」

祖母は鼻に皺を寄せて吐きすてた。

「へっ」

祖父はコップを口につけるとしばらくの間、そのまま動かなかった。だが、飲んでいるのではなく、口を開け、流れこんだ焼酎に舌をしばらく浸しているのだ。コップの中味はなかなか減らない。

祖父を横目で睨んで祖母が鼻に皺を寄せる。

「へっ」

ようやくコップを置いた祖父は箸を取り、ほんのひとつまみひじきを口に入れた。ゆっくりと口を動かす。くちゃっ、くちゃっと音がして、早麻理は顔をしかめそうになったが、何とか我慢した。

祖母は目を背け、あっぱっぱというゆったりしたワンピースの襟を広げると団扇の風を送りこんだ。祖父がひじきを呑みこむとのど仏が動いた。またコップを取り、口を開いて焼酎に舌を浸す。

「うちだってね、爺《じい》さんとあたしの年金で食ってくのが精一杯なんだ。それを何だっていうんだい。ぷいっとうちを出てったきり何年も音沙汰《おとさた》なしで、住むところがなくなったからって押しかけてきてさ。迷惑なんだよ」

母はまるで反応しない。早麻理はうつむいてひじきをのせたご飯を口に運び、嚙みつづけていた。

祖母が母の顔をのぞきこむ。

「聞こえてるのかい？　そこにいるのかい？　迷惑だっていってるんだよ。お前もいい歳《とし》なんだし、親が年寄りで貧乏暮らししてるのはわかってんだろ。お前くらいの歳まわりになりゃ、来るときには手土産の一つも持ってさ、盆暮れにはお小遣いだよって一万円でも握らせるもんじゃないか。それを何だよ、お前は。どこの馬の骨だかわからない野郎にタネだけ仕込まれて、ガキィひり出しやがってさ。それで住むところがなくなりましただぁ？　情けないったらないよ」

団扇を動かす手と、口はいつまでも止まらなかった。

祖父は相変わらず焼酎に舌を浸している。食卓が片づけられても同じことをくり返していたし、早麻理が見ているかぎりではつねに茶の間の同じ場所に座り、コップに口をつけていた。

祖父母の家は公園わきの二軒長屋にあった。二間しかなく、夜は茶の間に布団を一つ敷いて——二つ並べる広さはなかった——、母といっしょに寝た。祖父は午後八時にはもう一つの部屋の布団にくるまって寝たが、朝は夜明け前に起きだしてきて、台所に座りこんで焼酎を飲みはじめた。

前の団地を追いだされて、次の団地に移るまでの半年ほどを早麻理は母とともに暮らした。母がいたからまだ耐えられたが、一人では絶対に無理だと思った。

副所長が部屋に戻ってきた。にこにこしている。向かいの椅子に腰を下ろすと身を乗りだしてきた。口臭にひじきの臭いが混じっている。

「お祖母ちゃんから電話があったわよ。警察にいるときに連絡を入れておいたんだけど、そのときはつながらなくて留守番電話に吹きこんでおいたの。私に連絡をくださいって」

早麻理は両手を膝に置いてまっすぐに副所長を見ていた。口元には笑みを浮かべるように努力したが、うまくいっているかどうかはわからなかった。

「前のときと事情が違うことをよく説明したのね。今度は長く……、ごめんなさい」

「いえ、大丈夫です」

早麻理の答えに副所長がうっすらと苦笑する。

「あなたも大変ね。とりあえず夕方こちらに来てもらって、これからどうするか話し合うことになったの。お祖母《ばあ》ちゃんの方もいろいろ大変だっていってたけど、可愛いお孫さんのためですからっていったら理解していただけたみたいで。今後のことについては、お祖母ちゃんとお祖父《じい》ちゃんと私たちとが協力し合って何とでもするから、あなたは心配しないで」

「お世話になります」

早麻理は頭を下げた。

食事を終えたところで、昨夜はほとんど寝ていないというと医務室のベッドで少し休みなさいといわれた。副所長の答えは予想通りだ。一年前に来て、相談所のことはある程度わかっている。

医務室前の廊下の突き当たりには非常口があり、そこから外に出られることも……。

3

――拡散希望。#迷子犬　#老犬　十五歳のおばあちゃん犬探してます。オレンジ色の首輪、白地に青の水玉の服をきてました。高齢の為耳が聞こえません。二月十九日夕方、松山市……

栃尾は舌打ちしてスマートフォンの画面にあてた人差し指を動かし、スクロールさせた。松山市がどこかはぴんと来なかったが、少なくとも近所ではないことはたしかだ。添付されていた画像も開かなかった。

次の行に目を移す。

——拡散をお願いします。犬探してます！　名前はユメ、メス。シェパードと柴犬のミックスでお腹に手術の痕があります。仙台市……

——迷い犬を探してます。知人のお母さんが可愛がっているシェルテイで北海道の……

舌打ちがつづく。松山、仙台の書き込みが再度登場し、スクロールをつづける。

——うちにもシェルテイがいるので心配です。一刻も早く見つかることをお祈りしています……

——拡散希望。迷い犬探してます。マルチーズ、四歳。雷に驚いて逃げだしました。富山県……

――犬探してますといわれても目立った特徴のない犬の画像を貼られてもどうしようもないですね……

「おっしゃる通り」

栃尾はうなずき、さらに指を動かしつづけた。ツイッターの検索サイトで〈迷い犬〉、〈犬探してます〉というハッシュタグを探せば、数分に一度、多いときには秒単位で書き込みが増えていくが、同じ内容がくり返されている場合が多い。

お節介焼きで暇を持てあましている連中が案外たくさんいるものだと感心してしまう。それより大事な家族とまでいいきっているにもかかわらず逃げだしてしまった、迷子になったという書き込みが数分おきに現れることに驚かされる。

スマートフォンから目を上げた。床に敷いた古いカーペットの上で大の字になっていびきをかいている森谷のまわりに犬、猫が集まり、躰をくっつけて寝ていた。工場にいるすべての犬、猫というわけではなく、必ず一匹や二匹は離れたところで足を嘗めたり、毛づくろいをしていた。

スマートフォンに視線を戻すとツイッターの検索サイトから犬猫探しの掲示板に移動した。いくつか登録してあるサイトのうち、東京北部を中心とする掲示板を開いて新しい書き込みがないかチェックしはじめた。

探しているのは工場近辺の情報だ。だが、あまり近すぎても後々面倒なことになるおそれがあるので避けるようにしている。東京北部、埼玉県南部であれば、軽ワゴン車で遠征できる。

何より気をつけているのは、今工場の中をうろうろしている犬、猫に関する書き込みだ。飼い主の家はわかっているので目星はつけやすい。当初は二、三日経ってから直接飼い主にあたったのだが、どうして犬や猫が行方不明になったのを知っているのかと怪しまれ、警察に通報されそうになった。それ以来、ツイッターや掲示板の書き込みを見てから連絡するようにしている。

ネット上に出ている連絡先はいわゆる捨てメールのアドレスだが、写真を送ってやれば、たいてい返事が来た。また区役所やボランティア団体が連絡先になっていても、同じようにメールで連絡すると十中八九飼い主から直接返信が来る。ボランティア団体の場合、捜索を依頼してきた人の連絡先を教えてくれることも多かった。

唯一の難点は何度も同じ団体に連絡すると怪しまれる点だ。不思議なことに役所の場合は一度もこちらの素性を訊かれたことがない。おそらく届け出た人に機械的に連絡しているだけで迷い犬や猫に関心などないのだろう。

あくまでも善意の発見者を装っているし、栃尾から謝礼について言いだしたことはない。それでも万単位の金が入った。不景気といわれているが、ペットにかける費用は別物らしい。

そもそもは一年前、近所で偶然見かけた迷い犬の飼い主を探したことがきっかけになった。ダックスフントだったが、首輪をしていたので近所の飼い犬だろうと思い、付近にある家のいくつかに訊《たず》ねてみた。そのうちの一軒が飼い主らしい家を教えてくれたので届けに行った。自分でも暇な物好きだと思ったが、そのときは単なる親切心だった。ところが謝礼として受けとった封筒には十万円も入っていたのである。それで味をしめた。もし、封筒の中味が千円だったら商売にしようとは思わなかっただろう。

それとこの工場だな――栃尾は鉄製の梁《はり》が剝きだしになった天井を見上げた。

プラスチックやゴムの部品を製造していたのだが、三年前、創業者で社長をしていた祖父が死んだときに廃業した。中国や東南アジアの安い製品に押され、年々売り上げが落ちていたし、祖父の子供は女ばかり四人で跡を継ぐという者がいなかった。祖母は十年も前に亡くなっている。

経営状態が悪化し、従業員を減らしていた上、残っていた人も全員六十歳を過ぎていたので廃業することにした。すんなり決まったのは、ここまでだ。その後、工場をどうするのかということで娘四人がもめた。

長女である母は近所に住んでいて、祖母亡き後は祖父の食事の世話をしていたことを理由に土地の売却代——誰が見ても工場に価値があるとは思えなかった——のうち、半分を要求したのである。それに妹たち、栃尾からすれば叔母たちがいっせいに反発した。民主主義の世の中なんだから公平に四等分すべきだと主張したのである。

最初は母一人に対し、三人の叔母たちが結託して対抗、それぞれ弁護士を雇ったりしたが、骨肉の争いというのは相当面倒くさいようだ。母に三女の叔母がくっつき、さらに四女を巻きこんだかと思うと、翌月には次女と三女が仲間になったりする。そのたび弁護士を代えてもめつづけるのだが、不思議と四人が一つにまとまることはなく、その間ずっと工場は放置された。

空き家となった工場の鍵は母が管理していたため、栃尾は鍵を盗みだしては時おり使っていた。巨大な秘密基地を手に入れたくらいのつもりだったが、電気、水道ともに止められており、夏は凄まじく暑く、冬は寒かった。照明といえば、電池式のランタンがあるばかりだ。

火事は恐ろしかったので火は極力使わなかったし、栃尾も森谷もタバコを喫わないので灰皿の始末は気にする必要がなかった。

掲示板をいくつか見たが、めぼしい書き込みは見当たらなかった。スマートフォンをジーパンのポケットにねじこみ、欠伸をした。首を左右に倒す。

ネット以外では地元のコミュニティ誌が案外有効な情報源となった。たいてい情報コーナーが設けられていて、犬、猫を探していますという記事が載っていた。ネットより面倒くさくないのは、探し主の連絡先まで載っていることが多かった点だ。

昨日、見た中に足立区と埼玉県の境界を流れる川べりで散歩中にコーギーがいなくなったという記事があった。犬も雑種より純血種の方が金になりやすい。その川べりには団地が並んでいて、団地と川の間には遊歩道が設けられている。昼間は車もほとんど走っていないため、犬を散歩させるのによく使われていた。栃尾と森谷は何度か川べりに犬猫探しに出かけており、猫のたまり場もいくつか見つけていた。行方知れずになった猫を見つけたこともある。謝礼は五千円だったが……。

ソファから立ちあがった栃尾は森谷に近づいた。

「おい、そろそろ出かけるぞ」

森谷がいびきで返事をする。舌打ちした栃尾は森谷の足を蹴飛ばした。

児童相談所の医務室は一階にあり、廊下に出て左に行くと職員用トイレ、突き当たりに非常口があった。非常口は内側からであれば、簡単にロックを外せる。早麻理は周囲に人影がないのを見て、非常口から外へ出た。

目の前が植え込みで右に行くと駐車場になっている。植え込みと駐車場をぐるりと囲んでいるフェンスの間をくぐり、小さな公園を抜けて通りに出た。迷わず右に行き、中学校の前を過ぎて、さらに環七通りを横断して西新井大師《にしあらいだいし》に向かった。

歩きながら早麻理は空を見上げた。午前中は陽《ひ》が射《さ》していたのに警察署を出る頃には空一面が灰色の雲に覆われていた。セーターの上にグリーンの薄いウィンドブレーカーを羽織っているものの、下はスカートに靴下で太腿《ふともも》から足首のちょっと上までは剝きだしだ。さすがに寒く、ウィンドブレーカーのファスナーを襟まで上げた。

医務室に入って一人になったらすぐに抜けだすつもりだったのがベッドに入ったとたん、眠ってしまった。どれほど眠ったのかわからなかったが、医務室に誰もいないことがわかるとすぐに出てきた。

西新井大師のわきを通りぬけ、どこへ行こうかと考えた。ウィンドブレーカーのポケットに入れてある財布を取りだす。お札はなく、小銭が二百十七円、それに自宅の鍵が入っているだけだ。財布をポケットに戻し、両手を袖の内側に引っこめた。寒さはウィンドブレーカーを通りぬけ、早麻理の背を震わせた。

祖母の家に連れていかれるのがいやで児童相談所を脱けだしてきた。昨夜遅くに行った笈田の家は町屋《まちや》にあったが、牛丼屋でのやたら説教じみた口調を思いだすととても頼る気にはなれなかった。

母は団地を追いだされたと笈田にいった。たしかに家賃は滞っているのだろうが、部屋はまだそのままにある。ガスはとっくに止められ、ひょっとしたら電気も止まっているかも知れなかったが、とにかく寒くてしょうがない。西新井大師から竹ノ塚《たけのつか》駅までなら小学生なので八十円で済むが、歩けない距離でもない。竹ノ塚駅まで行けば、住んでいた団地は目の前だ。ズボンに穿き替え、ウィンドブレーカーではなく、もう少し厚手の上着を探そうと思った。

急ぎ足で歩きつづけ、竹ノ塚駅の手前を右に入って団地に向かった。もうすぐ家だと思ってポケットの財布を握りしめた早麻理の足が止まった。

自宅のある団地の前に白いライトバンが停まっていて運転席に誰かいるのが見えたからだ。警察署に来たのと同じ車に違いなかった。

とりあえず駅に向かって引き返したが、北に方向を変えた。

せっかく外に出たのだからラブに一目会っておこうと思いついた。ラブは広瀬《ひろせ》のお婆ちゃんが飼っているボーダーコリーの血が濃いミックスだ。

『雑種じゃなく、ミックスっていうんだよ。その方が恰好いいだろ』

広瀬のお婆ちゃんの家は前に住んでいた川べりの団地の近所にある。母のことを話せば、一晩くらいなら泊めてくれるかも知れない。

十一歳の女の子が一人で泊まり歩くのは難しい。いずれ児童相談所に引き戻され、祖母の家か施設に入れられることになるのはわかっていた。

せめてひと目ラブに会いたいと思った。児童相談所に入れば、規則ずくめで窮屈な思いをしなくてはならないし、施設での暮らしなど想像もつかない。だが、ほかに行き場所はないだろう。祖母が早麻理を引き取るとも思えなかった。

まっすぐに早麻理を見て、尻尾を振るラブが頭に浮かぶと足が速まった。


広瀬のお婆ちゃんの家は元は広瀬のお爺ちゃんの家といっていたが、早麻理が小学校二年生のときにお爺ちゃんが亡くなった。お爺ちゃんの葬式の間、早麻理はお婆ちゃんに頼まれ、学校に行く前に家に寄ってラブにご飯をあげ、学校が終わるとまた家に寄ってラブを散歩させたあと、ご飯をあげた。そのときは犬用の缶詰ご飯をお婆ちゃんが玄関脇に用意してくれていたので、缶を開け、犬小屋の前にあるラブの食器に移すだけで済んだ。

引っ越してからも週に一度か二度、広瀬のお婆ちゃんの家に通っていたが、去年母が警察に連れていかれ、児童相談所で暮らしている間はラブの顔を見ることができなかった。ようやく母が帰ってきて、元のように二人で暮らすようになるとすぐに広瀬のお婆ちゃんの家に行ったが、その頃からラブは眠っていることが多くなった。早麻理が訪ねていくと張り切って飛びだしてくるのだが、すぐに玄関先で寝そべってしまった。

『年寄りだからね、仕方ないのよ』

納得できなかった。団地と川の間にある遊歩道で、初めてラブを連れて歩いているお爺ちゃんとお婆ちゃんに会ったとき、ラブが早麻理より二歳年上だと教えられた。だからまだ十三歳のはずだ。

『犬の時間はね、人の七倍の早さで過ぎていくんだよ。ラブの方が私より長生きしちゃったら誰がラブにご飯をあげるの』

私が、と早麻理は思ったが、口には出せなかった。ラブに会うため、広瀬のお婆ちゃんの家に行くと、ここん家《ち》の子供だったらと考えることはあったのだが……。

広瀬のお婆ちゃんの家は瓦《かわら》屋根の古い平屋でブロック塀に囲まれている。門には鉄製の格子の扉がついていてベニヤ板にペンキで書かれた注意書きが取りつけてあった。

犬がいます。
逃げるので門を開けないでください。

郵便受けと呼び鈴のボタンは門柱についているが、門と玄関までは一メートルもないので声をかければ届きそうだ。早麻理は呼び鈴を押さず、掛け金を外して門を慎重に開けた。躰を滑りこませ、門を素早く閉めると掛け金を元に戻す。

ふり返ると玄関脇に置かれた犬小屋で寝ているラブの顔が見えた。何年か前なら門の掛け金を外しただけで犬小屋を飛びだしてきて早麻理の膝にまとわりついたのだが、今は寝ていることが多い。耳が遠くなって、音に気づかなくなったのかも知れない。

犬小屋の前にしゃがみ込み、ラブの顔をのぞいた。躰の右側を下にして目をつぶっている。腹がゆっくりと上下し、かすかないびきが聞こえた。

「ラーブちゃん」

いつものように呼びかけた。ラブはすぐに目を開いたが、黒い瞳はさまよった。もう一度声をかけた。

「ラーブちゃん」

尻尾を左右に揺らす。早麻理が来たとわかったのだろう。腹ばいになり、ゆっくりと出てくると早麻理の膝を嗅いだ。さらに大きく尻尾を振った。早麻理はラブの頭を撫で、顔を両手で挟んだ。ラブは顔を上向け、目を細め、鼻を鳴らした。

「ようやくわかったの。寝ぼすけさんだねぇ、ラブちゃんは」

ラブが早麻理の手を嘗める。舌はやわらかく、温かかった。顔を近づけると今度は頰や口元を嘗《な》めた。

「くすぐったいよ」

そういいながらも早麻理は顔を引っこめなかった。

ひとしきり嘗めるとラブが門に行こうとする。散歩に行こうと誘っているのだ。早麻理は立ちあがった。

「ちょっと待ってね。お婆ちゃんにご挨拶してから行くから」

玄関の引き戸に手をかけたが、びくともしない。叩いて、声をかけた。

「ごめんください」

返事はない。留守なのだろうと思った。家にいるとき、広瀬のお婆ちゃんが玄関に鍵をかけていることはなかったからだ。

足元に来て、さかんに尻尾を振っているラブを見下ろした。

「どこへ行ったのかな」

ラブが吠《ほ》える。

「その辺をぐるっと一回りしてこようか。そのうちお婆ちゃんも帰ってくるだろうし」

玄関脇に打ちつけた釘《くぎ》にひっかけてあるリードを取ると早麻理はラブの首輪に留めた。訪ねてきて、広瀬のお婆ちゃんがいなかったことは今までにも何度かあった。たいてい近所に買い物に行っているくらいで、ラブと散歩をしている間に帰ってきていた。

ラブといっしょに門を出て、元のように掛け金を留めると歩きだした。ラブが先に立って歩く。躰が左右に揺れ、よたよたという感じだ。電信柱に近づいたラブは根元の匂いを嗅ぎ、それから尻を向けた。

しゃがまずにおしっこをするのを見て、胸がきゅっと痛くなった。メスのラブはもともと脚をあげておしっこをすることは少なかった。たいていは前脚を伸ばし、腰だけ下ろして用を足した。

しゃがむこともできなくなっちゃったの？——声に出さずに訊いた。

ラブはふたたびよたよたと歩きだした。半年前に比べてもずいぶん遅くなっているのを感じた。年寄りだからねといった広瀬のお婆ちゃんの声を思いだす。

かつて住んでいた団地と川の間の遊歩道——ラブといっしょに歩くいつもの散歩コースに入った。

団地を見やって、早麻理はまた胸が痛むのを感じた。

かつて住んでいた団地は改修工事の真っ最中だった。何十棟と並んでいる団地すべての工事を一斉にやっているわけではなく、二、三棟ずつ順に工事が進められている。早麻理のいた棟の周囲に足場が組まれていた。

三階の端にある部屋に目が行く。そこにはまだ窓ガラスが残っていた。窓の奥は寝室に使っていた部屋だ。独りぼっちの夜、ガラスにひたいをつけて川や遊歩道を見下ろしていたのを思いだした。

となりの棟は工事が進んでいて、窓枠が外されている。灰色の壁に黒い穴が並んでいる姿はガイコツが積み重なっているように見えた。

ふいにリードが引っぱられ、早麻理は目をやった。ラブが川岸に立てられたフェンスの下に潜りこもうとしている。フェンスはコンクリートの土台に据えられていて、下の方が十五センチくらい開いていた。ラブはその間に顔を入れ、河原に出ようとしていた。

「そっちはダメっていってるでしょ」

早麻理はラブを叱《しか》りながらリードを引いた。ちょうど首輪がフェンスの下にかかっていて、早麻理が引っぱった瞬間、外れてしまった。

ラブがするりとフェンスをくぐる。

早麻理はあわててフェンスに飛びつき、よじ登ろうとした。

「危ない」

後ろから声をかけられ、早麻理はふり返った。

4

左に比較的新しい住宅街、右にフェンスに囲まれた緑地を見ながら小町は東に向かってゆっくりと捜査車輛を走らせていた。

西新井署を出たあと、小町と辰見は当初の予定通り北へ向かった。葬儀で留守の家を狙う新仏荒し事案を警戒するため、足立区舎人周辺を一時間以上走りまわったが、とくにめぼしい情報は入らなかった。そろそろ分駐所に引き返そうかと考えていた矢先、無線が新仏荒しが発生し、被疑者を確保したと告げたのである。小町たちが走りまわっていた場所より東で、綾瀬川《あやせがわ》に近い住宅街だという。

被疑者を確保したのなら事件は解決、めでたしめでたしとなるはずが、おまけがついた。新仏荒しの被疑者は二人組で、確保したのは一名、もう一名が逃走、付近に潜伏しているとつづいたのである。

やっぱり班長は持ってるねぇと辰見が笑った。

それから一時間近くも警邏をつづけていたが、逃走した一名について新たな情報は入ってこなかった。

河川敷にぶつかったところで左折する。相変わらず辰見が左、小町は右を警戒していたが、堤防の上端が見えるばかりだ。堤防の上を被疑者が歩いていれば、いやでも目につく。だが、肝心の人相、風体、男女の別さえ情報が入っていない。

誰でもいい――小町は右を見ながら胸のうちでつぶやいた――堤防の上を歩いているだけで怪しい。

職務質問をするつもりでいたが、自分でも無茶だとは感じていた。

やがて水門が見えてきた。綾瀬川、伝右川《でんうかわ》、毛長川《けながかわ》と三つの川が合流する地点で伝右川の排水量を調整するために設けられている。足立区の北東端に近く、すぐ先は埼玉県だ。

「別段これといった動きはないが……」助手席で辰見がつぶやく。「何を捜すんだかわかってないもんなぁ」

「まったく」

道なりに左へ曲がっていく。やがてT字路交差点となり、小町は右へ車首を向けた。フェンスに釣り竿《ざお》を置いている人が数人いた。

「この寒いのにご苦労さんだな。それとも家へ帰れない事情でもあるのかねぇ」

辰見が独り言のようにいい、小町は苦笑した。午前中は晴れていたが、昼過ぎから曇り、さらには夕闇が少しずつ濃くなってきている。気温も下がっているだろうに、と思った。

またT字路にぶつかり、右へ向かった。住宅街を進むと一時停止の標識があった。停車し、右を選んだが、毛長川沿いの通りは一方通行で入れないので一本手前を左に入り、神社の裏手を進んだ。児童公園のわきを通りぬけようとしたとき、パトカーが停められているのが見えた。警察官が二人、パトカーの外に出て周囲を見まわしている。

「何かあったのかも知れませんね」

「そうだね」

「ちょっと話を聞いてみましょうか」

「賛成。おれもそろそろ深呼吸が必要になってきた」

小町は横目で辰見をちらりと見たが、何もいわずパトカーの後ろに捜査車輌を停めた。

エンジンを切って車から降り、制服警官に近づくと二人ともふり返った。

若い方が小町を見て頬笑み、会釈をする。

「お久しぶりです」

中年の警官が相勤者と小町を交互に見た。小町は近づいて声をかけた。

「機捜の稲田です」

「おれは辰見」すぐ後ろで声がした。「班長、知り合いか」

「西新井警察署《PS》の……」いいかけて小町は若い警官をふり返った。「ごめん」

「重野《しげの》です」

浅草分駐所に赴任したばかりの頃、自殺に偽装した殺人事件で西新井署に捜査本部が置かれ、地域課員をしている重野も応援要員として駆りだされた。そのときに会っていることを辰見と中年の警官の双方に話した。

「西新井って……」辰見は周囲を見まわした。「ここらは竹ノ塚ＰＳの管轄だろ」

「例の新仏荒しで合同捜査本部が立ちましてね。そこへ持ってきて、今回の騒ぎでしょ。両方入り乱れてますよ」

中年警官が苦笑し、言葉を継いだ。

「まあ、竹ノ塚はうちらにしたら分家みたいなもんですけどね」

平成十年、西新井警察署と綾瀬警察署の一部を分割して新設されたのが竹ノ塚署である。

辰見はタバコを取りだしてくわえ、火を点けた。煙を吐きだし、周囲を見まわす。

「川一本挟んで向こう側は埼玉県警の縄張りだもんな。あっちに逃げられりゃ、所轄だけの問題じゃなくなっちまう」

中年警官が渋い顔になり、咳払《せきばら》いをしてから辰見が手にしているタバコを見やった。辰見は上着のポケットから携帯灰皿を取りだし、中年警官ににっと笑ってみせる。しかし、いくら携帯灰皿を持参しているとはいっても児童公園のすぐそばでの喫煙はあまり褒められたものではない。

「あの……、すみません」

女性の声に小町は目をやった。真っ赤な外套《がいとう》を羽織った高齢の女性が重野に声をかけていた。

「はい」重野が向きなおった。「何でしょう」

女性は化粧っ気がまるでなく、外套にしてもところどころにシミがついていて普段着という感じだ。

「犬を見かけませんでしたか」

「犬?」

重野が大きく目を見開いてくり返した。女性があわてて頭を下げる。

「すみません。お門違いですよね。失礼しました」

「あ、いやいや。そんなことはありませんよ」

今度は重野があわてる番だ。相勤者の中年警官と辰見がにやにやしながら重野を見ている。

「どんな犬ですか。お宅から逃げだしたんですか」

「ボーダーコリーの血が濃いミックスなんですけど。いえ、門がしっかり閉まってましたから知り合いの子が来て散歩に連れていってくれてるのかも知れないんですけど、なかなか戻ってこないもので」

そのとき一台の自転車が近づいてきて停まった。乗っているのは犬の話を持ちかけてきた人と同年配くらいの女性だ。

「あら、広瀬さん。どうしたの？　何かあったの？」

警察官に囲まれていれば、心配になるのは無理もない。二人は私服で、そのうちの一人は悠々とタバコを喫っている最中だとしても……。

「うちの……」

犬の説明をしかけたとき、耳に挿したイヤフォンから切迫した声が流れだした。

〝荒川河川敷で変死体発見……〟

小町と辰見は小走りに捜査車輛に戻った。通信指令がつづけて住所を告げる。浅草分駐所が担当する区域のほぼど真ん中だった。

重野と相勤者もイヤフォンに手をあて、小町たちを目で追っていた。運転席に乗りこむと小町はすぐにエンジンをかけ、辰見は赤色灯とサイレンのスイッチを入れた。


団地の北を流れる川にかかる橋を渡りおえたところで、早麻理はふり返り、対岸を見た。足は止めなかった。夏の間に伸び放題になった草が立ったまま枯れ、堤防を覆っている。どこにもラブの姿はなく、草が動くこともなかった。

川を見たが、流れを感じさせないほど穏やかで鏡のように曇り空を映している。わずかでも波紋が見えれば駆けもどり、今度こそフェンスを乗りこえようと決めていたが、どこにも乱れはなかった。

本当に助けに戻る？——もう一人の早麻理が意地悪く訊いてくる。

早麻理という名前はちょっと変わっていた。今まで友達にサオリという子はいたが、同じ字はなかった。フェンスによじ登ろうとして、危ないと声をかけられたあと、いきなり名前のことをいわれた。

『昔、ニンジャはね、ジャンプ力を鍛えるのに麻を使ったんだ。タネをまいたばかりの麻の上を飛びこえる練習をつづけているうちにどんどん高く跳ぶことができるようになるほど成長が早いんだ。それで麻のように早く、伸び伸び育って欲しいと願って麻の字を使った。お前のことは生まれたときから……、いや、生まれる前から知っていた』

父だという。

信じられるはずはなかった。

早麻理はまだ対岸の堤防を見ながら歩きつづけていた。

リードの留め具が外れたときには心臓が止まりそうなほどびっくりした。留め具をつける金属の輪が壊れたのかも知れない。ラブの首輪はお爺ちゃんが生きていた頃から使っていてかなり古かった。それとも留め具の爪がフェンスに引っかかって外れたのか。いろいろ考えていた。

広瀬のお婆ちゃんがきっと探しに来てくれるから、ちょっとの間ガマンしててね、ラブ——胸のうちで声をかける。

ちゃんと門は閉めてきたし、玄関脇にぶら下げてあったリードがないことにすぐ気づくだろう。それで早麻理が来てラブを散歩に連れだしたとわかるはずだ。早麻理だとわかれば、団地と川の間の遊歩道へ探しに来るし、広瀬のお婆ちゃんが声をかければラブは飛びだしていくだろう。

ラブは賢い子だから自分でおうちに戻るかも知れない。門が閉まっていても家の前にいれば、近所の人が門を開けてくれ、広瀬のお婆ちゃんに声をかけてくれるだろう。ラブは大人しくて、優しくて、誰にも吠えかかったりしないから近所の人にも可愛がられている。

ひょっとしたら早麻理が気づかないうちに堤防の上の枯れた草の間を走り、おうちに近い方へ行って、今頃は戻っているかも知れない。きっと……。

「さあ、急がないと。児童相談所の連中がすぐそばまで来てるだろうからね。ぼくが先に見つけてよかった。だってお祖母ちゃんのうちには行きたくないんだろ」

「はい」

早麻理は前に向きなおった。父だと信じたわけではない。ついてきたのは、児童相談所に連れもどされ、祖母の家か、施設に預けられるのがいやだったからだ。早麻理にはどこへも行き場所がない。

不思議と母のことは考えなかった。


うすっ気味悪いぜ……。

ドクロを積みかさねたように見える改修工事中の団地を眺めながら栃尾はぶらぶら歩いていた。となりを同じように森谷がだらだら歩いている。

逃げだしたというコーギーを探しながらかれこれ一時間近くも歩いているが、犬どころか今日は猫も見かけなかった。猫の集合場所にすら一匹も見当たらない。おそらく太陽が出ていないからだろう。猫は寒がりで暖かな場所で寝ていたがる。

犬を見つけて返してやり、思いがけない大金を手にしたのは一年ほど前だが、今の商売を本格的に始めたのは去年の秋からだ。工場は夏の間はサウナ状態になる。一階の奥なら少しはしのぎやすいし、裏の窓なら開けても人目につかないが、通りに面した表の窓は開けるわけにいかなかった。うすうす気づいてはいるだろうが、親には工場に出入りしていることを内緒にしている。そもそもばらしてしまっては、秘密基地にならない。もう二十五だぞ、と思うと自分で自分をせせら笑ってやりたくなる。いつまでガキみたいなことをやっているのか、と。

迷い犬、迷い猫を金にする商売はせいぜい三月いっぱいまでだろうと考えている。暖かくなれば、臭いに我慢がならなくなるだろう。親といっしょに暮らしているので寝るところと食う物には困らなかったが、小遣いはだんだん厳しくなっている。金をくれと母親にいえば、働けといわれるに決まっている。

働くことは嫌いではなかった。酒を強要されなければ、今でも内装屋にいたかも知れないと思う。いずれは独立して自分の会社を持つことも考えた。親方は一本どっことよくいっていた。腕のいい職人ならたった一人でいくらでも稼げるし、建築業の仲間内で仕事を回してもらい、一人で仕事をしている内装屋が何人もいるという。たった一人で一軒の家の内装をすべてやれば、自分の作品に違いないともいわれた。

『自分のやり遂げた仕事を見ながら一服してると、おれも大したもんだなぁって、しみじみ思うよ』

焼酎で顔を真っ赤にした親方はいっていた。だが、栃尾は酒も飲まなければ、タバコも喫わない。完成した家を見て一服しないし、宴会で誰かに語って聞かせることもないだろう。

一生内装業をやっていくのかと自分に訊いたこともある。親方の仕事ぶりを見ていて、それほど凄《すご》いとも思わなかった。だからといって何がしたいかと訊かれれば、困ってしまう。とくにこれといって浮かばないのだ。たまにどーんと大儲《もう》けしたいと思うことはあっても、どんな方法があるのか考えつかなかったし、いくら稼げば大儲けといえるのかも想像がつかなかった。

母は昔、芸能界に入ろうと思っていたといった。古いアルバムを見せてくれたこともある。原宿で赤や黄色や緑のぴらぴらした衣裳を着て、毎週日曜日に踊っていたらしい。流行の最先端だったと鼻の穴を広げて自慢したが、口紅をべたべた塗って、アイシャドーで目の周りを真っ黒にした顔を見たときは笑ってしまった。母のいう最先端は下手なお笑い芸人よりはるかにインパクトがあった。

原宿の路上でスカウトされ、アイドルや歌手、俳優になった人もいるらしく、たまにテレビを見ていて、この人といっしょに踊ったことがあるといった。栃尾は信じた。ひいき目かも知れないが、若い頃の母親はそこそこ可愛かった。写真を見て、そう思う。

だが、今ではその頃に比べると体重は三倍になっているだろう。

内装屋で職人といわれたときには、祖父を思いうかべていた。祖父は福島県生まれで戦後間もなく東京に出てきたという。実家は農業をしていたが、三男坊だった祖父に田畑が与えられることはなく、自ら稼いで食っていかなきゃならなかった。町工場に就職し、旋盤工として腕を磨いて自分の工場を持つまでになったのだ。

祖父ちゃんはタイミングが良かったんだ、と父はいう。

祖父が上京してきたのは高度経済成長期よりも前だ。日本経済が大いに飛躍しようというときにはすでに一本どっこで小さいながらも自分の会社を持っていた。どんどん仕事が入ってきたときにはすでに故郷から出てくる若い人を雇い入れる側に回っていたのである。

もっとも父にいわせると祖父に先を見る目があったのではなく、一生懸命に働きさえすれば、日本経済が勝手に成長して仕事が増えていっただけ、ということになる。

父にしてもバブル景気の頃はブイブイいわせていた。ブイブイいわせるという意味がよくわからなかったが、とにかく金は稼げたらしい。父は印刷会社で営業をしていた。

大学に入るときに青森から上京してきて、そのまま東京で暮らすようになった。最初に住んだのが祖父の工場の近くで、運送のアルバイトで何度か工場にも来ているうちに母と知り合った。

『田舎のさ、ちっちゃな町で一生を終えたくないと思って出てきたんだけどさ。気がついたらもっとちっちゃな町に縛られて現在に至るだ』

七年前に勤めていた印刷会社が倒産し、職を失った。父は祖父の工場を継ぐことを考え、母も応援したが、赤字続きの経営が好転する兆しはなく、祖父は廃業を決めた。今現在、父は倉庫の管理会社で働いている。

栃尾が高校三年になったとき、進路について相談したことがある。大学に行きたくないというとあっさり認めてくれた。

『三流私大に行っても時間と金の無駄だよ。それより手に職をつけた方がいい』

そのとき、父は栃尾の顔をしげしげと眺め、カエルの子は所詮《しょせん》カエルだといった言葉が今も胸に残っている。

二十五だ、と栃尾は改めて思った。祖父が同じ歳だった頃には若い旋盤工として働き盛りだったし、父はバブル景気の真っ盛りで昼間は営業に駆けずりまわり、夜通し騒ぎまくっていた。

おれは……。

ふいに森谷が川べりのフェンスを乗りこえた。

「おい」

声をかけたが、ふり返らずにしゃがみ込むと一匹の犬を抱きあげた。栃尾は森谷を睨みつけた。

「それがコーギーに見えるか、馬鹿」

「こいつぐったりしてる。病気かも知れない。菅野《かんの》先生のところに連れてかなきゃ」

「馬鹿、馬鹿、馬鹿」

菅野先生というのは工場の近所にあるペットクリニックの獣医だ。今までにも数回、拾ってきた犬や猫を診てもらったことがある。拾ったというと診察費をまけてくれるか、ときには無料で診察してくれた。

栃尾は森谷の腕に抱かれてはあはあ息を切らしている犬を見た。最初に目についたのが首輪だ。ひどく古びていて、ボロボロ。愛着があるというより単に飼い主が貧乏なのだろうと思った。

「元に戻しておけ。どうせろくな金にならん」

「今にも死んじゃいそうだ」

森谷は必死の形相《ぎょうそう》だ。栃尾はため息を吐いた。森谷の目が吊り上がっているときは何をいっても無駄だ。

大きく舌打ちすると軽ワゴン車を停めた場所まで引き返しはじめた。

第三章　一つの始末

1

変死体が発見された荒川右岸の河川敷には所轄署のパトカーが先着しており、小町はすぐ後ろに捜査車輛《しゃりょう》を停めた。通信司令室からは現場に近づいた際にはサイレン、赤色灯とも切るよう指示が出ており、先に来ていたパトカーも赤色灯を回していなかった。変死体が見つかったのであれば、サイレンはともかく赤色灯は回しっぱなしにしていても不思議はない。

かすかな違和感をおぼえながら小町は機捜と刺繡《ししゅう》された臙脂《えんじ》色の腕章を左腕に通した。

「ちょっとおかしな感じですね」

「そうだな」辰見も腕章と手袋を着けていた。「何かあったのかな」

パトカーは道路の右側に停めてあり、後部座席に人影が二つ見えた。小町と辰見はパトカーのそばに立っている制服警官に近づいた。

「ご苦労様です」若い警官は強ばった顔つきで敬礼し、河原の方を手で示した。「あちらです」

橋桁《はしげた》のそばにもう一台パトカーが停まっている。やはり赤色灯は切ってあった。

小町と辰見は草を踏んで小走りに堤防を下りた。パトカーが停められている橋桁を回りこむと白いフォードアセダンがあった。それほど新しい車ではない。

「結構古いな。二十年くらい前の型か」

辰見がつぶやく。小町はうなずいた。

「そうですね」

白いセダンの後ろに立っていた制服警官が敬礼するのに目礼で応え、小町は車の後部から運転席に目をやった。ドアがいっぱいに開かれており、窓ガラスがない。地面に粒状のガラス片が落ちていて、運転席に灰色のズボンが見えた。

警官が状況を説明する。

「自分らが臨場したときにはドアは閉まっていて、ロックされてました。運転者は頭から毛布を被《かぶ》っていて、呼びかけても返事がありませんし、動く気配もなかったんです。それと助手席の床に七輪が見えたもので署に連絡して窓を破りました」

この辺りだとまたしても西新井警察署の管轄だなとちらりと思った。

「通報があった？」

「釣りに来ていた近所の人から。昼頃、釣りに行くのに通りかかったとき、この車が停まっているのを見たそうです。そのときは何とも思わなかったんだそうですが、夕方、帰りに通りかかったらまだ同じ場所にあったからおかしいと思って近づいたら運転席に人がいまして」

「声をかけたって?」

「いえ……」

「七輪を見たのね」

「そうです。それで一一〇番したそうです」

小町はうなずき、運転席に近づいた。

乗っているのは運転席に男が一人、年齢は三十歳から四十歳くらい、ポロシャツの上に茶色のバックスキンジャンパーを羽織り、灰色のスラックスを穿《は》いていた。靴は古びたスニーカーだ。

顔を助手席に向けているので見ることはできなかったが、右の頬骨《ほおぼね》辺りの皮膚が幅二、三センチ、長さ四、五センチにわたって剝《は》がれ、赤黒い皮下組織が露出していた。顔のそのほかの部分や首筋は明るいピンク色でひと目で一酸化炭素中毒と見てとれた。表面が白っぽくなっていて、小さなぶつぶつができている。皮膚が剝がれたところだけが濡《ぬ》れているように光っていた。助手席の床には七輪が置かれ、白っぽい灰が見えた。灰はまだ木炭の形をたもっていた。

となりに立った辰見が厳しい顔つきで車内を見まわしていた。小町は辰見から制服警官に視線を移し、自分の右頬を指でつついた。

「ここが剝がれてるけど？」

「毛布を取ったときに剝がれたんです。どれだけ炭を焚《た》いたのかわかりませんが、ひどく火傷《やけど》をしてるみたいで、それで毛布が癒着してたんですね」

「身元とかは？」

「自分らは死亡を確認したところで署に連絡したんですが、触るなと指示が来ました」

「わかった」

小町は運転席に視線を戻した。辰見が独りごちる。

「よく毛布が燃えなかったもんだな」

臨場した警官が剝いだという毛布はハンドルに掛けてあった。らくだ色の地にグリーンの葉っぱの模様が織りこまれている。羊毛か木綿か、天然素材だったために火が点《つ》かなかったのかも知れない。

小町と辰見は背筋を伸ばし、そろって合掌した。

「とりあえず仏の顔を見てみます」

小町はポケットからLED懐中電灯を取りだし、スイッチを入れた。日暮れに曇り空があいまって周囲は暗くなっており、車内はさらに闇に満ちていた。遺体やハンドルに触れないよう慎重に上体を入れ、懐中電灯で顔を照らした。地肌はピンク色で、白く薄い皮膜に覆われているように見えた。目も口も閉じていた。

「四十前後といったところですね。表情はどちらかといえば穏やかです」

「あらかじめ睡眠薬でも使ったか」辰見がいう。「首は？」

小町は懐中電灯を動かし、顎《あご》から首にかけて照らして子細に眺めた。

「傷や内出血は見当たりません」

「コンソールは？」

懐中電灯を動かし、シフトレバーの周辺を照らした。小物を入れる皿に十円玉と一円玉、それに綿ゴミが少しあるだけだ。シフトはパーキングレンジに入っている。

後部座席で光がちらちらした。辰見がガラス越しに懐中電灯の光をあてているのだ。

「運転席の後ろに空のペットボトルが落ちてる。ラベルからするとワインみたいだが。そっちから見える？」

「いえ、ここからだと助手席の後ろが見えるだけで」

小町はそろそろと躰《からだ》を抜き、ハンドルの根元にあるイグニッションキーの差込口を照らした。キーは差したままになっており、オフの位置にあった。七輪に入れた炭に火を点け、ワインをがぶ飲みしたというところだろうか。

運転席から抜けだし、しゃがみ込んで遺体の足元を照らす。丸めた銀色のものが見えた。錠剤を包装してある水ぶくれ《ブリスター》パックで、空になっていた。何とか薬の名前を読みとった。十錠分のブリスターはすべて圧《お》しつぶされていた。

「足元に導眠剤の包装が落ちてます。ここに来て全部服《の》んだのかはわかりませんけど、十錠分が空になってます」

「薬をワインで流しこんで、炭に着火……、順番が逆かな」

そういって辰見が懐中電灯のスイッチを切る。周囲の闇が一気に増した。立ちあがりかけた小町は運転席ドアのポケットに折りたたんだ紙片が入っているのに気がついた。端をつかんで取りだす。

辰見が近づき、懐中電灯で小町の手元を照らす。

「遺書か」

「さあ」

小町は紙片を広げた。横罫《よこけい》のレポート用紙を引きちぎったものだ。乱れのない文字が並んでいる。

世間を騒がせ、申し訳ありません。こういう形でしか責任の取りようを思いつきませんでした。

晴子、隆信、裕太、すまん。晴子、子供たちを頼む。

最後に昨日の日付と並べて田川隆一郎と記されていた。

ほどなくパトカー三台と紺色のワンボックスカーがやって来た。辰見が短く刈った頭を掻《か》く。

「ずいぶん大仰だな」

小町は田川の遺書を手にしたまま うなずいた。


栃尾は唇を引きむすんで立ち尽くしていた。

河原で拾った犬は診察台に寝かされ、酸素マスクをつけられていた。薄い緑色の透明なマスクの内側が弱々しく曇り、すぐに元に戻るのを身じろぎもしないで見つめていた。

診察台の向こうに銀縁のメガネをかけた獣医の菅野が立っている。中途半端に伸びた髪は左右に広がり、手入れをしていない髭ももじゃもじゃだった。レモンイエローのポロシャツの上からひどく汚れた白衣を羽織っていた。

左右の壁には天井までさまざまな大きさの檻《おり》が積みかさねてあり、犬や猫が入れられているが、異様な緊迫感を察したようにいずれも息をひそめている。もしかしたら単に寝ているだけかも知れないが。

背を向けている森谷を睨《にら》み、栃尾は無言のまま、罵《ののし》りつづけていた。

汚れた雑種じゃねえか……、首輪だって古くて汚《きた》ねえし……、ろくに金になるわけがない……、おまけに病気で……、そいつみたいのをヤクビョウガミっていうんだよ……、まったく情けないお人好《ひとよ》しだ……。

そのうち罵っている相手が森谷なのか自分なのかわからなくなってきて、馬鹿馬鹿しくなってやめた。

森谷は犬を見下ろしていた。

「先生、治りますか」

森谷の問いにかぶせるように菅野が答える。

「無理だね」

きっぱりしていて、まるで愛想がない。森谷が顔を上げる。

「そんな……、どんな病気かわかってるんじゃないんですか」

「わかってるよ」

「それじゃ、どうして」

「老衰だ」

看板にはペットクリニックと書いてあるが、木造の平屋でかなり古い建物だ。犬猫病院の方が似合いだろう。看板も雨だれの跡がつき、赤茶色に錆びている。床が傾いていてボールなら何でも勢いよく転がった。

菅野は目を上げ、分厚いレンズの向こうから森谷、それから栃尾を見た。

「やれるだけのことはやった。しばらくはこのまま寝かせておくしかない。二人ともついてこい」

診察室を出た菅野は裏口に向かった。木の塀に囲まれた狭い裏庭に出る。森谷につづいて庭に出た栃尾はドアを閉めた。菅野は白衣のポケットからタバコを取りだし、森谷に差しだした。

「二十歳《はたち》は過ぎてるよな」

「過ぎてます」森谷は首を振った。「でも、喫《す》いません」

タバコを栃尾に差しだす。首を振った。

「二人とも案外現代っ子なんだな」

タバコをくわえ、使いこんだオイルライターで火を点けると深々と吸いこみ、空に向かって吐きだした。いつの間にか暗くなっている。裏通りの街灯の弱々しい光を受け、立ちのぼっていく煙が白く見えた。

「お前たちがうちへ来るのはこれで六回目だ。ふつうなら常連客というところだが、お前たちの場合はちょっと違う」

またタバコを吸った。タバコの先が明るく輝く。ゆっくりと煙を吐きだし、あとをつづけた。

「たいていの客は同じペットを連れてくる。中には何匹も飼っていて、前とは別のを持ってくることがあるけど、お前たちは六回とも違うのを連れてきた。犬も猫もいたな」

　森谷も栃尾もうつむいて何もいわなかった。

「どんな事情があるかは知らない。犬や猫を拾ってくるのが趣味なのかも知れないし、自分のところでたくさん飼ってるのかも知れない」

「おれたちのところでたくさん……」

　森谷がいいかけ、栃尾もはっとして顔を上げたが、菅野がさえぎった。

「あの犬の名前は？」

　菅野に切り返され、森谷が詰まった。タバコを吸いながら菅野が髪を掻きむしった。街灯のかすかな光を反射して飛びちるふけがきらきら光った。吐き気がして、栃尾は目を逸《そ》らした。

　菅野が静かにつづけた。

「まあ、いい。とにかくあの犬は動かせるようになったら本当の飼い主のところへ返してやれ。生きていられるのもそんなに長くない。飼い主がわからないなら拾った場所へ行って少し歩かせてみるといい。あの子は自分でうちに帰ろうとするだろう。ちゃんと送りとどけてやるんだ」

　栃尾は舌打ちしそうになったが、何とかこらえた。

　やっぱりヤクビョウガミだ。

「お前たちにいっておくことがある。おれも捨てられた犬や猫が可哀想だからお前たちに付き合ってきたが、それもこれっきりだ」

「おれらを見捨てるんですか」

森谷が今にもすがりそうに両手を伸ばしかけ、栃尾もふたたび目を向けた。菅野は短くなったタバコを足元に捨て踏みにじった。眉間《みけん》に深い皺《しわ》を刻んでいる。

「違う。勘違いするな。この病院の方がもたなくなったんだよ。大家と交渉して何とか暖かくなるまでと粘ったんだが、来月いっぱいで出ていけといわれた。近所から苦情が来てるんだそうだ。うるさいし、臭いって」

菅野は唾《つば》を吐き、唇を嘗めてつづけた。

「生きてりゃ皆臭いっての。どいつもこいつも自分だけはうんこしませんなんて面《つら》ぁしやがって。あいつらこそ腹ン中に臭いのを溜《た》めこんでやがるのに」

何となく菅野のいっていることがわかるような気がした。


荒川右岸の変死体が発見された現場にもう一台黒のワンボックスカーが到着し、遺体を乗せた白いセダンをぐるりとブルーシートで囲んだ。

「おいおい、何の騒ぎだよ」

辰見が半ば独り言のようにいう。小町と辰見はブルーシートの外へと押しだされる恰《かっ》好《こう》となった。

顔見知りの西新井署の刑事が近づいてきて、無帽ながらひたいの端に手をあてた。

「ご苦労さんです。遺書はそちらがお持ちだと聞いたんですが」

「ええ」小町はレポート用紙を差しだした。「これです」

刑事が受けとって目をやる。橋の上の街灯の光を頼りに近づけたり、遠ざけたりしていた。小町は懐中電灯のスイッチを入れ、照らしてやった。

「どうも」

ざっと読み終えると刑事は折りたたんだ。

「自殺ですな。何かほかに怪しいところは？」

「遺体にはないけど……」言葉を切り、小町は周囲を見まわした。「何だかすごく大げさね」

「まあ、いろいろありましてね。とにかくあとはうちらが引き継ぎますんで。ご苦労さんでした」

刑事は片手を上げると遠ざかっていった。

「体よく追っぱらわれたって感じだな。まあ、これが機捜の役どころといえば、それまでだが」

そういいながら辰見は動こうとせずブルーシートを見つめていた。

そのときタクシーがやって来て路上のパトカーの後ろに止まり、白っぽいコートを着た客を降ろした。タクシーはその場で何度か切りかえして来た道を引き返していく。客は懐からパスケースを取りだし、制服警官に見せると土手を下りてきた。

「うちらの人間みたいですね」

「ああ」

白いコートを着た客は小町や辰見には目もくれず、ブルーシートをめくると中に入っていった。

「お疲れ様です」

声をかけてきたのは村川で、すぐ後ろに小沼がいる。

「ご苦労様。どうやら自殺みたいよ」

「ええ」村川がブルーシートに目をやった。「無線を聞いてやって来たんですがね。死んでたのは田川《たがわ》とか」

小町は村川に目を向けた。

「田川隆一郎《りゅういちろう》。知り合い？」

「ええ」

低く罵ったあと、村川は話しはじめた。

2

半年ほど前、警視庁巡査部長が携帯電話のカメラで女子高校生のスカートの中を盗撮して逮捕されるという事件があった。巡査部長は六十日間の停職処分となり、即日辞表を提出して依願退職となっている。

小町も新聞記事で読んでいたものの、半年前といわれれば、その頃だったかというおぼろげな記憶があるだけでしかない。とくに身近にいた警察官でもなかったので内側から噂《うわさ》が伝わってくることもなく、すぐに忘れてしまった。警察官による盗撮、痴漢というのもそれほど珍しくなくなった。

逮捕され、処分の後、退職したのが田川だと村川はいった。

「自分は尾久ＰＳの刑事課に十年いたんですけどね、その頃、田川といっしょだったんですよ。あいつが刑事任用になって最初に組みました」

田川が所持していた携帯電話には、スカートの中を撮影した写真が数百カットもあり、さらに自宅から押収されたパソコンには似たような写真や動画が二万点以上保存されていたという。自ら撮影した写真ばかりでなく、インターネット上で拾った静止画、動画もあった。

村川はブルーシートに目をやったままつづけた。

「几帳面《きちょうめん》な奴《やつ》でしたよ。ちょっと強迫神経症の気味があったのかな。自分の作品には撮影した日時、場所だけでなく、そのときの電車内の状況や被写体に関する感想まで細かく書いてあったって。あいつらしいともいえるけど、馬鹿馬鹿しい」

村川が機動捜査隊に異動した翌年、刑事課長が交代し、田川は新しい上司とウマが合わなかったらしい。

「デカなんて職人みたいなもんでしょ。その頃には田川だっていっぱしだったんで、あいつなりの流儀があったわけです。自分にしてもちょろちょろ噂話を聞いただけで、田川ともずっと会ってませんでした。奴ぁ、課長と合わなくて飛ばされたんですよ。ちょうど子供が生まれて、中古でしたけど、マンションを買ったばかりだったらしいです。共済のローンを目一杯使ってね。だけど新しい赴任先は通勤に二時間以上かかって、おまけに部署は刑事じゃなく、警務だった。鮫《さめ》みたいな男だったんです。とにかく動きまわってないと窒息しちまうといってました。それが毎日事務仕事で机に縛りつけられた。まあ、よくあるっちゃよくある話だけど」

通勤時間が長かったのが悪かったのかなと村川はつぶやいた。

世間を騒がせ、申し訳ありませんと遺書にあったのを小町は思いだした。マスコミに名前は出なかったが、本人の周囲ではそういかなかったのだろう。退職したあと、離婚し、マンションを売ったが、ローンは半分以上も残ったという。元妻は子供を連れ、九州の実家に帰り、田川はローンと養育費を背負うことになった。ローンは親が自宅を担保に入れて金を借り、何とか完済したという。父親もまた警察官だったらしい。

「実はもう一つ話がありましてね。田川を逮捕したのが湯原《ゆはら》という奴なんです。こいつとも尾久でいっしょに勤務したんです。一年だけでしたけど。この湯原ですが、実は警察学校で田川の一期後輩にあたりましてね。自分が転勤したあとのことだから詳しくはわかりませんけど、田川が異動してから二年後に湯原も鉄道警察隊に出されたんですよ」

鉄道警察隊は、自動車警邏《けいら》隊や航空隊と並ぶ警視庁地域部麾《き》下《か》の本部執行隊の一つで東京駅に本部がある。機動捜査隊が本庁刑事部に属している点が違っている。鉄道警察隊の任務には駅施設、電車内での犯罪の予防、検挙のほか、鉄道交通の事故防止も含まれる。スリ、痴漢、暴力行為の摘発を日々務めているが、近年増えているのが盗撮などの迷惑行為への対応だ。

「鉄警隊に異動して湯原が最初に挙げたのが田川だったわけです」

村川の話の流れからある程度予想はしていたが、よりによって初手柄が警察学校の先輩で前任地の同僚となった。

小町はブルーシートを見やった。田川が刑事として勤務していたのが尾久署だとすると当てつけのために自殺する場所を選んだのかとちらりと思う。また、となりとはいえ、管轄の違う尾久署からもパトカーが来ている理由もわかった。

それとも——小町はブルーシートを見つめている目を細めた——自分がもっともやり甲斐《がい》のある仕事をしていた、思い入れのある土地だったということか。

そのとき、シートが割れて白いコートの男が出てきた。

「あれが湯原ですよ」

村川の言葉も小町には予想がついていた。

「身元確認ですかね」

小沼がぼそりという。辰見が湯原を目で追いながら答えた。

「湯原の希望だろうな。田川は尾久PSにいた。顔くらい知ってる連中なんかいくらでもいるさ。おれもホトケを拝んだが、人相がわからないというほどじゃなかった」

淡いピンク色の地肌と火傷による白い皮膜に覆われた顔が小町の脳裏を過《よ》ぎっていく。

湯原は堤防の上の道路に立っている制服警官に手を振り、歩いて遠ざかっていった。

「さて、我々はそろそろ本業に戻ろう」小町は声をかけた。「新仏荒しの片割れはまだ逃走中だし」

「逃げたのは婆さんらしいんだけど、はっきりしないようです」

村川がいい、小町は目を向けた。

「どういうこと？」

「情報がなかなか出てこないでしょ。実は竹ノ塚PSの刑事課に同期がいるんで電話したんですよ、どうなってんだって。そうしたら男を確保したのは竹ノ塚の地域パトだったんですが、この男、すっとぼけてるのか元々頭がよくないのか、何を訊《き》いてもさっぱり要領を得ない。どうも誰かの指示で動いていただけのようです」

警察学校の同期は連帯意識が強く、個人的に情報交換をすることはよくあった。地域課のパトカーが警邏中に挙動不審の男を見かけ、職務質問をしたときに盗品らしきものが見つかったというところだろう。

村川が小町を見返す。

「この捕まった男の母親ってのがわりと有名な侵入盗犯だということがわかりました。場数を踏んだ盗犯担当ならぴいんと来たんでしょうが、確保したのは若い連中だったもんで知らなかったんです。まあ、最初は偽名を使ってたらしいんですがね。署に引っぱっていって盗犯が取り調べたらすぐに息子だとわかって」

「逃げた片割れというか、母親の方を地域パトの乗員は見てなかったの？」

「現場から遠ざかっていく黒いスーツを着た女を見たらしいんですがね」

「喪服？」

「そこまではわかりませんが、髪が真っ白だったって話だから母親である可能性は高いですな。もし、誰かいたらお悔やみを言いに来たとでも言い抜けるつもりだったんですかね。同期の話じゃ、ハビシの婆さんは見た目は上品そうで、いつもきちんとした身なりをしてたってことです」

空き巣狙いがハンチングを被り、口の周りを黒く塗って、風呂敷包みを背負っているのはコントの世界だけだ。昼間の住宅街を歩いていても違和感のない恰好をしている。小町も盗犯担当が長かっただけに空き巣狙いには何度も遭遇していた。不動産会社のセールスマン風の男もいたし、個人経営の運送業を装っている者までいた。ちゃんとしたマーク入りの軽トラックなら昼日中住宅街を走りまわっていても不自然ではない。かつて小町が担当した事案では、被疑者は運送が本業で空き巣狙いは副業といった。

村川と小沼、小町と辰見の二組に分かれてそれぞれの捜査車輌に戻った。運転席に座り、車を出すと助手席の辰見が橋桁をふり返った。堤防の上からでは橋梁《きょうりょう》の陰になってブルーシートを見ることはできない。

「これだけ大げさにやっちゃ、かえって目立つだろうに」

「警察《うちら》には面子《メンツ》もあれば……」

小町の言葉にうなずき、辰見が前に向きなおった。

「それはわかる。だが、おれは人情だと思いたいね。ちょっとでも世間の目に触れさせないためだって」

辞めたとはいっても仲間ではあった。ふと自殺場所を選んだのは、かつての同僚が守ってくれることを期待したためなのかも知れないと思った。

「そうですね」

橋の上に出ると小町はふたたび車首を北へ向けた。

最初にテレビ画面の大きさに早麻理はびっくりした。

ソファに座り、細長いテーブルを挟んだだけで向かい合っているアイドルタレントを見るのに目を動かすなど初めて経験した。団地にあったテレビは小さかったし、児童相談所の談話室にあったテレビはもう少し大きかったが、皆でいっしょに見ていたので近くに座ることはできなかった。ところが、ここには電器店でしか見たことがないような大型テレビがあった。

テレビのリモコンにBSと書いてあるボタンがあることくらい知っていたが、今まで何度押しても画面は青いままで何も映った例しがなかった。自宅でも、祖父母の家やそのほかの家でも同じで笈田の家にはまともに映るテレビすらなかった。でも、ここではBSというボタンを押すと映像が映った。

さらに切換と書いてあるボタンを押すとケーブルテレビにつながるとあの人が教えてくれた。

父親だといわれてもすぐには信じられないし、あの人も時間がかかるからといってそれほど気にしているようには見えなかった。呼びかけるときには、あのとか、ちょっとすみませんといい、胸のうちではあの人と呼んだ。

居間に一人残されたのをいいことに夢中になってリモコンのボタンを押した。

ケーブルテレビではチャンネルが数十もあって、切り替えるたびに目を瞠《みは》った。ドラマ、時代劇、映画、歌謡番組、ゴルフや野球といったスポーツ中継、ニュース——外国人が英語で喋《しゃべ》っているチャンネルは不思議に思えた——等々、どの番組も今まで見たことがなかった。

アニメや子供向けの専門チャンネルもあったが、最後に落ちついたのは通信販売の番組だった。馴染《なじ》みがあるのは通販番組だけでしかなかったからだ。

金髪で背の高い女の人が運動器具を使っていて、男の声がひっきりなしに聞こえていた。

「このマシンを使って、一日、たった三分のエクササイズをつづけるだけで、今まで諦めていた引き締まったくびれが、すらりとした美脚が、あなたのものになるのです」

夕飯を終えると母は化粧をして、着替えて仕事に出かけていった。帰ってくるのは夜遅くで、たまに翌朝になることもあった。早麻理はほぼ毎晩テレビを見て過ごしたが、午前二時、三時となると通販番組しかなかった。母は、ほかの家の迷惑になるから音は小さくするようにとうるさくいったが、一晩中テレビを見ていても叱《しか》られたことはなかった。

画面が切り替わり、テレビで見かけたことのある女性タレントが同じ器具を使って躰を動かしているシーンになった。

「……さんもマシンの愛用者。忙しい仕事の合間を縫ってエクササイズを日常の生活に採りいれています」

女性タレントの顔がアップで映る。

「今までいろいろなマシンを試してきましたが、こんなに短時間で効果がある器具はほかに知りません。一週間もしないうちにお腹のあたりが引き締まってきたと感じましたし、実際にはかってみると三センチも細くなっていたんでびっくりでした。仕事が忙しいとついつい食事が不規則になりがちですし、パーティーとかお呼ばれとかでお酒を飲む機会が多いとどうしても余分なお肉がついて気になっていたんです。それがこんなに簡単に解決できるなんて」

今までにも運動器具を紹介する番組はいくつも見てきた。そしていつも同じことを不思議に思った。

こんなに瘦《や》せてるのに運動が必要なの？

お腹まわりや足を引き締め、細くする器具を使っている人はたいていモデルのような体型をしていたし、筋力を鍛えるという番組に出ている人の腹筋は気味が悪いほど割れていた。

運動器具の次はダイエット食品、料理の手間を省くキッチン用品、肩こりを解消するだけでなく見た目もおしゃれなネックレス……。

夢中になるわけでもなく、かといって飽きもせずに通販番組を見ているとあの人が居間に戻ってきた。

「どうしてそんな番組見てるんだ？」

顔は笑っていた。

「ほかはつまらないし」

「好きな俳優とかアイドルがいるだろう」

「いえ」早麻理は首をかしげた。「とくには」

あの人は笑いながら窓の近くに行き、カーテンを閉めた。

「ごめんね。すっかり遅くなっちゃった。お腹、空いただろ？」

「あ……、いえ……、はい」

「もう八時を過ぎちゃった。仕事があったものだからね」

「おうちでも仕事をしてるんですか」

「事務所だけじゃ片づかない書類とかいろいろあるんだよ。それよりご飯食べに行こう。

何が食べたい?」

早麻理はまじまじと相手を見た。

「でも、大丈夫なんですか。児童相談所の人が私を捜しているんじゃないでしょうか」

テーブルのそばまで来て、あの人はテレビのリモコンを取りあげると電源を切った。

「もし、見つかればお前は児童相談所に連れもどされ、ぼくは警察に捕まるかも知れない。お前はまだ十一歳だし、ぼくがいくら父親だといってもすぐには信じてもらえないし……、お前も信じてないだろ」

早麻理はしばらくの間あの人を見つめていた。あの人は口元に笑みを浮かべていたが、寂しそうに見えた。

早麻理はうなずいた。

「ごめんなさい」

「何も謝ることはない。本当はもっと時間をかけて、正式に名乗り出て、手続きなんかもきちんとしたかった。お前やお母さんとも何度も話し合いながらお互いに理解していきたいと思ってたんだ。だけど、お母さんがあんなことになっちゃったから急ぐしかなかった」

あの人はポケットから何か取りだし、テーブルの上に置いた。一本の鍵が蛍光灯の光を受けて銀色に輝いていた。

「この家の鍵だ。ぼくはお前を閉じこめておくつもりはない。食事から帰ってきたらぼくは出かけなくちゃいけない。ひょっとしたら今夜はもどれないかも知れない」

早麻理は何もいわずに見つめ返した。

「いいかい、お前はいつ出ていってもいいんだ。だけど、戸締まりしないと不用心だからね。出るときにはドアに鍵をかけていって欲しい。郵便受けから玄関に落としてくれればいい。行くところがなければ、警察か児童相談所に行けば、ちゃんと保護してもらえる。それでどこにいたのかって訊かれたらここにいたといっていいよ」

「でも、そうすると……」

やはり父とは呼べなかった。

「警察に捕まっちゃうんじゃないですか」

「そうかも知れない。だけど嘘《うそ》をつくってつらいだろ。公園で寝てたというには寒すぎるし」

「ゲームセンター《げーせん》にいたっていいます。そうすれば、捕まらないで済むでしょう?」

「そうだね。ありがとう」あの人はうなずいた。「そういってぼくを気遣ってくれるだけでも嬉《うれ》しい。でも、無理はしないでいいよ。さあ、飯にしよう。肉でいいかな」

「はい」早麻理は立ちあがった。「大好きです」

玄関前には銀色の車が停められていた。何という車かはわからなかったが、尻のところにE320と銀色の文字があった。

「すごい車ですね」

「すごくないよ。一応ベンツってだけでね。友達が乗っていたのを安くゆずってもらったんだ」

車はトヨタにかぎると笈田はいっていた。ずっと自動車の仕事をしていたから詳しいのだといっていた。だけど笈田の車は小さくて、汚くて、中が臭かった。

「ベンツって、トヨタの?」

早麻理が訊くとあの人は大笑いした。

「いや、ベンツもメーカーだよ。ドイツのね」

「これ、外車なんですか」

「一応ね」

車に乗りこんだ。笈田の車と違ってハンドルが左についている。外車なら左にハンドルがあることくらい知っていたが、乗るのは初めてだ。

家の前を出て、車通りの多い道路に出ると早麻理は息を嚥《の》んだ。すれ違う車がすべて自分に向かってくるような気がしたからだ。

ベンツの中はかすかにレモンのような匂《にお》いがした。

3

「鉄板の方、熱くなっておりますのでお気をつけください」

ベージュの制服を着たウェイトレスが早麻理の前に二百グラムのフィレステーキを置いた。木製の台に鉄製の皿が載っていて紙の筒が囲んでいる。油のはじける音が聞こえていた。ライスとサラダの皿がわきに置かれる。

あの人の前にも同じ物が並べられた。

「ご注文の方はすべておそろいでしょうか」

ウェイトレスが訊き、あの人がうなずいた。

「はい。ありがとう」

「失礼いたします」

ウェイトレスが遠ざかっていくとあの人が早麻理に目を向けた。

「さあ、食べよう」

紙の筒を取り、わきに置くのを見て早麻理も真似をした。厚さが三センチほどもある肉の周囲では小さな泡となった油がはじけている。にんじん、グリーンのさやに入った豆、輪切りのタマネギ、トウモロコシの粒が添えられ、湯気を立てていた。

「いただきます」

早速、ナイフとフォークを取る。あの人が肉の左端にフォークを刺し、ナイフで切りとるのを見て、また真似をする。小さく切った肉を慎重に口に入れる。熱かったが、我慢できないほどではない。嚙みしめる。肉汁が口中いっぱいに広がった。

脂の匂いが鼻をついて、それほど美味しいとは思わなかったが、それでも早麻理はあの人に顔を向け、頰笑《ほほえ》んで見せた。

今までにも何度か前を通ったことがあるので、連れてこられたのがファミリーレストランであることはわかっていた。

肉を少しずつ切りとっては口に運び、甘いにんじんやトウモロコシを食べながら早麻理はふと思った。

お母さんを連れてきてあげたい……。

犬の容態が安定しているうちに晩飯を済ませてこいと菅野にいわれ、栃尾と森谷は犬猫病院から歩いて五分ほどのところにあるラーメン店までやって来た。カウンターだけの小さな店で、二人は店の奥に並んで座った。

栃尾はメニューを手にした。昼過ぎに食べた焼き肉が胃袋にたっぷりと残っている感じであまり食欲はわかない。カウンターの内側にいて、水の入ったコップを二人の前に置いた店員に注文する。

「あっさり醤油」

「あっさり醤油ね。お連れさんは？」

メニューに顔を近づけ、真剣な表情で吟味していた森谷が答えた。

「こってりとんこつの醤油、チャーシューで……」

森谷にしては珍しく大盛りといわないなと思っていたらつづきがあった。

「それとセットのチャーハンと餃子《ギョーザ》」

「セットのチャーハンは半チャーハンと普通サイズがありますが」

「普通サイズの方で」森谷はようやくメニューから顔を上げた。「背脂増量でお願いします」

「こってりとんこつ醤油チャーシュー麵《めん》の背脂増量、セットのチャーハンは普通盛りでよろしかったですか」

「はい」

森谷はメニューを置き、水を飲んだ。あっさりと飲みほし、銀色のポットを手にして空のコップに注《つ》ぐ。

栃尾は目の前のメニューを見た。下の方にセットメニューとあり、チャーハンと餃子三個とある。横目で森谷を見ると、カウンターの下からぼろぼろになったマンガ雑誌を取りだしてページをめくっていた。

まずラーメンができ上がり、二人の前に置かれた。森谷はにこにこしながら両手を伸ばし、目の前に下ろした。半分は脂身のチャーシューが丼いっぱいに広がり、その上に白く、どろりとした背脂がたっぷりとかかっている。栃尾はあっさり醤油ラーメンを下ろし、コショウの缶を手にした。

森谷はおろしニンニクの容器を取り、小さなスプーンに山盛り二杯分をラーメンに入れた。ちらりと店員をうかがい、さらにもう一杯追加する。

「おい、どういう神経してるんだよ」

「臭くって、どうもすいません」

森谷がにやにやしながらいう。ついさっきまで診察台に横たわり、酸素マスクを着けられて目をつぶっている犬を見ながら泣きだしそうな顔をしていたというのに今はニンニクを山盛り三杯、そしていかにも嬉しそうな顔をして、どうもすいませんと来た。詫びている気配などない。

こいつがイジメのターゲットだったのは仕方ない――栃尾は割り箸を取って胸のうちで独りごちた。

ほどなくチャーハンと餃子がカウンターの上に置かれる。チャーシュー麺にコショウを振っていた森谷はセット料理を並べた。まずレンゲを持ち、脂が浮いているスープをすくい、音を立ててすすった。次にチャーシューを一枚食べ、口を動かしながら残りをわきへよけて麺をつまみ上げると一気にすすり込む。チャーハンを食べ、餃子の皿に醤油、ラー油、酢を入れて、一個目を浸して口に運ぶ。

大食いの上に早食いなのは小学生の頃から変わっていない。食い物が行列となって森谷の口に流れこんでいく様子はリズミカルで小気味いいくらいだが、ずっと眺めているとなぜか殴りつけたくなる。

ため息を嚥みこみ、ラーメンを食べはじめた。

森谷を迷い犬、猫の商売に誘ったのは単にタイミングがよかったからだ。いや、むしろ久しぶりといって森谷が電話してきたことが商売を始めるきっかけになったともいえる。月に一度はどちらからともなく連絡を取って会っているのだから久しぶりということはないのだが。

『バイト、辞めちゃってさぁ』

森谷はコンビニエンスストアでアルバイトをしていた。店の前で客と大声で罵り合い、オーナーからもう来なくていいといわれたのだから辞めたのではなく、クビになったのだ。

口喧嘩《くちげんか》の原因が馬鹿馬鹿しかった。森谷が働いていたコンビニエンスストアではタバコを買うとレジに年齢認証ボタンが表示され、客に押してもらうことになっていた。タバコを一個買った老人が代金を放り投げるように置き、そのまま店を出ていった。森谷は年齢認証ボタンを押してくださいといったが、無視された。それで追いかけていって口論になったという。

客はおれが未成年に見えるかと怒鳴ったらしい。森谷は負けずに規則だからと言い返した。

『そんな簡単なこともできないなんて、あんたは人間のクズだっていってやったんだ。その日はオーナーといっしょのシフトだったんだけど、飛びだしてきて、おれに謝れっていうんだぜ。おかしいでしょう。規則を無視したのはあの爺《じじ》ぃなんだから』

たかだかボタンを押す押さないだけで、そこまでやるお前の方がおかしいとは思ったが、何もいわなかった。

『そしたらオーナーがその爺ぃにぺこぺこ謝って、こいつはクビにしますからっていいやがるの。おかしいでしょう。こっちから辞めてやらぁっていってやった』

正義感が強いわけでもなく、几帳面なわけでもない。少しずれている。本人はまるで気づいていない。

その日、森谷と会うことになり、いっしょに焼き肉を食べた。そのうち迷っていたチワワを飼い主に届けたら十万円になったという話をして、犬、猫を飼い主に戻して謝礼をもらうことが商売にならないかとつづけた。森谷はぴんと来ない様子だったが、栃尾は喋っているうちに素晴らしいアイデアを思いついたような気になった。

だが、いくら掲示板やツイートを検索してもうまくいくケースはほとんどなかった。たまに謝礼を受けとってもせいぜい千円がいいところでしかなかった。それで金を持っていそうな家のペットを狙って連れだすようになった。

栃尾がラーメンを半分ほど食べたときには、森谷はほとんど平らげ、残ったチャーハンを口に運んではラーメンのスープで流しこんでいた。

菅野の言葉が蘇《よみがえ》る。

『あの犬は動かせるようになったら本当の飼い主のところへ返してやれ。生きていられるのもそんなに長くない』

それから飼い主がわからないなら、拾った場所へ行って少し歩かせてみろともいった。また森谷をうかがう。すべてをきれいに片づけ、コップの水を飲みほしてニンニク臭いげっぷをする。また張り倒したくなった。

菅野は少し歩かせてみろといったが、栃尾は川のそばまで行って路上に置いてくるつもりでいた。どうせ迷い犬だし、ひょっとしたら捨てられたのかも知れない。しかし、確実に森谷はいやがるだろう。

結局、おれ一人でやるしかないのか――栃尾はスープを飲みながら思う――やっぱりヤクビョウガミだ。

作り置きしてあるタコ焼きを電子レンジで加熱しただけなのだから決して美味しいはずがないことはわかっていた。三つ目のタコ焼きを囓《かじ》りながらますますにちゃっとした食感が強くなっていくことに少しばかり自虐的な満足感をおぼえ、小町は楊枝《ようじ》に突きさしたタコ焼きを眺めた。

耳にあてたスマートフォンから村川の声が聞こえている。

「……というわけで主犯の母親は逮捕されました。奴さんがいうには、母親は調べ室に入るなり息子に罪はありませんって号泣したそうです」

奴さんとは竹ノ塚署刑事課にいる警察学校の同期だ。小町はタコ焼きを呑《の》みこんで答えた。

「そんなわけにはいかないよねぇ」

「いくら親心でも情状酌量もとれませんな」

荒川右岸で自殺した元警官の死体が発見された現場から小町たちは足立区の北部へ向かった。逃走した新仏荒しの片割れを捜すためである。二時間近く走りまわったとき、無線でくだんの片割れ——逮捕された男の母親——を逮捕したと伝えられた。

何のことはない。母親が西新井警察署に出頭してきたのだ。

そのとき小町と辰見は舎人公園周辺、村川と小沼は足立区の東側を警邏中で、それぞれ分駐所に向かうことにした。二台が南下しはじめたとたん、北千住駅周辺で酔っ払いが騒いでいるとの通報が入った。すでに被疑者は確保しているが、付近を走っていた村川たちが向かうことになったのだ。

「それで、そっちはどう?」

「今、小沼が逮捕手続きをやってます」

「逮捕? 保護じゃなく?」

訊いてから小町は残りのタコ焼きを口に入れた。なぜか中心部のタコだけが凄まじく加熱され、冷めていなかった。

「熱っ」

小町はペットボトルに手を伸ばし、冷たいウーロン茶を飲む。目をぱちくりさせているとと向かいに座っている辰見がふっと笑った。

「もしもし、どうかしました?」

「いや」小町は何とかタコを呑みくだして答えた。「何でもない。それよりどうして逮捕になるのよ?」

「そこらにあった店の行灯《あんどん》やら看板やらを三つ、四つ蹴飛ばしましてね。行灯なんか見事粉々になって器物損壊」

「なるほど」

「あと小一時間はかかるでしょう」

「了解。そのあと何もなければ、いったん分駐所に引きあげて」

「そうします」

「ご苦労様」

小町は電話を切り、スマートフォンをワイシャツの胸ポケットに入れるとペットボトルに手を伸ばした。タコのせいで上あごを火傷したこともあったが、ソースがやたら辛くて咽が渇いてもいた。

「どうしてタコ焼きなんか？」

辰見が笑いをこらえているような顔つきで訊いた。小町は首をかしげた。

「自分でもよくわからなくて。このパッケージを見たとたん、マインドコントロールされたみたいに今日はタコ焼きだって思って。気がついたときにはレジの前に立ってた」

「神の啓示かな」

弁当の空容器を手にすると辰見は立ちあがり、部屋を出ていった。分駐所で食事をするときには隅にある応接コーナーを使う。

小町はタコ焼きの容器に目を向けた。舟形をしたプラスチックケースに八個並んでいて、そのうち三つを食べていた。なぜ一個だけタコが熱くなっていたのかを考えたが、理由は見当もつかない。

今朝方牛丼屋で朝定食を半分食べただけであとは飲まず食わずで走りまわっていた。すでに午後八時を回っている。分駐所に帰ってきたときには腹ぺこだったにもかかわらず残りのタコ焼きに手を伸ばす気になれない。

舌先で上あごを探る。薄皮が剝《む》けているのを感じて、顔をしかめた。

朝定食を半分しか食べられなかったのは伊藤千都子がトイレに入ったからだ。箸を置き、小町もトイレに向かった。そのとき、視線を感じて娘と笈田のいるテーブルに目をやった。たしかに視線を感じたのだが、小町が見たときには娘は目を伏せ、笈田は背中を向けていた。

上あごを舌で探りながら思いを巡らす。

小学校五年生で名前は――小町は天井を見上げ、西新井署で自らが書いた書類を思いうかべた――早麻理だ。

背中の中ほどまで伸ばした髪をツインテールにしていて、母親が手櫛ですいていたのを思いだす。表情は暗かったが、睫毛《まつげ》が長く、なかなか整った顔立ちをしていた。母親にしても覚醒剤の影響がなければ、美人といえただろう。覚醒剤を水増しするために入れられた不純物のせいで肌は荒れ、満足に食事を取らないために顔も躰も痩せこけ、たるんだ皮が骨にまとわりついているような惨状となる。

トイレの前で取り押さえたとき、前歯がないことに気がついた。男であれ、女であれ、前歯がなくても気にしないのは、見てくれをかまわなくなった、つまりは自己放棄の表れである。

　早麻理も痩せていた。元々細身なのだろうが、顔色などからするとあまり栄養状態がよくなさそうだ。脚は長かったが、スカートからのぞいた素足が寒々しかった。

　早麻理のことは中條に頼んであった。その後の様子を聞いてみようかとスマートフォンに手を伸ばしかけたが、とっくに児童相談所に行っているだろうと思いなおした。

　思いは荒川右岸の車で死んでいた田川に移っていった。背けた顔をのぞきこんだが、意外と穏やかな表情をしていた。死後十数時間が経過すれば、強ばっていた筋肉が緩んでしまう。安らかに眠るようにと形容される死に顔の仕組みはそれだけのことでしかない。

　遺書には〈世間を騒がせ、申し訳ありません〉とあったのを思いだした。世間って何だろうと小町は思う。

　政府機関や政治家による不正行為、タレントの不倫、最先端科学の研究分野におけるインチキ、警察官による盗撮……。違法行為であれば、法律に反している点を報道するのは真っ当だとは思う。社会的な地位や名声のある人物の不正ならば、道義的責任も問われるだろう。だが、マスコミはいつから断罪機関になったのかという疑念もわく。知らせ、警鐘を鳴らし、対象者が社会的に抹殺されるだけでは収まらず自殺してはじめて追及が終わることも珍しくない。

さらにネットを利用した書き込みが正義の味方よろしく断罪する。あくまでも匿名で。

田川の場合は多少事情は異なる。仕事と家族を失い、残ったのは借金だけで、しかも犯罪行為で退職した元警察官ゆえに再就職はうまくいかなかったのか。

〈こういう形でしか責任の取りようを思いつきませんでした〉ともあったが、自ら命を絶つことで責任が取れるのか。

自分で自分を死刑に処したということか。

田川の犯した過ちは死刑に値するほど重かったのか。

たった一人で車の運転席に座り、炭を焚いて、安いワインで導眠剤をあおったとき、田川が何を考え、どのような心境にあったのか小町には想像できなかった。ほんのわずかタイミングがずれるだけで自殺には至らなかったという話もよく聞く。

ひょっとしたら本人にも、まさに決行しようとしているときの心境などわからないのかも知れない。

あれこれ考えを巡らしているうちに四つ目のタコ焼きに手を伸ばす気になれなくなった。辛いソースとマヨネーズの後味をウーロン茶で洗いながすとタコ焼きの容器に蓋《ふた》をしてポリ袋に入れた。

壁の時計に目をやる。

午後八時二十五分——機動捜査隊の長い夜はまだ始まったばかりだ。

4

「よかったなぁ、おい、本当によかった」

声をかけながら犬の目元をウェットティッシュでていねいに拭《ふ》いている森谷は大粒の涙をぽろぽろこぼしている。栃尾は少し離れたところに突っ立ち、森谷が本気で号泣しているのを少しばかり白けた気持ちで眺めていた。

犬は診察室の隅に置かれたカゴに古い毛布を敷き、その中に入れられていた。淡いグリーンのプラスチック製で銭湯の脱衣場によくあるようなカゴだ。

ラーメン店から戻ってみると犬は診察台からカゴに移されていた。寝そべっていたが、栃尾と森谷が入っていくと首をもたげ、尻尾を振りさえした。目やにに気づいた森谷は菅野からウェットティッシュをもらい、拭きとりはじめたのである。ぷんと鼻をつく匂いからするとティッシュにはアルコールが含まれているのかも知れない。

目の周りを拭いてもらいながら犬は森谷の手を嗅ぎ、長い舌で嘗めた。

菅野が近づいてきて、栃尾を見ると小さく顎をしゃくった。そのまま診察室を出ていく菅野のあとについてまた裏庭に出た。早速菅野がタバコに火を点ける。空に向かって大量の煙を吐くと背中を向けたまま話しはじめた。

「持ちなおしたといっても治ったわけじゃない。お前さんにはわかるだろ?」

「はい」

菅野の診断は老衰だ。犬が若返ることだけは絶対にあり得ない。

また、菅野はタバコを吸い、煙を吹きあげる。かすかな風に乱され、煙は消えていった。

「犬は歳をとると眠る時間が長くなる。一日の大半を眠って過ごすようになるんだ。だんだん眠りは深くなっていって、昏睡《こんすい》状態のようになる。そのまま逝っちまうのもいれば、目を覚ますのもいる。目を覚まして、立ちあがって、歩いて、たっぷり食べるようになるのもいる。だけど、元通りにはならない。おれは何百匹と見てきた。犬だけじゃなく、猫やインコや……、そのほかいろいろだ」

「はい」

聞いているという意味で返事をした。

「一昨年の夏の終わりにこの病院で死んだ犬がいる。八年前に飼い主が連れてきて、置いていって、それっきり連絡もよこさなくなった。書き残していった住所も電話番号もでたらめでね。年齢は五歳、メスのシベリアンハスキーだった。いつもなら里親を探すんだ。さすがに保健所というのは忍びないからね。客の間に連絡網があって、おれが声をかければ、里親は必ず見つかった」

菅野はタバコを吸う間、言葉を切った。栃尾も黙っていた。

「だけどあいつはみょうにおれになついてね。実はそれまでペットを飼ったことがなかった。こんな商売をしているくせに偉そうにいえた義理じゃないんだが、どうも苦手なんだな。命をもてあそんでいるような気がして。それに生きてるものは必ず死ぬ。わがままだし、情けないかぎりだが、まだしも他人の家族だから看取ってやることができるんだ。自分のってことになると……」

タバコを足元に捨て、踏みにじったが、菅野は背中を向けたままでいた。

「本当はね、ずっと里親を探してたんだ。客の中にも里親になるといってくれた人もいたけど、何となくもうちょっと、もうちょっとっていってるうちに客の間でも菅野んとこの犬って馴染んじゃった。事務長なんて呼ばれてたな」

「名前はなかったんですか」

「ワンコ。メスだから」

ふざけた名前だと思ったが、もういないと思うと笑うに笑えなかった。

「去勢してなかった。うちに来たときには歳をとりすぎていたからそのままだ。さかりの時季になるとおれのすねに尻をこすりつけてくるんだ。切ない声を出して。どうしようもないから時々足を揺すって誤魔化した。そのときに思ったもんだ。何が万物の霊長だよ、目の前にいる犬のさかり一つどうすることもできないじゃないかって。ましてこっちはプロだってのに……」

菅野がふり返り、栃尾をまっすぐに見た。

「注射をしたのは一度だけだ。最期に、眠らせるのに。手が震えたよ。笑えるだろ」

菅野は低く笑った。

「いえ」

栃尾は首を振った。

「生かしておくのは苦しむ時間を延ばすだけだった。充分わかってたんだよ。それでも手が震えた。今、お前の友達がいる、あの診察室でな」

「そうですか」

「たまに足音が聞こえるんだ。空耳だってのはわかってる。霊魂なんて信じない。だけど、聞こえるんだ。診察室の床を歩くとき、爪がぶつかってカチャッ、カチャッて音がしてた。それが聞こえる。ベンチで居眠りしてるときだからたぶん夢を見てるんだろうけど、お帰りって思うんだ」

菅野が穏やかな笑みを浮かべた。

「なあ、飼い主を探してやってくれないか」

川のそばに連れていって放りだそうとしているのを見抜かれているような気がして、

心臓がひくついた。

「ああ……、はい。何とか」

栃尾はうつむいてぼそぼそと答えた。菅野が近づいてきて、栃尾の肩をぽんと叩いた。

「今回の治療費は特別にこみこみ一万でいいからよ」

顔を上げ、菅野を見る。

そこまで話してて、取るのかよ……。

「こっちも商売だからな。世の中、切ないよ」

菅野は病院の中へと戻っていった。

家に戻るとあの人は早麻理にソファに座っているようにいい、二階に上がった。一階は玄関からリビングまでフローリングの一間になっていて台所や浴室、トイレのドアが見渡せた。階段は窓際に寄ったところにある。

二階から降りてくるとそのまま浴室に行き、バスタオルを手に戻ってきて、早麻理の前に置いた。手ぬぐいと歯ブラシが重ねてある。

「気が向いたらお風呂に入るといい。今、スイッチを入れたからあと二十分くらいで入れると思う。あとはずっと保温になってるし、四時間もすると自動的に切れるからその気にならなければ、放っておけばいい」

バスタオルのわきには家の鍵が手つかずのままになっている。早麻理は目を上げ、うなずいた。

「ちょっといいかな」

そういうとあの人は早麻理のとなりに腰を下ろし、ズボンの尻ポケットから二つ折りの財布を取りだした。カードが何枚も入っているポケットの下から一枚の写真を抜いて差しだした。

受けとった早麻理は目を瞠った。

背景には大きな川があり、河川敷の草地と橋、高速道路が写っていた。真ん中に男女がいて、男は左手で女の肩を抱き、前に伸ばした右腕が写真の縁で切れている。右手に持ったカメラを自分たちに向け、シャッターを切ったのだろう。

女は母、男は今となりに座っているあの人だ。二人とも若い。はにかんだように笑みを浮かべている母の歯が白かった。

写真は四隅がすり切れており、表面にも皺が寄っていた。

「十二年前に撮った。そのときお母さんは二十歳、ぼくは春に高校を卒業したばかりで大学に通いはじめた頃だった」

早麻理は顔を上げた。

「これ、どこで撮ったんですか」

「堀切菖蒲園《ほりきりしょうぶえん》の近く。その頃ぼくが住んでいたアパートが近くにあった」写真に手を伸ばし、橋を指さした。「これが堀切橋、その後ろが首都高速道路だ。ぼくとお母さんは北千住で同じ居酒屋でアルバイトしてて知り合った。この写真はぼくが一枚だけ持っているお母さんの写真だ」

ふたたび早麻理は顔を上げた。

「一枚だけですか」

「お母さんは写真が苦手だといってね。その頃はまだカメラ付き携帯なんか贅沢《ぜいたく》品だったし、ぼくはデジカメも持ってなかった。この写真も使い捨てカメラで撮った。写真屋に持っていって、プリントしてもらったんだけど、この写真以外は風景とか道端の花とかそんなのばっかりだった。一枚しか撮っていないのが恥ずかしいから何枚か撮っただけで」

あの人は苦笑した。

「ぼくは奇跡の一枚だと思ってる。自撮りなんて知らなかったからさ。よく撮れたなと思って。でも、ちょっとぼけてるけどね。何度か引っ越しをしているうちにネガはどこかへいっちゃって、残ったのはこれ一枚」

「ずっと持ってるんですか」

目を伏せたあの人はソファの背に躰をあずけ、天井を見上げた。

「ぼくはお母さんとお前に謝らなくちゃいけない。ぼくがお母さんと付き合っていたのは二ヵ月くらいだったかな。田舎から出てきて、すぐにお母さんと知り合って、好きになって、付き合った。だけど妊娠したといわれて……」

いきなりあの人はソファから降りると正座し、床に両手をついて頭を下げた。

「すまん。この通りだ。今さら謝っても許してもらえないことはわかっている。だけど、あの頃のぼくは子供だった。彼女に妊娠したと告げられて怖くなっちゃったんだ。ちょうど大学は夏休みに入ったところでぼくはアルバイトを辞めて田舎に帰っちゃった。あのとき逃げなければ……」

そのとき電子音が響きわたった。

「ごめん、電話だ。たぶん事務所からだと思う」

そういって立ちあがるとズボンのポケットからスマートフォンを取りだし、玄関の方へ行った。スマートフォンを耳にあてる。

「はい……、ええ、いろいろ回っているんですが、まだ……」

そのまま玄関のドアを開け、外に出ていく。二、三分で戻ってきたあの人は厳しい表情をしていた。

「これから事務所に戻らなくちゃならなくなった。帰りはすごく遅くなると思うし、ひょっとしたら戻れないかも知れない。二階の和室に布団を用意してあるし、このソファで寝ちゃってもいい。二階の押入に毛布が入っているから、もし、ソファで寝るんなら必ずかけてね。風邪ひいちゃうから。それに……」

あの人は鍵に目をやった。

「最初にいったようにお前を監禁するつもりはないんだ。いつ出ていってもかまわない」

早麻理がうなずくとあの人はそそくさと支度をして部屋を出ていった。ドアに鍵をかける音がして、早麻理は一人取り残された。

ふたたび手にした写真に目をやる。

二十歳の母はきれいだと思った。

軽ワゴン車を頭から工場に入れ、壁の手前で停止させた栃尾はライトを消し、エンジンを切った。直後、森谷が扉を閉めたので真っ暗になったが、ドアを開けると車内灯が点いた。うす暗いが工場の一階には何も置いてないのでそれほど不便ではない。

森谷が後部扉をはねあげる。栃尾は運転席のドアを閉め、車の後部に回った。バスケットを檻の中に入れ、空いたスペースに犬を入れたままカゴを置いてあった。犬は舌をだらりと垂らし、栃尾を見ていた。

「二階にあげるのかい」

森谷が手を伸ばし、犬の頭を撫でながら訊いた。

「いや、ほかの犬や猫がいるから一階の方がいいと思う」

菅野の病院を出る前に裏庭に連れだした。小便だけでなく、大便もしたので今夜はそれほど心配しなくてもいいと思った。小便はしゃがまずに垂れながしたが、大便の方はしゃがんでから出るまでにしばらく時間がかかった。タバコを喫いに来た菅野がどっちも高齢のせいだといっていた。

「おれもそう思ってたんだ」

森谷が手の動きを速くすると犬は顔を上げ、目をつぶった。気持ちよさそうに見える。

「お前もその方が落ちつくよな」

栃尾は心底嬉しそうに犬を撫でている森谷の横顔を見た。

「お前、わかってるんだろうな。この犬は……」

「わかってるって」森谷がさえぎるようにいった。「明日、明るくなったらちゃんと飼い主を探して返す」

工場へ来るまで車中で打ち合わせをしてあった。

「じゃあ、明日の朝は九時だ」

「もっと早くにしようよ。六時とかさ。飼い主が仕事に出かけたりしていなかったらどうするんだよ」

「馬鹿。六時じゃ、まだ暗いよ」

「七時」

「わかった。七時半だ。これだけ弱ってるんだ。こいつだってそんなに長く歩いてないだろう。たぶんあの近所の家で飼ってたんだと思う。だからちょろっと歩けば、自分のうちに着くだろう。その時間ならまだ誰かいるだろう」

森谷は何もいわず栃尾を見ている。ひやりとするような目つきだ。実際のところ、栃尾は今夜のうちに工場へ戻ってきて犬を川へ置いてこようと思っている。明朝、工場に来た森谷から電話が来るだろうが、午前中は無視しようと決めていた。

菅野の思いがけない告白を聞かされたが、死にかけている犬を連れまわして飼い主を探すというのは面倒くさい。

栃尾は森谷を睨みかえした。

「何だよ？」

「いや、何でもない」森谷は目を伏せた。「七時半だね。わかった。まず上の子たちにご飯をあげなきゃね」

「そうだな」

二人は二階に上がり、寄ってきた犬を追いはらいながら三つあるランタンのスイッチをすべて入れた。工場のそばに立っている街灯の光が曇りガラス越しに射しこんではいるが、暗すぎる。犬は尻尾を振って駆けよってくるのに、猫は机やソファの上に寝そべったまま、いぶかしげに栃尾と森谷を見るだけだ。

それから二人はそれぞれ懐中電灯を手にして犬、猫の数だけある食器に顆粒《かりゅう》状の餌を入れていった。一応、犬用、猫用の餌は分けて入れていく。次いで五つある水の容器を満たしていった。水は二リットル入りペットボトルに入れて持ちこみ、常時二十本用意してあった。残りが十本くらいになると森谷のアパートへ行って補給してくる。両親といっしょに暮らしている栃尾がしょっちゅう水を持ってくるわけにはいかなかった。

電気と水道が使えないのは不便だったが、そのおかげで工場に出入りしていることは疑われずに済んでいる。

二人は手分けしてトイレ用の砂を入れ替え、ポリ袋を片手に懐中電灯で床を照らして歩いて糞が落ちていないかを点検した。放っておくとその上を歩いたり、のたうち回ったりするのであとが大変になる。

猫は大小便とも砂場でするのに、犬の方は歩きまわって部屋中にする。それでも隅や壁際なのでだいたいの場所は察しがつく。

床を照らして歩いていた栃尾は思いがけず柔らかい物を踏んづけ、足を止めた。懐中電灯の光を向ける。細長い糞がスニーカーのわきからはみ出ていた。

「クソッ」

シャレにならない。だが、森谷は笑った。

「メッチャ受ける」

また、殴りたくなった。

一通りの作業を終えたときには午後九時になろうとしていた。二階の部屋のドアをしっかりと閉め、二人は階下へ降りた。


一人になった早麻理は二階に上がってみた。階段を上ると右に和室があり、蛍光灯が点けっぱなしになっていてたたんだ布団が積みあげてあるのが見えた。和室のとなりにドアがあった。ハンドルに手をかけてみたが、鍵がかかっていて動かなかった。

和室に入った。左奥に扉があり、開けると押入になっていた。オレンジ色の毛布が一番上に置いてある。下段には透明な衣裳ケースがきちんと収められていた。

一階に降り、ソファに腰を下ろすとリモコンを手にしてテレビの電源を入れた。さすがに通信販売の番組は見る気になれず、次々にチャンネルを変えていった。

ドラマ、バラエティ、ニュース……、やはり見たいと思う番組はなかった。

ふと手が止まる。大きな犬が駆けよってきて、飼い主に飛びつく。ラブにはまるで似ていなかったが、飼い主をまっすぐに見る瞳がアップになると思わずスイッチを切ってしまった。

リモコンをテーブルに放りだし、しばらくの間、目をつぶっていた。

川沿いのフェンスの下に潜りこんでいくラブの尻が浮かんだ。持っていたリードがだらりと地面に落ちる。

目を開けた早麻理はリモコンのわきにある鍵に目をやった。

川べりからこの家までは歩いてやって来た。二階建ての家がつながっていて、ちょっと変わった造りだと思った。道のりはだいたいわかっている。今から行って、ラブを探して、広瀬のお婆ちゃんの家に返してから戻ってきてもあの人はまだ帰ってきていないかも知れない。ラブが見つからなければ、広瀬のお婆ちゃんの家へ行って、ラブが戻っているかを確かめればいい。

鍵をつかんだ早麻理は玄関に向かった。

ドアノブをつかむ。回そうとしたが、びくともしない。ノブには鍵穴もボタンもなかった。

あの人、どうやって開けたのかしら……。

ノブの回りを見たが、鍵を外すようなつまみやボタンは見当たらなかった。何度も試したが、ノブはやはりびくともしない。

早麻理はリビングにとって返し、テラスがついている南向きの窓の錠前を外し、開けようとした。だが、どのような仕組みになっているのか窓もびくともしなかった。

第四章　女児不明

1

その男の眼球は神経質そうに小刻みに揺れていた。二度まばたきする。紅潮した顔面は浮いた脂でてらてらしていて、白目の部分も顔と同じくらいに赤い。酒に酔ってもいるのだろうが、極度の興奮で頭に血が昇っているのだ。

右目の上、眉の端と唇の右側が切れて血が流れていた。鼻血は出ていないので潰《つぶ》れているのは元々のようだが、食いしばった前歯は血に染まり、唇から顎にかけて赤く濡れている。

黒地で腕と脚に赤いストライプが入ったジャージー上下、鯉口《こいぐち》シャツも黒だが、腹巻きは白、ラメが入っている。雪駄《せった》をつっかけている足だけが白く、寒々しかった。左手の小指はずいぶん昔に断ち切られたらしく、半分ほどの長さしかない。右手には刃渡り二十センチほどの短刀を握っていた。

男は痩《や》せこけていて、背を丸めて身構え、ゆるく曲げた両腕を広げていた。床屋に行ってきたばかりのように整えられた短髪はほとんど白い。

また眼球が揺れ、まばたきする。追いつめられた獣のように視線を左右に飛ばしている。実際、追いつめられていた。十名ほどの警官が男をぐるりと取り囲み、そのうち四人がすでに拳銃を抜いて銃口を向けていた。相手が刃物を出せば、拳銃を使用して牽制《けんせい》するのは通常手順となっている。

刃物を持った男が路上で暴れているという通報を受け、小町と辰見は分駐所を飛びだしてきた。場所は言問《こととい》通りを二筋北へ入った、通称観音裏《かんのんうら》。浅草分駐所からは数百メートルしか離れていない。

浅草寺《せんそうじ》のすぐ北側といっても小料理屋やスナックの行灯が点々とあるだけの静かで、うす暗い通りだ。そこに数台のパトカーが駆けつけ、赤色灯を回しっぱなしにして野次馬を遠ざけていた。

刃物男を囲んでいる警官が十人、さらに十数人がパトカーの周辺で警戒にあたっている。男から数メートル離れたところでは若い男を四人の警官が羽交い締めにしており、もう一人若い男が血まみれのタオルで右手をくるんで路上に座りこんでいた。

羽交い締めにされた若い男は脱色した長髪を振り乱し、もがきながら喚《わめ》いた。

「爺ぃ、おら、ぶっ殺すぞ、てめえ」

警官の一人が若い男の首に腕を回し、別の警官が腕を押さえていた。若い男は暴れようとするが、左右の腕をがっちりつかんだ警官は離さない。それでも若い男はもがき、右手を突きだした。

小町は目を剝《む》いた。

若い男は人差し指から小指までずらりと指輪をはめているが、どれもが金色で大きく、角張っている。

刃物を持った男の顔をもう一度見た。目の上、唇の傷は若い男の指輪があたって切れたのだろう。ずらりと並んだ指輪はメリケンサック並みだ。

若い男が吠える。

「てめえみてえな古ぼけたヤクザはさっさとくたばりやがれ」

「まあまあ」

首に腕を回している警官がなだめる。若い男は細い目を精一杯見開き、口汚く喚きつづけた。すぐ後ろには地下にある居酒屋の入口があったが、別の警官が立ちふさがって中から人が出てこないように規制していた。

小町は路上に座りこんでいる男をもう一度見た。白いトレーナーには所々血が飛びちっていた。太い金色のネックレスを何本もかけ、やはり両手の指には角張った指輪がずらりと並んでいる。髪はスキンヘッドにしているのかも知れなかったが、黒いバンダナですっぽりくるんでいるのでよくわからない。

そのとき、刃物男の左側にいる中年の警官が怒鳴った。

「刃物、捨てろ。捨てんか」

腰を落とし、両手で握った拳銃を向けている。すぐとなりで若い警官が同じように銃を構え、背後には指叉《さすまた》を手にした数人の警官がいる。

「うるせえ、この野郎」男が怒鳴り返す。「そんなとこでごちゃごちゃいっとらんで、さっさとかかってこんかい」

まるで男の挑発に乗るかのように中年警官が銃を構えたまま、半歩踏みだした。威勢よく怒声を発していた刃物男だが、じりっと後ずさった。だが、行き場所はない。男の右側にも同じように拳銃や指叉を手にした警官が壁を作っている。

刃物男は喚いた。

「あのガキども、突っ殺してやる」

口ではそういいながらふたたび後ずさりしようとしたとき、男の左のかかとが歩道の低い縁石に引っかかった。

「うおっ」

声を発し、のけぞるようにバランスを崩した瞬間、男の右側で拳銃を構えていた警官を割って小沼が飛びだした。

小町は思わず声を発しそうになり、奥歯を食いしばった。自分が飛びだしていくより部下に動かれる方がはるかに心臓に悪い。

小沼は二歩で刃物男との間を詰め、防刃手袋をはめた両手で短刀を持つ男の手首をつかんだ。そのまま相手の右腕をわきの下にかいこみ、背を男の顔に押しつけて上体をひねって歩道に倒れこむ。

左右から五、六人の警官がわっとばかりに飛びだしてきて、刃物男の胴と左腕、両足を押さえつけた。

小沼は男の右手首をつかんだまま、背中を刃物男の顔にぐりぐり押しつけている。男の手から短刀が離れ、アスファルトの歩道に落ちた。固い金属音が響きわたると同時に一人の警官が蹴飛ばして遠ざけたかと思うとしゃがみ込んで、小沼がつかんでいる刃物男の手首に手錠を打った。

「あら、お間抜けな……」

小町のわきで辰見がぼやいた。

逮捕の手柄は最初に手錠をかけた者に与えられる。最初に飛びかかるというもっとも危険な仕事をしながら小沼は手柄を鼻先でさらわれた恰好だ。辰見が呆《あき》れるのも無理はないが、刃物を持った被疑者の右手を両手でつかんだまま、手錠を打つのは不可能だろう。

「確保」

「確保した」

「確保だ」

「確保、確保」

まるで伝言ゲームのように警官たちが周囲に伝えていく。

「やれやれ、一段落……」

小町がいいかけたとき居酒屋の入口にTシャツ姿の男が出てきて大声でいった。

「中で女の人同士がつかみ合ってます」

小町は店員の前に進みでた。

「女同士だって？」

店員は小町の肩越しに道路をうかがった。

「ここでやり合ってるお客さんのお連れさんたちです」

「まったく」

首を振って入口に入ろうとすると一人の女性警官が声をかけてきた。

「おともします」

ふり返った。小町より背が少し高く、柔道の重量級世界戦でも戦えそうな体格をしていた。

「いいね」小町は右手の親指を突きあげた。「よろしく」

「はい」

女性警官がにっこりした。笑顔はあどけなく、屈託がない。うなずき返した小町は入口に踏みこみながら怒鳴った。

「男子も四、五人ついてきなさい」

階段を降りると目の前の引き戸が開きっぱなしになっている。縄のれんが揺れていて、柱には〈一生懸命営業中〉と書かれたプレートがぶら下がっていた。

小町は店内に入った。

入口の右にカウンター席、左の壁際に四人掛けのテーブル席が三つ並び、カウンターの奥に小上がりがある。それほど大きな店ではない。テーブル席のうち、真ん中にビールのジョッキや料理の皿があるだけでほかの二つには誰もいない。カウンターには入口近くに徳利《とっくり》と猪口《ちょこ》が二つあり、刺身を盛った皿があった。

カウンターの端には野球帽を被った老人が座っていて、タバコを肴《さかな》にコップ酒を飲んでいた。騒動など一切耳に入らないといった風情ではあった。

二人の女がカウンターとテーブル席の間でつかみ合っていた。一人は背が低く、太っていて、もう一人は痩せていた。

カウンターの向こう端にそろいのTシャツ姿の男女が立ち、その後ろに客が数人いて、中にはスマートフォンで女同士のつかみ合いを撮影している男がいた。

趣味悪いぞ、お前《めえ》――スマートフォン男を睨みつつ、胸のうちでつぶやく――言葉遣いに気をつけなくちゃ。

昨今はインターネット上に動画がアップロードされ、あっという間に拡散していく。警官が暴言などという動画が話題になれば、機捜隊長からの呼び出しは避けられない。

小町は二人に近づきながら声をかけた。

「はい、警察です。落ちついて、落ちついて」

痩せた女のとなりにもう一人女が立っていた。路上にいたラッパー気取りの男は二人、連れの女も二人なのだろう。どちらもよくまぶたが持ちあがるものだと感心してしまうほど重厚なつけ睫毛を使い、化粧が濃かった。素顔《すっぴん》になれば、こぢんまりとした目鼻だちのまるで別人が現れるだろう。

太った女も化粧が濃かったが、喧嘩相手の二人に比べると少しはましな顔立ちをしている。年齢は四十代後半といったところか。二人組が胸に大きくブランドのマークが入ったTシャツ、太った女は深い光沢のある紫のシルクシャツを着ていた。

痩せた女が右手に持ったピンクのポーチで太った女の腕を叩いているほか、あとの二人は何も持っていないことを素早く確認する。床には割れたジョッキや皿、料理が散乱し、濡れていた。

踏みだそうとしたとき、小町の肩をつかんで体格のいい女性警官が先に前へ出た。つかみ合いをしている女の間に平然と割って入ると痩せた方を押さえにかかる。すかさず小町は太った女の前に割りこんだ。

思ったより簡単に女たちは離れたように思えたが、そう簡単には終わらなかった。

痩せた女の方が怒鳴る。

「この豚マ……」

小町はぎょっとしてふり返る。豚のあとに露骨で幼稚な女性器を指す隠語がつづいたのだ。

太った女も負けていない。

「何がこの腐れマ……」

またしても隠語。

小町は太った女を見た。だが、太った女は小町の肩越しに喧嘩相手を睨みつけている。呼気にアルコールが臭《にお》った。

「静かにしなさい。ほら、落ちついて」体格のいい女性警官が痩せた女にいっている。

「あ、こらっ」

直後、小町は後頭部に軽い衝撃を感じた。小町の頭にぶつかり、床に落ちたのは痩せた女が持っていたポーチで、はずみで中味が黒いタイルの上に散らばった。

口紅、コンパクト、封を切っていないタバコ、財布……。

「すみません」

女性警官が小町に謝る。

「平気、平気」

腕の中で太った女がもがき、声を張りあげる。

「てめえみたいな田舎者がでけえ面して観音裏歩いてんじゃねえぞ、こら」

「何が、だ、こら。淫売《いんばい》の豚マ……」

そこからまた隠語が飛びかう。

小町は入口付近に突っ立っている制服警官たちを怒鳴りつけた。

「そんなところでぼやっと突っ立ってんじゃないよ」

髪をつかまれるのを感じた。しばらく美容院に行けなかったために伸びすぎ、ネットでまとめてあっただんごを握られたのだ。

「コラっ、離しなさい」

太った女に顔を向けようとしたとき、頭の後ろでブチブチと音が聞こえた。ネットが引きちぎられたのだろうが、小町には頭蓋骨の内側で響きわたったように聞こえた。

ほどけた髪がばさりと広がり、小町はぶち切れた。

「静かにしろってのがわからんのか、この腐れマ……」

どもが、と怒鳴ったとたん、店内がしんとなった。

どうして……、どうして私の時だけ皆静かになるの？

カウンターの向こうでスマートフォンを手にしている男がにやりとする。

しまったと胸のうちでつぶやき、視線を下げたとき、それが目に入った。痩せた女が投げつけたポーチから少し顔をのぞかせている。

ビニールの小袋で中味は白い粉末だ。

小町は体格のいい女性警官に声をかけた。

「その女、押さえてて。それと誰か検査キットを」


「まったく」

洗面台の鏡を前にして立った小町は塗り箸をくわえたまま、つぶやいた。髪を少し濡らし、だんご状にまとめ直すと斜めに塗り箸を挿した。引きちぎられたネットはぼろぼろで使い物にならず、店長に断って箸立てにささっていた塗り箸を一本もらってきたのだ。

痩せた女のポーチに入っていた小袋の中味は検査キットの薬液を青紫色に染めた。覚醒剤所持の現行犯だが、ポーチの中には小袋がさらに十二個と小さなパイプが入っていた。それだけの数がそろうと単なる所持ではなく、販売目的となり、当然罪は重くなる。

「どいつもこいつも腐れ……」

さすがにそのあとは嚥《の》みこんだ。

トイレを出ると辰見が立って、店内に目を向けていた。店員たちが床に散らかった食器や料理の掃除を始めている。

警官が二人、店長から話を聞いていた。カウンターの端に座った老人は相変わらず悠然とコップ酒を飲んでいる。

辰見が小町に目を向けた。

「怪我《けが》は？」

「ありません。髪をまとめてあったネットを破られただけで」

辰見が小町の髪を見やる。

「ちゃんとまとまってるじゃないか」

「水で濡らして、丸めて」小町は頭の後ろを見せた。「箸で留めてあるだけです」

「辰巳《たつみ》芸者だな」

「何ですか、それ」

「江戸時代の話さ。深川辺にいるのを辰巳芸者といったんだが、今でいえばファッションリーダーでね。油を使わず水だけで髷《まげ》をまとめてたって話だ」

「へえ」小町も店の中を見回した。「連中は？」

「六人とも浅草《あさけい》警察署に連行した。傷害、銃刀法違反、迷惑防止条例違反、それにシャブだ。一晩中大騒ぎだな」

　辰見が首をかしげ、苦笑する。

「銃刀法違反には落ちがついてね」

「何ですか」

「あのヤクザ者……、とっくに破門になってるらしいから元ヤクザか、まあ、いい。あいつが持ってたのは模造刀だった」

「でも、怪我してたでしょ」

「刃はついていなくても刺さるからな。脅しのつもりで模造刀を出したら、若い方が本気でびびって払った。そのときに手のひらをざっくりやった」

「何だってオモチャなんか持って歩いてるんですかね」

「ノスタルジーかね」辰見が首をかしげ、頭を掻いた。「小指飛ばしたけど、追いつかずに破門だからよっぽどでかいイモを引いたんだろうな」

　イモを引くは失敗するという意味に使われるが、破門までとなると看板を汚すような掟《おきて》破りでもしたのだろう、と小町は思った。

「さて、我々も浅草PSに向かいますか」

「まあ、じっくり話を聞かなきゃならんな」辰見が腕時計を見る。「まだ今日は二時間残ってるがね」

その先、当務が終わるまで九時間あることには触れるまでもない。二人は居酒屋を出ると階段を上った。

2

「名前はタケウチノリコ……、植物の竹に内外の内、道徳の徳、子供の子。竹内徳子。職業はソープのコンパニオン」

店の名前を挙げ、吉原の老舗だといったあと、徳子は今やどこも老舗だけどねと笑い、言葉を継いだ。

「昭和四十四年十一月二十八日生まれ……、はい、ソープやってるわりには結構な歳《とし》です」

千束《せんぞく》にある賃貸マンションの住所と名前をすらすらといった。警察と関わりを持つのは初めてではないようだ。

居酒屋から連行した六人のうち、模造刀を振りまわした元ヤクザの取り調べは小沼が行うことになった。最初に手錠を打ったのは浅草警察署の地域課員だが、取り調べは刑事の仕事だ。浅草署刑事課の当直員は元ヤクザを殴り、怪我を負わせた若い男二人を担当する。その連れである女のうち、一人は覚醒剤所持現行犯なので銃器薬物対策係に引き継ぎ、小町は元ヤクザの連れである徳子から事情聴取を行うことになった。

午後十時を回れば、東京でもトップクラスの観光地を管轄するとはいえ、浅草署にそれほどたくさんの刑事がいるわけではない。刑事は日勤制なので当直や重大犯罪の捜査でもないかぎり夕方には引きあげる。

「お連れさんの名前は？」

「コウちゃん」

徳子はそういったあと、元ヤクザの西広幸三《にしひろこうぞう》の名前を小町に教えた。

「現住所はあたしといっしょ。ワンルームだけどね。コウちゃんはほかに行くところもないし」

すらすら喋《しゃべ》るのは自分の罪が居酒屋の営業妨害とせいぜい器物損壊——皿一枚、ジョッキ一個を床に落として割ったことを認めている——でしかないとわかっているからだろう。

取調室の入口わきに置いた机で辰見が調書を書いていた。

「今日は暇でねぇ」徳子は微苦笑を浮かべた。「今日も、か」

そのため早退を決め、マネージャーもあっさりと認めたという。

「うちの店で一番古いのはあたしなのよ。いやンなっちゃう。マネージャーも古顔なんだけどね。ボーイの見習いから始めて、今はマネージャー……、店長になってるけど、うちに来たのは十七、八年前かな。あたしの方が半年くらい先に入ってたからね。ふつうなら女の子の勝手にはさせないわよ。あたしは特別……、っていうか半分諦められてるからね。ただ待合室でほかの女の子とお喋りしててもお金になるわけじゃないし。あたしらの商売、客がついてナンボだから。そんで八時過ぎくらいかな、コウちゃんに電話してご飯食べることにしたの。あの居酒屋はよく行くんだ。週に二回か三回。杉田の爺《じい》さんには負けるけどね」

「杉田の爺さんって？」

「ほら、カウンターの隅っこにいたでしょう。あたしたちが喧嘩してる最中もずっと飲んでた人。あれが杉田の爺さん。あの人、毎日いるんよ。焼酎をコップ二杯。それだけで三時間も四時間もあそこに座ってる」

警官が何人も入り、大騒ぎになっても飲みつづけていた老人の姿が脳裏を過《よ》ぎる。スマートフォンで一部始終を撮影していた男の客について訊《き》こうかと思ったが、やめた。訊いたところで何ができるというわけではない。

「それで喧嘩のきっかけって何だったの？」

小町の問いに徳子は顔をしかめ、頭を掻いた。

「やっぱりあたしってことになるのかなぁ。コウちゃんに店が暇で暇でってぼやいてたんだ。あの店は慣れてるし、店の子たちはあたしがソープに勤めてるの知ってるからね。

だから気にもしないで店のこととか、吉原のこととか喋ったのね。そうしたらあたしとつかみ合ってた女がいたでしょ。あのキツネみたいな顔した、あれ。あの女が豚マ……」

徳子がにやりとする。

「ごめんなさい。ま、とにかくあんなのに金払うような男がいるのかっていったのよ。わざと聞こえるようにね。それでコウちゃんがキレちゃって、キツネの連れの男に声かけたわけ」

カウンターとテーブル席の間は一メートルと離れていなかった。入口の方に徳子が座り、となりに西広がいた。

「やんのか、コラってなって。そうしたら男がいきなりコウちゃんの顔を殴ったのよ。あの指輪見た？　どうせイミテーションの安物だろうけど、あれ、凶器だよね。コウちゃんの顔が切れて、血が出て……、だからコウちゃんはドスを抜いたんだけど、これって正当防衛でしょ」

「違う」小町は首を振った。「正当防衛にはならない。短刀を持ち歩いて、使った時点で銃刀法違反、相手が怪我をしたから傷害罪」

「でも、あれオモチャだよ。コウちゃんは相手を脅そうとしただけで」

「オモチャでも立派な犯罪。西広はいつも模造刀を持ち歩いてたの？」

また徳子が顔をしかめ、頭を掻いた。

「本物は高いからねぇ。あたしの稼ぎじゃ買ってあげられないのよ。あんなちんけなドスだって黒鞘《くろざや》で本物《マブ》なら何十万ってするのよ」

「あれもあなたが買ってあげたの？」

徳子は首を振った。

「ずっと昔から持ってたみたい。あたしに会う前からね。誰かにもらったとかいってた。腹巻きに挟んでると落ちつくんだって。コウちゃんはお守りみたいなもんだっていってたけど、男って、いくつになっても子供だよね」

両手をからめ、うんと声を漏らして前に伸ばしたあと、徳子は探るように小町を見た。

「ここ、禁煙？」

小町が答えるより先に辰見が机の抽斗《ひきだし》からアルミの灰皿を取りだし、徳子の前に置いた。もう一つ灰皿を出して、机に置くと辰見もタバコを取りだす。

小町は立ちあがって窓を全開にした。鉄格子が見える。席に戻るとタバコに火を点けた徳子が眉根《まゆね》を寄せる。

「寒いんじゃない？」

「こんな狭い部屋で二人いっしょに深呼吸されたんじゃたまったもんじゃないからね」

「深呼吸？　何、それ？　おかしくない？」

辰見はそっぽを向き、タバコの煙を吹きあげている。

徳子はすがるような目をして小町を見た。

「コウちゃん、塀の内側に落ちるのかな」

「それは裁判所が決めることだけど……」小町は小さくうなずいた。「まあ、傷害だからね」

徳子は舌打ちした。

「傷害だと長いよねぇ。コウちゃん、ひどく肝臓が悪いんだよね。もう六十八だし。今度入ったら生きて出てこられるか」

灰皿の縁にタバコの先端をこすりつけ、灰を落とし、徳子は唇をすぼめてふっと息を吐いた。

「彼とは長いの？」

「いっしょに住むようになって十年近くかな。会ったその日のうちにできて、ホテルからまっすぐうちに帰ってきて、それ以来ずっと」

徳子はタバコを吸い、煙を吐いた。

「コウちゃんってさ、ずっとあたしの話を聞いてくれるんだよね。本当は聞いてなんかいないのかも知れない。でも、それでもいいんだ。逃げないで、目の前にいてくれるからね。あたし、わかってるんだ。自分がすげえうっとうしい奴《やつ》だって。同じ話を何回もするし、くどいし、長いし……、でも、コウちゃんはずっといてくれる。ほかに行くところもないけどね」

徳子は笑い、タバコを灰皿に押しつけた。

「友達のアンナちゃんは猫なんだ。猫も逃げずにアンナちゃんのこぼし話をずっと聞いてくれてるって。その話をコウちゃんにしたら猫もおれも稼ぎがないってところは同じだって笑ってた」

逃げないで、目の前にいてくれるという徳子の話を聞きながら小町は知らず知らずのうちに伊藤千都子と重ねていた。子供を産んだのも覚醒剤を使ったのも男をつなぎとめておきたかったからではないか。

牛丼屋から西新井警察署までついてきた笈田を思いうかべる。笈田であれば、千都子から逃げなかったのではないか。年齢は西広の方が上だが、笈田よりも魅力があるということか。

いや、と小町は思う。

所詮《しょせん》は巡り合わせであり、長くいっしょにいられるのは相性の問題だろう。

辰見が立ちあがり、窓を閉めた。徳子は辰見を目で追っていたが、小町はじっと徳子を見ていた。徳子の目が動き、小町に向けられる。

「やっぱり一人じゃいられないもんね」

明らかに同意を求めていたが、小町は何も答えなかったし、表情も変えなかった。

いつの間にか千都子には子供がいるじゃないかと思い、結婚もせず子供もいないまま四十近くになっている自分と比べていた。

小町自身は独りぼっちでは決してない。

一家と揶揄《やゆ》されるほど相互の結びつきが強い警察という組織にあって、さらに刑事という職人のグループに所属している。それも警察や刑事といったイメージがあるだけでなく、一人ひとりの顔が浮かぶ。

先輩、後輩、同期、上司、部下、同僚……、同じ警察官でも絶対に信用できない輩《やから》もいれば、命を預けられる相手もいる。認め合い、許し合い、受け容《い》れられているというどこか甘ったれた感情があることも事実だ。

だが、一員であるためには、まず自らが職責を全うしていなくてはならない。誰に強要するつもりもないが、少なくとも小町はそう思っていた。

「あたしね、待つよ。コウちゃんが出てくるのを待つ。コウちゃんはほかに行くところがないけど、あたしには話を聞いてくれる人ってコウちゃんしかいない。コウちゃんが帰ってくるのを待っている間は、目の前にいるのと同じでしょ。いや……」

徳子は伏せた目を細めた。

「死んじゃっても待ってるのは同じか。お仏壇を用意して、その前でうだうだ喋ってやる。だからコウちゃんがいなくなっちゃうとか考えないんだ。死んじゃってもいっしょに暮らした時間が消えるわけじゃないしね。コウちゃんが出てきたらまたいっしょに住むよ。だから仕事はつづけなきゃ」

「仕事って……」

目をぱちくりさせた小町を見て、徳子が艶然《えんぜん》と笑みを浮かべた。

「還暦過ぎても現役ってのがいるよ。あたしが知ってるだけでも三人。うちじゃなく、ご近所の店だけどね」


テレビにつなぎっぱなしにしたゲーム機の電源を入れ、栃尾はあぐらをかいてコントローラーを手にすると三日前に保存《セーブ》したゲームを呼びだした。

画面中央、青空の下に広がる緑の草原に立つ主人公は、右手に巨大な剣、左腕に楯《たて》を持ち、全身を鎧《よろい》で覆っているが、肩で息をしている。

たちまち栃尾は主人公と同化した。

いつもなら難なく倒せる三匹の小モンスターと戦ったとき、わずかに防御ボタンを押すのが遅れ、脇腹にダメージを負ってしまったのだ。連携して襲ってくるにしても小モンスターは一撃で倒せるので三匹とも倒すのは難しくない。だが、このあと草原を走っていくと崖《がけ》になり、その陰から巨大龍《りゅう》が姿を現すのがわかっている。

ちらりと画面の右下に目をやる。生命力《バイオエネルギー》は定量の三分の一しかなく、回復するアイテムはすべて使いきっていた。主人公の動きは七〇パーセントほどでしかなく、龍が吐く水のかたまりを一個でも受けてしまうとほとんど動けなくなってしまう。

どうしてこんなところでセーブしちゃったのかと思う。しかし、セーブしてあるポイントは一つしかなく、三匹の小モンスターをダメージ無しで倒すためにはもう一度最初からやり直さなくてはならない。ゲームには全部で二十三のステージがあり、すでに十八ステージ目なのだ。最初からやり直すのは面倒くさかった。

「何とかなるだろう」

自分を励ますようにつぶやき、右の親指でレバーを倒す。主人公が剣と楯を振りながら走りはじめた。

『たまに足音が聞こえるんだ』

ふいに菅野の声が蘇った。

真冬に怖い話は似合わないと思いながらも頭に浮かんだ菅野は話しつづけた。

『診察室の床を歩くとき、爪がぶつかってカチャッ、カチャッて音がしてた。それが聞こえる』

テレビのスピーカーからは主人公の力強い足音と荒い息づかいが流れているというのに犬の爪がフローリングの床に当たる音が聞こえていた。

やがて目の前に崖が見えてくる。主人公の左にある茶色の岩を見つめていた。岩よりも前に出てしまうと龍の吐く水の砲弾を避けられない。だが、岩よりわずかでも後ろだとジャンプして斬《き》りかかっても剣が届かない。

龍の出現に目を奪われず、岩と主人公の位置だけに気をつけている。うまく真横に来た。主人公を立ちどまらせると龍が水の砲弾を吐く音だけを頼りにレバーをほんの一瞬右に倒し、元の位置に戻す。画面では右に転がった主人公がすぐに立ちあがった。間をおかずジャンプボタンを押し、攻撃ボタンに指を移す。

主人公が跳躍の頂点に達し、落下しはじめるとすかさず攻撃ボタンを連打した。

一撃目がうまく龍の顔面にヒットし、白い閃光《せんこう》が弾《はじ》け、わきに500と得点が出る。主人公は落下しながら剣を振るいつづけ、のけぞった龍の右肩、胸、腹にダメージを与えていく。得点が重なり、地面に降りたったときにはコンビネーション攻撃に対するボーナスポイントが加算される。

いつもなら即刻画面を静止させ、アイテム画面を開いてたった今得たポイントでバイオエネルギーの回復剤を買い、エネルギーレベルを少し戻してから戦いをつづけるのだが、欲が出た。龍の右腕を斬り落とせば、二万点となり、バイオエネルギーを完全に回復させられるだけでなく、剣のパワーを強化できる。

強化した剣なら龍をひと突きで仕留められるのだ。しかものけぞった龍の右腕は主人公の鼻先に出ていた。左手の中指でコントローラーの前面にあるボタンを押したまま、攻撃ボタンを押せば、剣を右から左へなぎ払い、腕を一刀両断にできる。

目は苦しむ龍を見ているはずなのに脳裏には工場に置いてきた犬の目が浮かんでいた。カゴをワゴン車から下ろし、いつでも小便ができるように床に置いた。森谷が工場の扉を開け、街灯の光が射しこんだところでワゴン車のリアゲートを閉じた。車内灯が消え、街灯の光だけになっても犬の目は光っていた。

攻撃ボタンを押したつもりが、指が外れてしまった。犬の瞳に気を取られていたせいだ。

「ちくしょう」

うめいた。

主人公は剣を躰の右側に引いたまま、空中に浮かんでいる。龍の左手が飛んできて横殴りにされる。主人公は情けない声を発しながら地面を転がっていく。何とか立ちあがろうとしたとき、龍が襲いかかってきて主人公の足をくわえ、右に左に叩きつけた。三分の一しか残っていなかったバイオエネルギーが見る見るうちに減っていく。

ゼロになり、画面が暗転した瞬間、栃尾はゲーム機の電源を切った。

「ざまぁ見ろ」

ブルー一色になったテレビに向かってつぶやいた。

リモコンでテレビの電源を切るとスマートフォンを取りだした。いくつかのサイトを渡り歩き、ネットゲームを探したが、どこにも参加する気にはなれなかった。犬の瞳がちらちらしている状態でゲームに集中できるはずがない。そうかといっていつもチェックしている迷い犬、迷い猫のツイート検索や掲示板を見る気にもなれなかった。スマートフォンをスリープモードにして放りだし、ベッドの縁に背を預ける。蛍光灯がぶら下がっている天井を見上げた。

自宅二階の四畳半が栃尾の部屋だった。一人っ子ゆえに小学生の頃から一部屋を与えられていた。畳の上に学習机とパイプベッドを置き、押入をクローゼット代わりに使っていた。工場から帰ってきて、まっすぐ二階に上がっている。すでに父は倉庫番の仕事に出かけており、母はテレビの前でいびきをかいていた。ラーメン店で食事を済ませているので、母に用はなく、声をかけなかった。

三日ぶりにゲーム機の電源を入れたのは、何をやっても落ちつかなかったからだ。テレビ番組はどれもつまらなく、スマートフォンをいじっていてもメールを打ったり、チャットで会話する相手も思いつかなかった。風呂に入るのも何だか面倒くさく、服を着たままベッドに転がり、ほんのひととき居眠りをしたが、夢を見て起きてしまった。

夢の中では犬が鳴いていた。弱々しく、細い声にどきっとして目を開いたのだ。鳴いていたのがあの犬なのかはっきりしなかったが……。

ベッドを降り、スマートフォンをしばらくいじったあと、ゲーム機の電源を入れた。すでに何回となくエンディングまで行っているゲームで、ステージの内容も怪物たちについても知り抜いていた。

ゲームも最初は素晴らしい映像にわくわくする。行き詰まるたびにスマートフォンをネットにつないで攻略法を調べ、ステージをクリアしていく。一度エンディングまで行ってしまうと難しいところの突破方法はだいたい頭に入った。二度、三度と終わりまでやり、別のルートも攻略し、さらに所要時間が短くなって、成績がよくなってくるといつも同じことを感じてしまう。

ルートと攻略法を暗記し、ちょっとした間違いもなくなぞっていくと好成績がもらえるのでは、学校の試験と変わりないじゃないか、と。

小学生の頃からゲーム機を買ってもらっていた。新しいゲームが出るたび夢中になったのは、最初の二年くらいだろう。あとは惰性だ。部屋にいるときにはほかにすることがなかった。

舌打ちし、立ちあがる。床に脱ぎ捨ててあった革ジャンパーを拾いあげて羽織った。工場の扉やワゴン車の鍵はジーパンに入っている。

様子を見てくるだけだ、と自分に言い聞かせながら狭い階段を静かに降りていった。

3

リビングの窓際にぼんやりと立ち、早麻理は大きな窓のアルミサッシを見ていた。鍵は外してあるのにびくともしない。もう一度サッシに両手をかけ、思いきり引っぱったが、びくともしなかった。

サッシがはまっているレールに目をやった早麻理は小さな金具が取りつけてあるのを見つけた。四つん這《ば》いになって顔を近づけてみる。引き違いになった二枚の窓を固定してある銀色のストッパーだ。鍵穴などは見当たらず、表面はつるんとしている。

立ちあがり、上に目をやるとサッシの上部のレールにも同じストッパーが取りつけてあるのがわかった。

視線を下げる。真っ黒な窓ガラスに自分の顔が映っていた。それだけだ。ほかに何も見えない。

外がずいぶん暗いと思ってガラスに顔を近づける。

しばらくの間、何を見ているのかよくわからなかった。ようやく正体がわかったとき、声をあげかけた。シャッターを内側から見ているのだ。リビングの窓はシャッターで覆われている。

後ずさって、ふり返った。

玄関まで見通せた。焦げ茶色に塗られた玄関ドアの左側に小さな台所があったが、窓はなく、壁に換気扇が取りつけてあるだけだ。右側にはリビング寄りに木製のドア、その向こうにアコーディオンカーテンがある。

左右の壁に窓は一つもないのを見て、二階建ての家が四つつながっていたのを思いだした。両側を別の家に挟まれているので窓がないのだろう。

静まりかえったリビングを抜け、右手にあるドアを開いてみる。洋式便器がぽつんとあるだけの殺風景なトイレで窓はない。ドアを閉め、となりのアコーディオンカーテンを開けはなつ。壁にあったスイッチを押すと脱衣場になっていて、左手にアルミの枠に磨《す》りガラスをはめたドアがある。

脱衣場には正面に丸いガラス窓がついた全自動洗濯機が置かれ、すぐわきの三段になった脱衣カゴはいずれも空だった。窓は見当たらない。左手のドアを開けるとユニットバスになっている。床も浴槽も一体になったベージュの樹脂製で浴槽の壁にシャワーのカランがついており、低い椅子《いす》に伏せた洗面器が引っかけてある。どちらもライトグリーンのプラスチック製だ。

浴槽と洗い場の間に窓があった。格子状に鋼線の入った磨りガラスが入っている。窓は縦長で小さく、掛け金が上部についていた。浴槽の縁に乗ると掛け金を外して窓を開けてみたが、上の方が五センチほど開いただけでとても外に出られそうにはなかった。窓を閉め、浴槽から降りる。

浴室を出て、リビングを抜けると左にある階段を上った。蛍光灯が点けっぱなしになっている和室に入り、障子を開けた。鍵より先にサッシの上下にストッパーが取りつけられているのを見た。リビングで見たのと同じくのっぺりしていて鍵穴もネジもない。怖々顔を近づける。

リビングの窓とは違い、雨戸はなくて外を見ることができた。すぐとなりに二階建ての住宅があったが、一階には灯《あか》りが見えるものの二階は暗かった。さらに周りを見渡すと灯りのついた窓が見えたが、どこもカーテンが引かれている。

前に住んでいた川沿いの団地を思いだした。今は改修工事の真っ最中だが、早麻理がかつて暮らした部屋にはまだ窓が残っていた。料金の支払いが遅れて電気が止められ、暗いままの部屋で団地のほかのうちを見ていたことがある。どこもカーテンを閉め切っていたのは今と同じだ。

夜もそれほど遅い時間でなければ、団地の廊下や階段を歩くことができた。まだ照明が点いていたからだ。座っていると誰かに声をかけられるので、どこかに行く振りをして階段を上ったり降りたりしていたが、午後八時を過ぎれば、部屋に戻らなくてはならない。

そうして深夜か、明るくならないと帰ってこない母を待っていた。

早麻理は首を振った。ぼんやり思い出にふけっている場合ではない。窓をこじ開けるか、割る道具を探そうと思いついた。和室の中を見回す。押入の戸を開けてみたが、衣裳ケースくらいしかなく、工具の類いは見当たらなかった。

笈田の家なら玄関に大きな道具箱が置いてあり、中にいろいろ工具が入っていたのに……。

玄関だと思って階段を駆けおりた。だが、玄関には何も置いてなく、下駄《げた》箱を開けると磨きあげた靴が並んでいるばかりでほかには何もなかった。

気を取り直し、台所のシンクの下にある扉を開けた。扉の内側には包丁をさしておくラックが取りつけてあったが、一本もなかった。それどころか排水用のパイプがあるだけで何も入っていない。抽斗を開け、シンクによじ登って上にある棚を開けてみたが、そこも空だった。鍋もフライパンどころか、箸もフォークやナイフもない。

冷蔵庫を開けると二リットル入りのミネラルウォーターのペットボトルがぎっしり詰まっている。だが、それだけだ。冷凍庫ものぞいたが、何もなかった。

もう一度下駄箱を開け、靴箱にきれいに並べてあった靴墨とブラシを見つけた。ブラシは楕円形《だえんけい》をした木製で毛が植えてある。ブラシで窓を叩けば、割れるかも知れないと考えて二階に戻った。

リビングの窓はシャッターで閉ざされているので窓ガラスを割ったところで外に出られるとはかぎらない。二階の窓からどのように降りるかはガラスを割ったあとに考えようと思った。布団が積みあげてあったから窓から放りだして、その上に飛び降りてもいい。

二階の窓際に立つと靴ブラシを逆手に持って叩きつける。最初はガラスが割れるのが怖くて、そっと叩いたが、鈍い音がするばかりでひびすら入らなかった。

だんだんと力をこめ、ついには両手で持って何度も叩きつけたが、ぼよんと鈍い音がするばかりで傷一つつけることができなかった。

ふいに言いしれぬ恐怖に襲われた早麻理はブラシを放りだし、両手でサッシをつかむと叫び声をあげながら開けようとした。

「お願い……、助けて……、誰か……」

気が遠くなるほど力をこめ、サッシを引っぱっているときに手が外れ、左手に鋭い痛みが走った。

悲鳴を上げ、手を離す。

手が外れたときに人差し指と中指の爪が剝がれかけ、爪と指の間から血が盛りあがっていた。

指を口に入れた。口中に血の味が広がる。思わず指を嚙んだ。閉じたまぶたの間から涙が溢《あふ》れだす。

じんじんする指先の痛みに耐えながら目を開けた。

息が止まりそうになった。

暗いガラスにあの人が映り、無表情に早麻理を見ていた。


「ううう……」

唇が震え、独りでに声が漏れ、歯がぶつかってがちがち鳴っていた。

栃尾は革ジャンパーのポケットに両手を深く突っこみ、立てた襟の内側で首をすくめていた。だが、丸めた背中やアスファルトを踏むスニーカーの底から寒さが容赦なくしみこんでくる。

自宅の玄関を出たときから後悔していた。面倒くさがらず風呂に入り、温かな湯にゆっくり浸《つ》かってベッドに潜りこんでしまえば、今頃は平和に眠りこけていただろう。何だってこんな物好きな真似をしているのか……。

いや、ベッドに入って蛍光灯から吊《つ》りさがっている紐《ひも》を引っぱって部屋を暗くすれば、すぐにもあの犬の目が浮かんでくることはわかっていた。ゲームをしている最中でさえ、ちらちらしていたのだ。

「ちらっと見てくるだけだからな」

自分に言い聞かせる。

自宅から工場までは歩いて五分ほどでしかなく、自宅には駐車スペースなどないので軽ワゴンは工場に置いてあった。父は職場まで自転車で通っている。

工場の前に来ると扉にぶら下がっている南京錠を解き、鎖を抜いた。扉を開け、中に入って閉める。すぐに出ていくつもりなので鎖を床に置き、扉はそのままにしておいた。まず軽ワゴンのリアゲートを開ける。光源がなければ、何も見えない。だが、バッテリーが古いのでライトは点けなかったし、閉めきった工場でエンジンを回す気にもなれなかった。

工場の中は外よりさらに冷えている気がして、首を縮めた栃尾は胴震いした。

くーん、くーん……。

弱々しく鼻を鳴らすのが聞こえ、栃尾は犬を入れてあるカゴに近づいた。両手をジャンパーのポケットに突っこんだまま、しゃがみ込む。

脳裏に浮かんだのと同じ目をして犬が見上げている。しばらくの間、栃尾は犬の目を見返していた。

どうしたものか、と思う。

連れ帰ったときより元気がないようにも見えるし、堤防の上で森谷が抱きあげたときから変わらないようにも思える。菅野は老衰だといった。なるほど不治の病には違いない。

栃尾は鼻を動かした。異臭がする。カゴの中には古い毛布が折りたたんで敷きつめてあり、犬はその上に横たわっていた。犬は二十センチほどの高さがあるカゴの縁を越えることもできず、お漏らししてしまったに違いない。

「しようがないな」

ポケットから手を出すと栃尾は立ちあがり、犬を抱えあげようとした。濡れた毛布の上ではいくら犬でも気持ち悪いだろう。

思いのほか温かく、しっとり濡れたような手触りだと思ったとき、犬が唸り、一声吠えると首をひねって栃尾の手を噛んだ。さっと引っこめる。強く噛まれたわけでもないのに鋭く固い牙《きば》の感触にびっくりした。

「馬鹿野郎。お前が気持ち悪いだろうと思って……」

ふいに工場の扉が開き、コンクリートの床に街灯の白い光が射す。細く開けた隙間《すきま》を埋めそうなほど太った男が立っていた。

栃尾は目を細め、シルエットを見た。さらに扉が開き、街灯の光が顔に回りこむ。森谷だった。

「びっくりさせるなよ」

毒づいて肩の力を抜いた。

森谷は扉を閉め、留め金をきちんと掛けると近づいてきた。

「どうしたの、とっちゃん」

「いや……」栃尾は顔を伏せ、犬に目をやった。「ちょっと気になって」

犬は何ごともなかったような顔をして栃尾を見上げていた。栃尾は森谷をふり返った。ニットの帽子で耳を覆い、分厚いダウンジャケットのファスナーをきっちり上げ、中綿入りのオーバーズボンを穿いていた。もともと太めではあったが、雪だるまに短い手足をつけたようだ。

「お前の方こそどうしたんだ？　お前一人で来たって鍵は開かないだろう」

「おれもこいつが心配でさ」

そういうと森谷はダウンジャケットのファスナーを下ろし、懐から長さが五十センチはありそうなバールを取りだした。

「申し訳ないけど、いざとなったら壊そうと思って」

「勘弁しろよ。それにもう少し頭を使え。いくら廃工場だって表の鍵がぶち壊されてりゃ近所の連中がおかしいと思うだろ。警察でも呼ばれた日にゃ目も当てられないぜ」

栃尾はまくしたてたが、森谷は何もいわずに睨みかえしていた。じっとりとした、いやな目つきだ。

「何だよ、どうしたっていうんだ？」

「とっちゃん、もしかしてこいつを河原に捨てに行こうと思って来たんじゃないの？」

瞬間的に頭に血が昇り、こめかみがふくらみ、森谷の胸ぐらを両手でつかんだ。

「今、いっただろ。おれだってこいつが気になったから様子を見に来ただけだ」

ゲームをやっててさえ、犬の目が浮かんで集中できなかった。だから風呂にも入らず家を出てきたのだ。だが、怒りがわいたのは図星を指されたからに違いない。しゃがみ込んだとき、カゴごと軽ワゴンに乗せていこうと考えていた。

「こいつ、カゴん中で小便漏らしやがった。気持ち悪いだろうと思って出してやろうとしたら嚙みつきやがったんだぞ」

あわてているのを隠すため、声を張った。

森谷が泣きそうな顔になる。

「ごめん」

「いや……」栃尾は手を離した。「いいんだ」

それから二人は協力してカゴを斜めにしてやり、犬が起きあがってのろのろと出てくるのを待った。工場の隅に折りたたんで重ねてあるダンボールを持ってきて床に並べ、その上に毛布をたたみ直して敷いた。幸い濡れているのは一部でしかなかったので、うまく内側にすることができた。

新しい寝床ができると犬は近づいてきて匂《にお》いを嗅《か》ぎ、ゆっくりと毛布に載って身を横たえた。

「またお漏らししちゃうかも知れないね」

森谷が犬を見ながらつぶやく。栃尾はうなずいた。

「そうだな。自分で小便に行けるだけの力があれば、寝床以外でするだろうけど……。どっちにしても朝までの辛抱だ。こいつも、おれたちも」

栃尾は森谷を見た。

「今夜はここで夜明かしだ。お前、上に行ってソファで寝ろ」

森谷がまたしてもきつい視線を向けてくる。

「そんなこといって、夜中に一人で出かけるつもりじゃないのか」

「こいつをカゴに戻して、カゴをワゴンに積む？　おれ一人で？」舌打ちした栃尾はジャンパーのポケットから鍵束を取りだし、森谷の鼻先にぶら下げた。「また噛まれるのはごめんだ。おれが信用できないんだったら、ほら、キーを持ってけよ」

森谷はあっさりキーを取ると二階に上がっていった。

小さく舌打ちした栃尾は軽ワゴンの運転席に入った。ドアを閉め、ベンチシートに横になる。足を縮め、首を曲げなくてはならなかった。それにエンジンが回っていないので車内は冷え切っている。

少しでも楽な体勢を探し、ようやく助手席の窓にスニーカーのかかとを引っかける形を見つけた。寒さは変わらず、すぐに腰が痛くなりそうだ。我慢して目をつぶる。犬の細い鳴き声が聞こえる。

眠れそうになかった。

浅草警察署刑事課の捜査一係長は竹内徳子の供述調書を読み終えるとしょぼしょぼした目を上げ、小町を見た。調書は辰見が作成し、そのあと小町が確認している。係長は頭に載せていたメガネを下ろしてかけなおした。

「やっぱり自分の男が傷害でパクられたってことになれば、少しでも心証をよくしておこうとするわな」

「そうでしょうね」小町はうなずいた。「喧嘩の相手は何といってるんですか」

「西広の方が先に因縁をつけてきたって」

「やっぱり」

「まあ、見るからに昔気質《かたぎ》のコレだから」

係長は頰《ほお》に指を走らせ、苦笑した。

「それじゃ、あとはよろしくお願いします」

「了解」係長は首を左右に倒す。「平日だってのにいろいろやらかしてくれるもんだ」

刑事課の大部屋を見渡した小町は、辰見が二係にいるのを見つけて近づいた。辰見が顔を上げる。

「ご苦労様。村川と小沼は先に帰したけど、よかったかな」

「結構です」

「こちらは二係の坂井《さかい》。昔、同じ署にいたことがあるんだ」

「先輩にはイロハを教わりましたよ」

坂井が小さく頭を下げ、小町も会釈を返した。そのとき坂井の机の上にあったポスターに気がついた。〈ルルちゃんを探してください〉と大きく書かれ、猫の写真が三枚ついている。

小町は坂井に目を向けた。

「これは？」

「稲荷神社の近くに住んでる海苔《のり》屋の婆《ばばあ》……、とっくに引退してるから元海苔屋の婆が持ってきたんですけどね」

「猫を探してくれって？」

「まさか」坂井が笑う。「ルルちゃんってのは見つかったらしいんだけど、見つけてきた男が怪しいっていうんで」

「どういうこと？」

「何でも猫がそいつん家《ち》の庭に入りこんで死んだ父親が丹精してた盆栽を壊したって話

をして、五万も巻きあげていったらしいんです。もともとケチな婆で、ふんだくられたのがよっぽど悔しかったのかも知れませんけどね。実はおれは浅草は二度目のご奉公で、前は交番勤務してたんですよ。この海苔屋の婆ってのがよく茶を持ってきてくれて」

そういうと坂井は抽斗を開け、もう一枚別のポスターを出した。猫ではなく、チワワの写真が載っている。

「こいつも海苔屋の婆がいっている男によく似た奴が見つけてきましてね。どっちも白の軽ワゴン車に乗ってる」

「軽ワゴンなんかごろごろしてるだろ」

辰見が口を挟むと坂井がうなずいた。

「まあ、そうなんですけど、何件か同じような話が交番から上がってきてましてね。もしかしたら……」

そのとき、小町のスマートフォンが鳴りだした。

「失礼」

辰見と坂井に背を向け、取りだすとディスプレイに中條逸美の名前が表示されていた。ちらりと壁の時計に目をやった。間もなく午後十一時になろうとしている。

胸騒ぎをおぼえた小町はスマートフォンを耳にあてた。

「はい、稲田」

4

「あの子のことね」

とっさに名前が出なくて小町は眉を寄せた。

「そう、伊藤早麻理。今朝、稲田から頼まれた子」

伊藤だった——中條の声に無言でうなずく——千都子、早麻理の親子。

ついさっきルルという猫のポスターを坂井の席で見たと思ったら伊藤母子の話が出てきた。今朝のことなのにずいぶん昔の出来事のような気がする。牛丼屋で伊藤千都子を覚醒剤所持で現行犯逮捕し、新仏荒しの捜索、元警察官の自殺現場に臨場し、居酒屋での喧嘩騒ぎで出動したかと思うと二度目の覚醒剤事犯逮捕につながった。

めまいがしそうになる。

耳元で中條がいった。

「児童相談所から姿を消した」

小町は天井を見上げ、目をつぶって訊きかえした。

「いつ？」

「児相が気づいたのは夕方……、午後五時頃」

「もう六時間も経《た》ってるじゃない」

「西新井署《うち》に通報してきたのが一時間前。その間職員が手分けして捜索してたらしいんだけど。早麻理は昨夜よく寝てないと訴えて、それで医務室に寝かせていた。夕食の時間が近づいたので副所長が起こしに行ったときにはいなかったって」

副所長といわれてメタルフレームのメガネをかけた中年女性の顔が浮かんだ。

「児相じゃ、見回りってしないのかな」

「予備の枕《まくら》と毛布を使って偽装してあったらしいの。頭からすっぽり布団を被っているようにね。でも、最初に副所長が見回ったときはぐっすり眠ってる顔を見てるのよ。そのあと二度見回りをしたっていうんだけど、ドアを開けてベッドを見ただけで中には入らなかった」

「予備の寝具っていったけど、見えるところに置いてあったの？」

「ロッカーがあって、その中に保管してあった」

「どうやって脱けだしたのか、児相は何かいってる？」

「医務室の奥に非常口があって施錠はしてあるんだけど中からなら開けられる。その鍵が外されてたそうよ。あの子、一年前にも三月《みつき》いたことがあるんだって？」

「ええ、その話は聞いた」

「だから児相の建物や施設についてよく知っていた可能性がある」中條が声を低くした。

「実は今、笈田という男のところに来てるの」

自動車の修理工をしていたという初老の男だ。グリーンのジャンパーを着て、無精髭がまだらに伸びていた。

『千都子があんなことになったんじゃ、とても今日明日に戻れるわけじゃないだろ。そうしたら早麻理ちゃんはどうするんだ？　泊まるところもないじゃないか』

心底心配しているように見えた。だが、単なる知り合いというだけで笈田が早麻理を引き取れるはずはない。

中條がささやくようにつづけた。

「うちの刑事課が招集かけられてね。笈田の自宅は町屋にある古びた一戸建ての借家なんだけど……」

古びた住宅を私服警察官がぐるりと取り囲んでいる様子が浮かんだ。たとえ児童相談所を脱走したのが早麻理の意志だったとしても笈田の自宅に逃げこんで匿《かくま》われているとなれば、対処には慎重さが求められる。小学五年生の早麻理がからんでいるので中條が所属する少年係も駆りだされたのだろう。

「だけど、ここにはいないし、笈田も何も知らないみたい。一応、うちの刑事が家の中を見せてもらってる」

「笈田は任意同行《にんどう》？」

「本人の方から警察に行くって。心配だから」

「母親は？」

「眠ってる。起きそうにもないわ」

覚醒剤《シャブ》のせいだ。常用者に見られる症状のひとつに破綻《はたん》がある。覚醒剤によって異常な興奮状態がつづき、何日も眠らずに過ごすと肉体的についていけなくなり、失神したように眠りこむ。使用の頻度、量、個人的な躰の状態にもよるが、破綻を起こし、眠ってしまうと一日から三日はまるで反応しない。

「早麻理の所持金は？」

「児相によると小銭が少しあっただけだって。あくまでも自己申告だから隠し持っている可能性はある。でも、母親の状況を考えるとお金はあまりなかったんじゃないかな」

小町は早麻理の服装を思いうかべた。グリーンのウィンドブレーカーを羽織り、その下にはピンク色のセーターを着ていた。スカートは紺か黒だったような気がする。服装に関してははっきり思いだすことができなかった。一つだけ憶《おぼ》えているのは、太腿《ふともも》から膝までは剝《む》きだしで寒々しく見えたことだ。

髪は長く、ツインテールにしていて、顔立ちは整っていた。

中條がつづけた。

「うちらがこっちに来てる間に母親といっしょに住んでいた団地も調べに行ってる。児相は夕方に行ってるけど、そのときには戻ってなくて、うちらも通報を受けてすぐ確認に行った。管理事務所を通じて中にも入ったけど、戻ってはいない」

「その団地、住所わかる?」

「ええ、いい?」

「ちょっと待って」小町はスマートフォンを左耳と肩の間に挟み、内ポケットからメモ帳とペンを抜いた。「はい、お願い」

「竹ノ塚PSの近くで……」

中條が読みあげた住所を書き取った。

「その団地の周辺と、そばに公園があるんだけど、うちと竹ノ塚PSが周辺の聞き込みと検索にあたってる」

わずかに間をおいたあと、中條が付けくわえた。

「やっぱり稲田には連絡が行ってないんだね」

「うん。ありがとう。中條に頼んでおいて正解だった。これから団地か、公園の方に行ってみる。また、何かわかったら電話ちょうだい」

「わかった。稲田の方も何かあったら私に電話して。たぶん今夜は署に詰めてると思うから」

「よろしくね」

電話を切った小町は辰見と坂井のところへ戻った。

「伊藤早麻理が児相から消えた」

辰見は口元を歪《ゆが》め、小町を見返した。坂井が辰見、小町の順で目を動かした。

「伊藤早麻理って、誰だ？」

小町は牛丼屋からのいきさつを簡単に話した。うなずいた坂井は机の上に置いてあるノートにちらりと目をやった。

「うちには何の連絡も来てないな」

「こっちにもね」

小町は右耳に挿したイヤフォンに手を触れた。イヤフォンは受令機につながっている。辰見はイヤフォンを胸元にぶら下げているが、緊急連絡の際には短く電子音が鳴る。

方面本部から緊急配備が下令されるとすれば、日付が変わる頃かとちらりと思った。児童相談所の通報が遅れたのも西新井署と竹ノ塚署が共同で捜索にあたっているのも、早麻理が自ら児童相談所を出て姿を消したためだ。事件を疑うのは性急にすぎるという判断なのだろうが、組織としての体面もあるのだろう。できることなら内々に処理してしまいたい。とくに児童相談所から西新井署への通報が遅くなったのは、そのためだ。

だが、所持金に乏しい小学五年生の女児なのだ。事件に巻きこまれている可能性は高い。行方がわからなくなってから二十四時間後、明日夕方には公開捜査に踏みきるかも知れない。

　もし、事件に巻きこまれていれば、二十四時間後では遅すぎる。小町は辰見に目を向けた。

「とりあえず早麻理の自宅周辺に行ってみましょう」

「ああ」辰見がうなずく。「それがいいだろう」

　二人は足早に浅草署刑事課を出た。


　台所に立った早麻理は左手に温水のシャワーをあてていた。手首をあの人が握り、真剣な目で見つめている。人差し指と中指の爪を縁取っていた血が溶け、シンクに薄紅色の湯が広がっていった。

「痛くないか」

「大丈夫です」

　二階の窓を開けようとして手が外れ、人差し指と中指の爪を剝がしかけた。血が滲《にじ》んだ指先を目にするとあの人は顔色を変え、早麻理の手をつかむと台所にやって来た。体温より少し低いくらいの温水を緩めに出し、蛇口をシャワーに切り替えるとまずは手首にかけ、それから徐々に指先の方に持っていった。

　指先はじんじんしていたが、痛みはなく、痺《しび》れた感じがするだけだ。

早麻理はあの人の顔をじっと見つめていた。髪が乱れ、鼻の下や顎に短く髭が浮いている。目の下には薄く青いくまができていた。

　血がほとんどなくなるとあの人がいった。

「このままお湯で洗いながしてて」

「はい」

　あの人は階段を駆けあがった。二階で鍵を外す音がする。二階の奥にあったドアだろうと早麻理は思った。すぐに階段を降りてくる音がして、クリーム色の救急箱を手に戻ってきた。救急箱をリビングのテーブルに置き、蓋を開けて、ビニールの袋を出した。シンクのところに来て、早麻理の手に顔を近づけて観察する。かすかな鼻息を手首に感じた。ビニール袋を開け、ガーゼを取りだすと温水を止め、早麻理の手首を取った。

「水分を拭き取る。できるだけそっとやるけど痛かったらいってくれ」

「はい」

　指先にガーゼが優しく触れ、水分を吸って、かすかにピンク色に染まった。指先以外はガーゼを丸めて拭いてくれた。もう一度顔を近づけて観察し、ガーゼをシンクに捨てるとあの人は手首を取ったままいった。

「ソファへ」

　早麻理を座らせると、あの人はすぐわきにあぐらをかいた。テレビ台の下にあったテイッシュの箱から三枚取りだし、テーブルに敷く。その上に早麻理の左手を置き、救急箱からスプレー式の消毒液を出した。

「これはしみないと思うけど」

そういって白いボトルを押し、霧状の消毒液を指先にかけた。人差し指、中指の順に爪の周囲にたんねんにかけたので消毒液がぽたぽたとティッシュの上に落ちた。

早麻理はあの人の目を見つめたままいった。

「鍵、かかってましたけど」

「かけてないよ」

あの人は早麻理の指先から目を離さずに答えた。それから脱脂綿の袋を破り、少しばかりつまみ出して消毒液に濡れた指先を拭きはじめた。優しいが、どこか手つきがぎこちない。まるで早麻理の手が壊れやすいガラス細工でもあるような扱い方だ。

手を動かしながらいう。

「慣れなくて、すまん」

「いえ」

消毒液を拭き取ると今度は消毒綿を出した。

ちょっと大げさだと思う。母ならいうだろう。

『それくらい唾《つば》でもつけときゃ治るよ』

でも、昔の母だ。今なら早麻理の指先に血が滲んでいても気がつかないだろう。頭から血を流していてもぼんやりと見つめているだけではないか。

「薬指と小指を曲げて、人差し指と中指を開いて」

「はい」

いわれた通りにするとあの人は消毒綿を中指の爪に慎重に被せ、包帯を巻きはじめた。相変わらず手つきがぎこちない。圧迫され、中指に鋭い痛みが走った。

「痛っ」

「ごめん」

「いえ、大丈夫です」

ようやく第二関節まで包むと包帯を切り、絆創膏《ばんそうこう》で端を留め、人差し指にかかった。

「鍵、かけないっていってましたよね」

「かけてないよ」

「でも、開きませんでした」

あの人は早麻理の人差し指に包帯を巻くのに夢中だ。ようやく絆創膏で留めたあと、早麻理を見た。

「緊急用の防犯システムが作動したんだ」

早麻理はまばたきしてあの人を見た。

「誰かがドアや窓を開けようとしたら自動的にロックがかかるようになっている」

「ここには……」リビングの大きな窓にちらりと目をやって、ふたたび視線を戻す。

「シャッターが降りてます」

「それも防犯システムだ」あの人は表情を無くして、早麻理を見ていた。「開けようとしたのか」

早麻理が黙っていると、あの人が重ねて訊いた。

「どうして？」

「ラブが……」早麻理はかすれた声を圧しだした。「犬が心配だったから」

「犬のことよりお前だろう。児相だけじゃなく、警察も動いてる。あそこに行けば、すぐに連れもどされるぞ」

あの人は静かに付けくわえた。

「自分を大切にしなきゃ」

捜査車輛を路肩に停め、小町は周囲を見まわした。

「伊藤千都子の自宅は目の前の棟です」

竹ノ塚警察署の裏手にある団地まで来たものの、あてがあるわけではなかったが、すでに三台のパトカーとすれ違っていた。いずれも赤色灯は消してある。団地の敷地内に人影は見なかったが、おそらく徒歩で検索にあたっている警察官も何人も入っているだろう。大仰にするわけにはいかなかった。万が一、早麻理が誘拐されていれば、犯人を刺激する恐れがある。

ふいに辰見が助手席の窓を下ろし、身を乗りだした。何か見つけたのかと目をやり、声をかけようとしたとき、辰見が声を発した。

「犬、猫の飼育は禁止されています。犬、猫を連れての散歩もお断りします。犬はわかるけど、猫を連れて散歩ってのはあるのかね」

辰見越しに路肩に目をやった。掲示板に書かれた注意事項を読みあげているようだ。

「まったくないとはいえないでしょう。見かけたこと、ありますよ」

「猫と書いておかなきゃ、猫連れの奴が大いばりで猫とは書いてないとかいうんだろうな」

さらに辰見は不法駐車、ゴミの出し方についても読みあげる。途切れたところで声をかけた。

「どうしましょうか」

「そうだな」

辰見は窓を閉めた。冷たい空気が遮断され、ほっとする。夜が深まるにつれ、気温はどんどん下がっていた。

「この先、次の信号を左に行くとわりと大きな公園がある。真ん中に池があってね」

「今夜はかなり寒いですよ」

「そうだな」辰見は前を向いたままうなずいた。「夏場なら人目を避けて一夜をやり過ごすのにちょうどいいかも知れないが」

「そっちは蚊に刺されそうですけどね」小町はうなずいた。「ひとまわりしてみますか」

ギアをDレンジに入れ、車を出した。信号を左折し、国道四号を横断して西へ向かう。ほどなく右手に公園が見えてきた。辰見が躰を起こし、右を指さした。

「ここに車を置かせてもらおう」

とっくに営業を終えたレストランの駐車場を見ていった。公園の入口が目の前だ。小町は車を乗りいれた。車から降りた二人はコートを羽織った。

「班長はどっちへ？」

「私は右へ行ってみます」

「了解。おれは左へ行こう。とりあえず外周を回って反対側で落ち合おう」

二人は別れて歩きだした。

小町は革コートの前を閉じ、両手をポケットに突っこむと右手が小型の懐中電灯に触れた。

公園の門を過ぎると道端に用水溝があり、暗がりを動いている人影が感じられた。水音が聞こえる。二月の公園で真夜中に水遊びをする酔狂な人間などいるはずがない。早麻理を捜索している警察官以外になかった。辰見がいっていた中央の池もさらっているに違いない。死体を処分するなら水の中に放りこむのが手っ取り早い。

それにしても寒い。小学生の女の子が一夜をやり過ごすのは不可能だろうと思いながら公園沿いを歩いていると低い声をかけられた。

「稲田班長」

足を止め、声のした方に近づく。ゴム製の胴長を着けた警官――重野だった。小町は用水溝のわきにしゃがみ込んだ。

「ご苦労さん。何か手がかりは？」

「全然」

「また竹ノ塚PSに駆りだされたの？」

「今日は当務ですから」重野がさらに声を低くした。「あの、ちょっとご相談があるんですが」

「何？」

「昼間に会ったとき、お婆さんが声をかけてきたのを憶えておられますか」

「犬を探して欲しいって、あの人？」

「そうです」

ちょうどそのとき荒川河川敷で変死体が発見されたという一報が入り、小町と辰見は臨場し、車の中で死んでいる元刑事の田川と対面することになった。

「お婆さんはいなくなった犬は知り合いの女の子が連れだしたかも知れないっていってたんですよ。でも、犬のことだし、こっちは新仏荒しを捜してる最中だったもので」

「お婆さんの氏名、住所は？」

「聞いてあります」重野は制服の懐に手を入れ、メモ帳を取りだした。「いいですか」

重野がいう広瀬トミ子という名前と住所、携帯電話の番号を書きとりながら思った。

猫の次は犬か……。

「上司には報告した？」

「上司というか、いっしょにパトカーに乗っていた先輩にはいいましたけど」

重野は語尾を濁した。

「どっちにしても管轄外だもんね」小町は書きとった住所を思いうかべた。「ここからだとさらに二キロ北か。ちょっと離れてるね」

小町は重野に目を向けた。

「それで女の子の特徴は？」

「それが……」重野が目を伏せ、渋い顔をする。「女の子というだけで、それ以上は聞いてないんです」

「わかった。確認してみる。あとはまかせて」

「ありがとうございます」

「寒いけど、頑張ってね」

小町は立ちあがり、手帳を内ポケットに戻した。

第五章　夜の深さ

1

公園で用水溝を這いまわっていた重野に教えられた住所を頼りにやって来て、たどり着いたのは古ぼけた平屋でブロック塀に囲まれている。小町はコートのポケットから懐中電灯を取りだし、門柱を照らした。黒ずんだ木製の表札には広瀬と記され、すぐ下に呼び鈴のボタンがあった。

「ここで間違いないようですね」

小町はすぐ後ろにいる辰見に伝えた。午前一時を回っているので自然と低声《こごえ》になる。辰見は周囲を見まわしていた。戸建ての住宅が並んでいる一角だ。

小町は懐中電灯の光を下に向けた。門は鉄製の格子で閉ざされ、針金でベニヤ板が取りつけてあった。赤のペンキで文字が書きつけてあった。

犬がいます。

逃げるので門を開けないでください。

格子に近づいた小町は玄関先を照らした。わきに犬小屋があったが、古い毛布の上に白っぽい毛が散らばっているだけで犬の姿はなかった。

玄関の引き戸の内側は暗かったが、グリーンのカーテンを引いた窓越しに灯りが見える。

「やっぱり犬はいませんね。部屋の灯《あか》りは点いていますが、どうしましょうかね」

「そうだな」辰見はわずかに間をおいて答えた。「一応、声かけてみるか」

「ここまで来たんですからね」

重野は女の子といわれただけで名前すら聞いていない。新仏荒しの検索をしている最中だったし、しかも犬を捜しているといわれたのだ。

呼び鈴に手を伸ばそうとしたとき、玄関灯が点き、引き戸の鍵を外す音がして十センチほど開いた。

「どちらさん？」

女の声がしたが、暗い玄関に立っているので顔ははっきり見えない。

「警察です」

小町は懐中電灯を左手に持ち替え、右手でパンツのサイドポケットに入れてある警察手帳を抜くと身分証を開いた。懐中電灯で手元を照らす。

「夜分遅くにすみません。お訊《たず》ねしたいことがありまして」

引き戸の間から顔をのぞかせたのは昼間見かけた老婆のようだ。だが、はっきりと顔を憶えているわけではない。

いぶかしげな顔つきで金色のバッジと身分証を見た老婆がさらに引き戸を開け、小町に目を向け、さらに辰見も見た。

「あなたたちは……」

「そうです。昼間の警察官です。犬は戻りましたか」

「いえ」

「それじゃ、門を開けても大丈夫ですかね」

「あら、ごめんなさい」

ブルーのパジャマの上に厚手のカーディガンを羽織った広瀬トミ子が出てくると門扉の掛け金を外した。

「どうぞ」

「失礼します」小町は懐中電灯を消し、コートのポケットに入れた。「犬は知り合いの女の子が散歩に連れだしたかも知れないと聞いたのですが、その子の名前は？」

「サオリちゃんですが……」トミ子が眉を寄せ、小町を見る。「あの子がどうかしたんですか」

「フルネームはわかりますか」

質問に質問をかぶせていくのが警察のやり口ではある。

トミ子は首を振った。

「いえ。サオリちゃんとしか聞いてないです。私も、亡くなった主人もずぼらなもので。すみません」

「いくつくらいの子でしょう？」

「小学校四年生か、五年生か」

年齢的には伊藤早麻理と一致する。小町は質問をつづけた。

「近所に住んでいるんですか」

「この先の……」トミ子は自宅の裏手を手で示した。「団地がありましてね。今は一部が改修工事をしてるんですけど、そこに住んでたんです。主人といっしょにラブの散歩をしているときに何度か会って、それからうちにも来るようになって」

「住んでたといわれましたが、今は住んでない？」

「ええ。二年くらい前だったかに引っ越していきました。でも、わりと近くに越したらしくてそれからも時々うちに来てはラブを散歩させていたんです」

「最近来たのはいつ頃ですか」

「さあて」トミ子は首をかしげた。「三ヵ月か、四ヵ月……、もうちょっと前だったかも知れない」

「サオリちゃんは髪が長くて、わりときれいな顔立ちをした子じゃないですか」

「そうなのよ。まったくあの子の親は何してるのかしらね。こういっちゃ可哀想《かわいそう》だけど、いつも同じ服を着てて、薄汚れた感じがしたんですよね。初めて会ったときはまだちっちゃかったけど、小学生でも四、五年生ってなれば……」

わかるでしょうとでもいうようにトミ子は小町を見てうなずいた。

「ワンちゃんはいついなくなったんですか」

「今日の午後だと思います。ご近所のお友達のうちでお喋りをして、三時頃だったかに戻ってきたときにはいなかったんです」

そういうとトミ子は玄関脇に打ちつけてある釘を指した。

「ここにリードが下げてあるんです。でも、それがなくなってるからサオリちゃんかなと思って。あの子はラブ用のリードがいつもここにぶら下がってるのを知ってるし、今までも私が留守をしているときに来て、ラブを散歩させてたことがあるんです。それで今日も来てくれたのかなと思ってたんですけど、一時間くらいしても戻ってこないし、心配になって探しに出かけたんです」

「今日の昼に会った公園の辺りにいつも行くんですか」

「あそこだけじゃないんですけどね。川……、うちのもうちょっと先に毛長川が流れているんですけど、その川沿いを歩かせるんですよ。車も人もあまり通らないもので。あの公園から団地までですかね」

「結構歩くんですね」

「いえ、一度にそんなには歩きません。うちから昼間の公園辺りまでか、サオリちゃんが住んでた団地の方へ行って帰ってくるだけで、時間にしても二、三十分ですよ」

トミ子は犬小屋に目を向けた。

「ボーダーコリーの血が濃いミックスなもので主人が生きている頃は若かったですから歩きたがって困ったんですけど、この頃じゃ、すっかり歳をとってしまって、散歩にも行きたがらなくなりました」

「いくつなんですか」

「十三歳ですからね。いつお迎えが来ても不思議じゃないし、あっちに行けば主人がいますから可愛《かわい》がってくれると思うんですけどね」

小町は玄関脇の柱に打ってある釘に目をやった。

「サオリちゃんから電話とかは？」

「あの子、携帯電話を持ってないんです。今までうちに電話をかけてきたことはないですね」

「そうですか」小町は名刺を取りだした。「ここに私の携帯電話の番号が書いてあります。もし、サオリちゃんかワンちゃんが戻ってきたら電話をいただけませんか」

〈警視庁警部補　稲田小町〉とだけ印刷してあり、携帯電話の番号を手書きで入れた名刺を渡した。

トミ子がちらりと辰見を見て、小町に目を戻すとおずおずと訊《き》いた。

「あの……、サオリちゃんがいなくなったんでしょうか」

トミ子の表情が曇る。

「いえ」小町は首を振り、わざと笑みを浮かべて答えた。「どうやら別の子のようです。ご心配をおかけしました。サオリちゃんかワンちゃんかについて何かわかったら私の方から電話をさし上げます。明日の朝になるかも知れませんが」

「何時でもかまいません。歳をとるとなかなか寝つけなくて」

トミ子の表情は曇ったままだった。

首筋がぎしぎしと軋《きし》み、痛みを我慢しきれなくなって栃尾は目を開けた。運転席のドアに頭の後ろをつけ、ベンチシートに仰向けになって両足のかかとを助手席の窓につけている。うとうとしかかったが、おかしな角度に曲がった首の痛みをつねに感じていて眠りこんではいない。

尻を少しずらし、頭の後ろをシートにつけて首を伸ばす。少し楽になったが、今度は天井に足がついて膝《ひざ》を曲げなくてはならなかった。両腕を組み、自分で自分を抱きかかえるようにしている。だが、寒さは躰《からだ》の芯《しん》までしみこんでいて胴震いした。

「うまくいかねぇな」

独りごちたあと、耳を澄ました。しんと静まりかえっている。ついさっきまで聞こえていた犬のか細い鳴き声は聞こえなくなっていた。

落ちついて眠ったんだと自分に言い聞かせ、目を閉じた。しかし、すぐに疑問がわいてくる。

息、してないんじゃないのか……。

舌打ちし、床に足を下ろすとシートに座った。犬が寝ている辺りに目を凝らしたものの真っ暗で何も見えなかった。小便もしたくなった。工場にはトイレがあったが、水道料金を払っていないので使えない。切羽詰まったときには裏庭で済ませていた。

ドアを開ける。小さな車内灯が眩《まぶ》しいほどだ。顔をしかめ、車から降りると運転席がわずかでも温かかったことを知った。

光がコンクリートの床に広がり、毛布の上に寝そべっている犬を照らした。まるで動かない。立ち尽くしたまま、しばらく見つめていると横腹がゆるやかに動いているのがわかった。

ほっとして裏口に向かう。鍵を外して金属製のドアを開くと伸び放題になった雑草が枯れている裏庭に出た。塀のそばまで行って用を足す。湯気が立ちのぼってきて顔をしかめた。出し切ってしまうとまたしても胴震いをした。

工場の中に戻り、もう一度犬の腹がかすかに動いているのを確かめてから軽ワゴン車の運転席に戻った。そっとドアを閉める。

真っ暗な中でスニーカーを脱ぎ、今度は寝転ばずにドアの内側に背をあずけると両足を伸ばした。締めつけられていた足に血が通い、じんじんしている。解放感はあったが、爪先《つまさき》まで冷気を感じた。

頭の後ろを窓ガラスにつけ、宙をぼんやりと眺めた。

「馬鹿野郎が」

つぶやいた。森谷のことだ。川に行ったとき、森谷があの犬を拾いさえしなければ、今頃は温かなベッドの中だ。

何が万物の霊長だよと吐きすてた菅野の顔が脳裏をかすめていく。さかりのついたメス犬をどうしてやることもできなかったといっていた。獣医の菅野でさえ、手の施しようがなかった。まして素人の自分に何ができるのかと思う。

腕組みし、目をつぶった。

犬が鳴きはじめた。細く、尾を引くような声が聞こえた。

我慢して目をつぶりつづける。

目の前に迫っている死を犬は感じているのだろうかと考えた。

「馬鹿馬鹿しい」

つぶやく。

犬が苦しがっているのは老いのせいだ。何もしてやれることはなかった。じっと耳を傾けているよりほかに……。

広瀬宅から少し離れたところに停めてあった捜査車輌に戻ると小町は早速エンジンをかけた。エアコンから暖気が吹きだし、無線機のスピーカーから声が流れる。

〝……本部、了解〟

ひと言だけであとはノイズだけになった。

センターコンソールに埋めこまれたデジタルウォッチに目をやる。

午前一時二十五分——夜がもっとも深い時間帯だ。

〝本部から各移動。元浅草四丁目で火災発生の通報……〟

小町は無線機に目を向けた。

〝すでに消防が出動しているが、火災にあっては小規模で近隣住民によってほぼ鎮火した模様……〟

住所を耳にすると同時に地図を脳裏に浮かべていた。浅草分駐所の管轄区域としては南側で現在位置からすると正反対の方向になる。放火の可能性もあり、機動捜査隊としては臨場する必要があった。

〝六〇三一《ろくまるさんいち》、頭を向ける。現着まで五分〟

スピーカーから伊佐の声が流れた。伊佐、浅川の組は六〇三一号車に乗っていた。村川と小沼は浅草署を出たあと、分駐所に戻っているはずだ。夜間は四時間の休息、仮眠が義務づけられている。もっともぼや騒ぎにともなってさらなる応援要請があれば、飛びだすことになるだろう。分駐所にも同じ音声が流れているのだ。

ふたたび伊佐の声が流れた。

〝六〇三一にあっては現着。これより車を離れる〟

〝本部、了解〟

スピーカーからはノイズが聞こえるだけになった。

小町はマイクに手を伸ばした。その手首を辰見がつかむ。二人は互いに睨み合った。

辰見は手を離し、前を向いた。

「あの婆さんのところから犬を連れだしたのが伊藤早麻理と決まったわけじゃない」

「しかし……」

「班長だって昨日今日、お巡りになったわけじゃあるまい」

早麻理が姿を消したと児童相談所から通報があったのはかれこれ二時間以上も前で日

付も変わったが、小町の予測とは違って、いまだ緊急配備は敷かれていなかった。西新井と竹ノ塚、二つの所轄署が協力して児童相談所から早麻理が住んでいる団地周辺を捜索しているだけだ。おそらくは児童相談所の職員も探しまわっているだろう。

ベッドに偽装を施している以上、早麻理が自ら脱けだしたのであって、何者かが連れだしたとは考えにくい。だが、外に出れば、誰と出会うかわからないし、二月の深夜ともなれば、寒気も厳しかった。早麻理の服装を考えれば、いくら東京とはいえ、低体温によって死に至るケースも考えられなくはない。

小町が緊急配備、毛長川周辺の捜索を要請して警察官が動員されれば、リスクもある。毛長川周辺にいるという確証がないまま、人手を割けば、どうしてもほかの場所での捜索がおろそかになる。さらには万が一毛長川周辺で早麻理が拉致され、近辺に監禁されている場合、警察の動きに気づいて最悪の事態を引きおこす可能性もある。

小町はスマートフォンを取りだし、中條の番号を選ぶと通話ボタンを押した。呼び出し音が二度鳴ったところで中條が出る。

「何かあった？」

中條の声が緊張している。少なくとも眠っていたわけではなさそうだ。

「いや、そっちで何かわかったかなと思って」

小町は曖昧《あいまい》に答えた。

簡単に緊急配備を手配できないのには警察内部の事情もあった。早麻理がいなくなったことを小町に知らせたのは中條だ。また、重野が小町に相談してきたのは広瀬の話が早麻理と結びつくのかがはっきりしないためでもある。いわば正規ではないルートの情報に基づいて小町は動いているわけで、組織は指揮命令系統からの逸脱を何より嫌う。

「こっちも何もない」中條が答えた。「今、刑事課といっしょに児相に向かってるところなの。あっちで何かわかったか確かめるために」

「了解。何か……」

いいかけた小町はふと思いついた。

「そうだ。児相に行くのなら伊藤早麻理が二、三年前に現住所より北にある川沿いの団地に住んでいなかったか、訊いてくれる?」

「わかった。何かあったの?」

「ちょっと気になることがね」

「あっちに着いたら真っ先に訊いて連絡する」

「よろしく」

電話を切り、スマートフォンをポケットに戻した。まるで待っていたかのように辰見が助手席のドアを開ける。

「川沿いを検索しよう。何か物証が出れば、配備をかけられるだろう」

「物証って……」

訊きかけると、辰見が見返してきた。小町はうなずいた。

「何か、ですね」

早麻理の衣類や靴、あるいは本人か犬ということだ。

「おれは昼間行った公園の方から川沿いを西に向かう。班長は団地の西側から東へ向かってくれ」

「了解。そうしましょう」

辰見が降り、小町は捜査車輌を出し、川沿いに出たところで左にハンドルを切った。ライトに川沿いのフェンスが浮かびあがる。その向こうには枯れ草が広がっていた。四、五十センチの高さのまま、立ち枯れている。

草の間に倒れていたら見つけにくいなと思った。

2

蛍光灯の光を反射して白く輝く鍵を早麻理はぼんやりと眺めていた。

あの人は鍵をかけていないといい、誰かがドアや窓を開けようとしたら自動的にロックがかかるようになっているのだといった。ラブが心配になった早麻理はドアを開けようとした。いったん川のそばに行って、ラブを探し、いなければ広瀬のお婆ちゃんの家まで行こうと思っていた。

開けようとしたとたん、鍵がかかるのなら閉じこめられているのと同じじゃないのかと思っているうちに眠りこんだらしい。リビングのソファに横になった早麻理には毛布がかけられていた。

目を動かす。

テレビの前にあの人が座っていた。ヘッドフォンを着けて、映画かドラマを見ているようだ。画面がコマーシャルになる。あの人がふり返り、早麻理と目が合った。あの人はテーブルに置いたリモコンでテレビの電源を切るとヘッドフォンを外した。

ソファの上で躰を起こすと毛布がずり落ちた。まだウィンドブレーカーを着たままだ。その上から毛布がかけてあったので汗ばんでいる。

「ちゃんと布団に入って寝た方がいいんじゃないかな」あの人は天井を指さした。「二階に布団を敷いておいたから」

「はい」

答えながらも早麻理は鍵に目をやった。

「やっぱり私は外に出られなかったんですよね」

早麻理の視線に気づいたあの人は頭を掻《か》いた。

「そのことか……、ごめん。説明が足らなかったかも知れない。お前はこの鍵を置いたまま、外に出ようとしなかったかい」

どうだったかしら——早麻理は鍵を見つめたまま、思いだそうとした——鍵をつかんで玄関に行ったような気がするけど。

ラブを探して、いなければ広瀬のお婆ちゃんの家へ行って、そのあと帰ってこようと思っていた。ほかに行くところはないのだ。

あの人はテーブルの上の鍵を取ると立ちあがった。

「いいかい、ちょっと来て」

早麻理が立ちあがるとあの人は玄関に向かった。

「インテリジェントキーといってね、最新式なんだ。ほら、こうしてポケットに入れておく」

そういって鍵をズボンのポケットに入れ、玄関ドアのノブをつかんだ。

「それからドアを開ける」

小さな金属音がしてノブが回り、ドアは簡単に開いた。すぐに閉め、ズボンから鍵を取りだして早麻理の目の前に持ってきた。

「鍵を握るところがふくらんでいるのがわかるだろ？」

よく見るとたしかに鍵を握る部分がふくらんでいる。銀色だが、金属ではなさそうだ。

「ここのところにバッテリーと暗証番号を送信するチップが入ってるんだ。だから持ってるだけでドアを開けることができる」

「鍵に意味はないんですか」

「外から開けるときには取っ手の下の方に鍵穴があってね。知らなければ気づかないようにカバーがかかってる。この鍵のバッテリーが切れたりしたときにはカバーをずらして鍵穴に差しこむようになってるんだ」

ほらといわれたので鍵を受けとった。

あの人はもう一度ドアノブをつかんで回そうとした。ふたたび小さな金属音がして、ノブはびくともしなかった。

「ほらね。防犯システムが作動した。ぼくは鍵を持っていないからね」ドアの前から離れ、手で示した。「今度はお前が開けてごらん」

早麻理は鍵を左手に持ちかえ、ドアに近づいてノブをつかんだ。回してみる。手のひらにかすかな震動を感じ、ノブは簡単に回った。そのままドアを少し開けてみる。冷たい風が吹きこんできた。早麻理はドアを閉めたが、今度はロックされる音はしなかった。

「それじゃ、またついてきて」

あの人はそういうとリビングに戻った。

「一階のテラスにはシャッター……、まあ、雨戸みたいなものだけど、そいつが降りてる。降りるときにはわりと静かなんだけど、巻きあげるときにはモーターが動くから音がするんだ。さすがに夜遅くは近所迷惑だからね。二階にあがるよ」

階段を上っていくあの人につづいた。

和室には布団が敷いてあった。早麻理はふとどれくらい眠っていたのだろうと思った。ほんのわずかの間にしか思えなかったが、案外長い時間眠りこんでいたのかも知れない。布団カバーもシーツも新品のようで眩しいほどに白い。

窓際に行くとあの人はカーテンを開いた。

「さて、まずはこの留め金を外して……」サッシの真ん中に取りつけてある鍵のレバーを下げる。「さっきお前が解除したから今は防犯システムは作動していない。鍵を持っていないぼくが開けようとすると」

両手をサッシにかけ、開けようとしたとたん、小さな金属音がした。窓はびくともしなかった。

「すごく反応のいいシステムでね。一ミリも動かないうちにロックされる。ここのテラスの窓と玄関のドアの三ヵ所だ。風呂の窓は小さすぎて外から入ってくるのは難しい。上の方がちょっと開くだけだしね。でも、のぞかれるかも知れないから入浴するときは窓はきちんと閉めておいた方がいい」

風呂場の窓が五センチくらいしか開かなかったことを思いだす。

あの人が窓から離れた。

「さあ、試してみて」

早麻理は窓に近づき、右手だけをサッシに添えた。わずかに動かそうとすると窓枠の上下で金属音がして、何の抵抗もなく開いた。またしても冷たい空気が流れこんでくる。すぐに閉めた。

「こういう具合だ」あの人は頬笑んだ。「さて、せっかく二階に上がってきたことだし、このままここで寝ちゃった方がいいんじゃないか」

早麻理は布団に目をやった。

「ぼくはとなりの部屋で寝る。ベッドが置いてあるから」

早麻理は目を上げた。

「あの……、遅くなったんですけど、お風呂に入ってもいいですか」

汗は引き、首筋や背中が冷たくなっていた。だが、温まりたいというより真新しい布団カバーとシーツを見て、このまま寝るのに気後れしていた。

あの人の表情がさらに明るくなる。

「全然かまわないよ。すぐに支度しよう」

先に立ってあの人が階段を降りていく。

風呂に入りたいといったのにはもう一つ理由があった。シャワーを浴びたのは一昨日の夜で、もしかしたら臭《にお》うかも知れないと思ったからだ。

二十分ほどで電子音声が風呂が沸いたと告げた。テーブルの上に置きっ放しになっているタオルを手にして立ちあがると、あの人がいった。

「ちょっと待って」

慌ただしく二階に駆けあがっていき、まだビニールの袋に入ったままのグレーのスウェット上下を持ってきた。

「ぼく用だからサイズは大きいけど、ご覧の通り新品だからね。それと洗濯機を使えるように説明しよう」

脱衣場に置かれた洗濯機は正面に丸い窓がついていて、洗濯から乾燥までスイッチ一つで行うという。ゼリーそっくりの石鹸を早麻理に渡した。

「洗濯物といっしょに放りこんでおけばいい。今着てるものだけなら一度に全部洗えるし、乾かせる。セーターも大丈夫だよ」

「はい」

あの人は浴室を出ていくとき、アコーディオンドアに鍵がついていることを教えてくれた。

毛長川沿いの遊歩道を西に向かってゆっくりと捜査車輌を走らせてきた小町は、団地の西端に達したところで車を停めた。すぐ左に石碑がある。エンジンを切って車を降りると首筋に冷気が入りこんできて、思わず躰が震えた。

ワイシャツの上に防刃ベストを着け、上着、革コートと重ねて羽織っているが、あまり防寒には役立っていないような気がした。

川べりに設けられたフェンスは胸ほどの高さがあった。川の向こうには工場があり、屋上の塔がライトアップされて、有名な菓子メーカーのロゴが浮かびあがっていた。

団地をふり返った。改修工事のため、アルミの塀がまわされ、建物の周囲には足場が組まれているのが街灯の光に照らされていた。遊歩道は東に向かってゆるく右に湾曲しており、ぽつりぽつりと街灯が立っている。

これまでのところ、路上に目立つものはなかった。

「ぐずぐずしててもしようがないぞ」

自分に言い聞かせるように独りごちるとフェンス上部に両手を置き、金網に足をかけた。小町はかかとの低い、ハーフカットのブーツを履いている。爪先が尖《とが》っているので金網に引っかけるのにも、聞き分けのない被疑者に蹴りを入れるのにも都合がいい。

フェンスを乗りこえ、向こう側に飛び降りる。ベルトにつけた拳銃、警棒、手錠がわりと派手な音をたて、ついでに髪をまとめていた塗り箸が抜け落ちて辰巳芸者風の髷が崩れた。

「もう」

コートの右ポケットに手を入れ、懐中電灯を取りだして点ける。箸はすぐに見つかった。ぶつぶつつぶやきながら髪をまとめなおして箸を挿した。

枯れ草が地面を覆っている。懐中電灯で照らし、慎重に右足を踏みだした。

だが、地面の感触がない。

「いやっ」

土手は幅が狭く、しかも川に向かってきつい傾斜がついていた。前のめりになりそうになり、両手を振りまわして何とか後ろに体重をかける。だが、ブーツの底が滑ってしたたかに尻を打った。

「痛ぁ」

辺りはしんと静まりかえっている。小町は土手に座りこんだまま、左右を見まわした。二度も大声をあげたことが急に恥ずかしくなり、顔が熱くなった。幸い人影は見当たらなかった。

尻餅《しりもち》をついたまま、懐中電灯を点けたとたん、ぞっとした。川べりは半円形をした鉄製の防壁が垂直に打ちこまれていて、川面まで二メートルほどもあった。踏みだした右足が宙に浮いている。

慎重に立ちあがり、川面を照らしてみた。

もし、何らかの理由で早麻理がフェンスを越えたとすれば、川に落ちた可能性もある。流れは速くなく、水量も少なかったが、それだけに、落ちれば大怪我をするか、悪くすれば水死の可能性もある。

対岸を照らす。同様に護岸工事が施されている。

向こうは埼玉県警の縄張りか、と思った。

枯れ草に覆われた地面を照らしながら下流に向かって歩きだした。毛長川はこの先で伝右川、綾瀬川と合流する。昼間、新仏荒しの捜査で警邏している最中に見た排水機場を思いだした。

背中がひんやりとしていた。足を滑らせた瞬間、汗が噴きだしたのだろう。

地面を照らし、枯れ草の間を捜しつつゆっくりと前進する。早麻理に結びつく何らかの物証が見つかれば、緊急配備をかけられるし、早麻理本人が見つかれば……、いずれにせよ西新井署、竹ノ塚署総出の捜索は中止になる。

懐中電灯の光が一瞬、灰色の毛をとらえ、心臓が喉元《のどもと》までせり上がった。ゆっくりと光を戻す。

枯れ草の間からふさふさした灰色の毛がのぞいていた。

犬？

生唾《なまつば》を嚥《の》み、近づいた。正体がわかるとほっとすると同時にかっと頭に血が昇った。

懐中電灯の丸い光に照らされているのはウサギのぬいぐるみだ。元は白かったのだろうが、見る影も無く汚れて灰色になっている。

「河川法および廃棄物処理法違反だっての」

ほっとすると同時にむかっ腹が立ち、ぬいぐるみを蹴飛ばしてやろうと足を上げたが、そのまま下ろした。今は汚れているが、もともとは真っ白で可愛らしいぬいぐるみだったのだ。誰かのプレゼントかも知れない。小町はぬいぐるみを取るとフェンスの上に引っかけた。処理したことにはならないが、このまま捨てておくには忍びなかった。

ふたたび歩きはじめる。

枯れ草の高さは三、四十センチほどでフェンスの外から見たよりは倒れていたが、場所によって複雑に絡みあっている。犬にしろ、人間にしろ、横たわっていれば、フェンスの向こうからは発見しにくいだろう。時おり川面も照らしてみた。川に落ちたとすれば、発見はなおさら困難になる。護岸用の半円鉄壁に寄り添っていれば、ぎりぎりまで行って真下をのぞきこむ必要があった。

下流で水死体となって発見され……。

首を振った。寒気は容赦なく小町を抱きしめようとしているのに、いつの間にかじっとり汗ばんでいる。

胸ポケットから電子音が流れ、足を止めた。懐中電灯を下に向け、スマートフォンを取りだす。ディスプレイには中條逸美と出ていた。

　通話ボタンに触れ、耳にあてた。

「はい、稲田」

「今、児相に来てるんだけど、あなたがいった通りよ。伊藤早麻理は二年前まで今よりも北にある団地に住んでた。現在は改修工事中になってる」

　小町は団地に目を向けた。窓枠を取りはらわれた団地には黒々とした四角い穴が並んでいる。まるでしゃれこうべを積みかさねて、並べてあるようだと思った。

「工事が始まったのは今年の一月からなのね。伊藤早麻理と母親はもっと早くに引っ越してるから改修のためじゃないみたいね」

　覚醒剤《シャブ》代のせいで家賃も払えなくなったのだろう。早麻理がどんな生活をしていたのかと思うと胸がきりきり痛み、ついさっき拾いあげたぬいぐるみが浮かんだ。

　小町は団地を見つめたまま訊いた。

「そっちはどう？」

「職員は当直と副所長だけが残ってる。ほかの職員は昨日の午後十一時で副所長が帰したって」

「明日も通常通り業務があるからね」

　小町は天を仰いだ。

ため息が白く立ちのぼって消えた。

早麻理は入浴剤でピンクに染まった湯に首まで浸かっていた。左手は手首から先を出している。

人差し指と中指は包帯の上からまとめてラップを巻いてあった。脱衣場の戸を閉めようとしたとき、あの人がちょっと待ってといって台所からラップを持ってきて、巻いてくれたのだ。

『指がそれだと洗いにくいと思うけど、濡らさないでね』

『こうすれば、大丈夫です』

早麻理は親指と薬指、小指を鉤《かぎ》状に丸めて見せた。

浴槽に入る前に躰と髪を洗った。二本の指は包帯の上にラップを巻いて伸びきったままで、多少やりにくくはあったが、何とか洗うことはできた。洗い終えたあと、タオルをすすいだ湯がひどく濁っているのを見て、何となく悲しくなった。躰も髪も二度ずつ洗い、入念にシャワーを浴びて泡を流した。

それでもピンク色の湯に入るときには気後れし、ゆっくりと躰を沈めていった。やがて躰が温まり、甘い香りを胸いっぱい吸いこんでいるうちにリラックスできるようになった。

洗った髪は頭の上にまとめて、タオルでくるんである。母が教えてくれた。幼い頃から伸ばした髪が湯に浸かることだけは許さなかったのだ。面倒くさいからショートカットにしたいというと、髪は女の命といわれた。

数年前まで母はきれいだった。髪もきちんとしていたし、夜出かけるときには化粧もしていた。身なりに気を遣わなくなったのはこの一年ほどのことだ。髪はぼさぼさ、前歯が虫歯となり、歯医者で抜かれてもそのまま放っておいた。それでいて早麻理の髪を気にして、しょっちゅうブラシをかけたり、何もないときは指を通して整えてくれた。

早麻理の髪はすべすべしていて気持ちいいといわれると嬉《うれ》しかった。

もう二度ときれいだった母は戻ってこないのかと思うと涙が溢れそうになった。歯を食いしばってこらえる。

「違う」

早麻理はつぶやいた。

「絶対に違う」

刑務所に入ってでも薬をやめることができれば、元通りの母が戻ってくる。自分が信じなくて、ほかの誰が信じるものかと自分に言い聞かせる。

ついに涙が溢れだす。

歯を食いしばったまま、右手で湯をすくって顔に振りかけた。

3

下着、スカート、ブラウス、靴下はすっかり乾いていたが、セーターは少し湿っている感じがした。早麻理は下着と新品のスウェット上下を身につけ、残りをきちんと折りたたんで重ねると浴室を出た。

あの人はリビングでテレビを見ていた。

「ありがとうございました」

「気持ちよかったかい」

「はい」

「そいつはよかった。洗濯もできたようだね」

「セーターが少し湿ってる感じなんですが」

「そうか」あの人は得意そうににやりとするとテーブルの上に置いてあったハンガーを持ちあげた。「もう一度乾燥機にかけるよりこっちの方がいいよ」

あの人は早麻理のセーターを取るとハンガーに通し、早麻理を見る。

「これ、脱衣場に掛けておこう。換気扇を回しておけば、すぐに乾くよ。さすがにスウェットはだぶだぶだけど、お前は小五にしては背が高いからそれほど不恰好でもないね」


「そうですか」

「ああ」あの人が顔をしかめる。

「だけど髪が濡れたままだと風邪をひくかも知れないな。おいで」

浴室に行くとあの人はハンガーを高いところにある棚に掛け、洗面台の鏡を開いた。中が物入れになっていて、ドライヤーを取った。ついでにプラスチックの袋に入ったままのブラシを取る。ドライヤーをコンセントにつなぎ、ブラシとともに早麻理に差しだした。ブラシはクリーム色のプラスチック製で二つ折りになっている。

「ホテルに泊まるとサービスでついてるんだ。綿棒や歯ブラシといっしょにね。自分じゃ使うこともないのについ持ってきちゃう。根が貧乏性なんだね」

「お友達とか泊まりに来たときに使うんじゃないんですか」

「誰も来ないよ。ここと事務所を往復するだけだからね」

「お休みの日があるじゃないですか」

「休日は洗濯、掃除……、あとはずっとテレビかな。ケーブルテレビで古い映画ばかり流してるチャンネルがあってね。案外いいのがあるよ」

あの人が苦笑する。

「ここに引っ越してきて、こんなに喋るのも初めてだ」

「そうなんですか」早麻理はあの人が持っているブラシとドライヤーを見た。「ブラシだけお借りします。ドライヤーはあまり使ったことがなくて」

「もし、お前さえかまわなければ、ぼくが……」あの人が首を振った。「ごめん。はい、これ」

　ブラシだけを差しだした。

「お願いできますか。うちのお母さんって昔は美容師をしてたんです。だから髪のお手入れだけにはうるさい人で、いつもしてもらってました」

「そう?」

　あの人の顔が輝いた。嬉しそうな顔を見るのは、早麻理にとっても気持ちが良かった。

「それじゃ、鏡の前に立って」

「はい」

　早麻理は洗面台の前に立ち、あの人はセーターを掛けた棚に手を伸ばすとたたんであったバスタオルを取った。

「さっき使ったのが掛けてありますけど」

「いいよ。バスタオルは洗濯してあるのが気持ちいいだろ」

　あの人は早麻理を鏡の前に立たせたまま、バスタオルでていねいに髪の水気を拭き取るとそのまま肩にかけた。ドライヤーのスイッチを入れ、風を手にあてて温度を見ている。

「熱かったりしたらいってね」

「はい」

「では」

髪をほぐしながら熱風を通し、乾かしていく。鏡に映るあの人の顔は真剣そのものだ。早麻理はスウェットの襟元から立ちのぼる入浴剤と石鹸《せっけん》の甘い香りを吸いこんでうっとりし、あの人の優しい指が髪に触れるのを感じていた。

「熱くない？」

「はい。お上手ですね」

「職業柄慣れてるからね。男子ばっかりだけど」

温風を冷風に切り替え、しばらくあてたあと、あの人はドライヤーのスイッチを切った。

「ブラシ、どうする？」

「甘えてもいいですか」

「お安い御用だ」あの人が照れ笑いを浮かべる。「時代劇も嫌いじゃなくてね。あんまり見ないだろ？」

「そうですね。よくわからないし」

透明な袋を破ってブラシを取りだしたあの人はまたしても真剣な顔つきになって髪をすき始めた。

「きれいな髪だね。真っ黒で、つやつやしている」

「髪は女の命」

「え？」

鏡の中のあの人が早麻理を見た。

「お母さんがよくいってるんです。髪を長くしてると洗ったり、乾かしたり手間がかかるじゃないですか。それでショートカットにしたいっていったことがあるんです。そうしたら髪は女の命だって」

「これだけきれいだからな。お母さんのいうこともわかるよ。それに色白だし、なかなかの美人だ。こうして髪を下ろしているとどこかのお姫様みたいだ」

鏡の中のあの人がにっと目を細める。

早麻理も頰笑みを返し、言葉を圧《お》しだした。

「でも、教室の皆からは嫌われてました。汚いし、臭いって」

するりと出た言葉に自分でもびっくりしていた。躰を洗ったとき、タオルをすすいだ湯が濁っていたのを思いだす。不思議なことに今は悲しいとも悔しいとも感じていなかった。あの人が認めてくれた通り、黒い髪には艶《つや》があり、蛍光灯の光を受けて輝いている。自分で見てもきれいだと思った。それに素敵な香りに包まれている。

　あの人は無理に笑みを浮かべているように見えた。

「イジメ？」

「そうだと思います。いつも独りぼっちで席にいるのがいやで、学校にも行かなくなりました」

　あの人の顔つきがまた変わり、今度は泣きだしそうに見えた。

「ちょっと面倒くさい話をしてもいいかな。わからなくてもかまわないから」

「はい」

「ぼくはイジメってなくならないと思う」

「どうしてですか」

「誰もが自分がふつうだと思いたがってるから。でも、ふつうっていうのは色もないし、匂いもしない。だから何がふつうなんだかわかりにくい。自分がふつうだと思うためにはふつうじゃない子を……、ごめん」

「いいです。何となくわかります。臭かったり、汚かったりする子を見て、自分がふつうだと思えるんですね」

「頭がいいね」

「そんなことないです。いわれたことないです。成績も最悪だったし、お祖母ちゃんに

は お前は馬鹿だ馬鹿だっていわれてました」

「学校の成績なんかで頭がいいか悪いかなんて測れない」

どういう意味かわからず早麻理は首をかしげた。あの人は鏡越しに穏やかに頬笑んでいった。

「はい、でき上がり。きれいになったよ」

「ありがとうございます」

鏡に映るあの人に礼をいいながら早麻理は、去年の春の運動会での出来事を思いだしていた。


プログラムにそって午前中に予定されている競技が一つ、また一つと終わるたび、早麻理の気持ちは沈んでいった。二度ほどトイレに行く振りをして、グラウンドの周りに陣取っている親たちを見てきた。母が来ていることをかすかに期待していたが、二度とも裏切られ、さらに気持ちが沈んだ。

幼稚園から二年生の運動会まで母は弁当を作って見に来てくれた。

三年生のときには弁当は用意してくれたものの、頭が痛いといってベッドから出ようとしなかった。弁当も前夜コンビニエンスストアで買ってきて、茶の間のテーブルにポリ袋に入れたまま置いてあったもので、そのまま持っていくのが恥ずかしく、早麻理は自分で弁当箱に詰めなおした。

昨夜、母は帰ってこなかった。出かけたのがいつ頃なのかはわからない。土曜日だったので昼に学校が終わり、帰ってきたときにはいなかった。いつもならテーブルの上に昼食が用意してあるか、千円札が置いてあるのにどちらもなかった。早麻理は昨日の朝食以降、何も食べていない。

午前六時ちょうどに打ちあげられた花火の音が空っぽの腹に響いたときは休もうかと思った。だが、学校への連絡手段がなく、仕方なしに体操着の上に赤いジャージーを着て家を出てきた。

午前の部が終わり、クラスメートたちがそれぞれの親のところへ行くと早麻理は一人で校舎に入った。運動会の日は体育館のトイレ以外、立ち入ってはならないとされていたが、人目につきたくなかった。

静まりかえった廊下を歩き、足音をしのばせて階段を上った。ほかに行くところを思いつかなかったので自分の教室に向かった。

戸に手をかけようとしたとき、後ろから声をかけられた。

「おい、伊藤」

ふり返ると担任の男性教師が立っていて、コンビニエンスストアの名前が入った白いポリ袋を差しあげていた。

「いっしょに食べよう」

担任は二十代ですらりとして背が高く、なかなかのイケメンだったので女子には人気があったし、ほかのクラスの生徒からはうらやましがられた。

「先生」

「おれも独り者だから手作りというわけにはいかないんでコンビニ弁当だけどな」

そういって近づいてきた担任が教室の戸を開けた。

「だけど皆には内緒だぞ。校舎に入ったことも。いいな」

「はい」

担任が先に入り、後からつづいた早麻理は戸を閉めた。窓際の机まで行くと二人は並んで座った。

ポリ袋からウーロン茶のペットボトルを取りだし、早麻理の前に置く。

「今朝から元気がなさそうだったから心配してたんだ。お母さんは？」

「昨日の夜から熱が出ちゃって。今も寝ています」

早麻理はうつむいて答えた。

「心配だな。とりあえずこれでも食って、お前だけでも元気を出せ」

「ありがとうございます」

袋から取りだされたのはいなり寿司《ずし》と巻き寿司のパック、玉子焼き、フライドチキンだった。一つひとつ蓋《ふた》を取り、早麻理の前に並べながらいう。

「これぞ運動会の定番メニューって……、ちょっと古いか」

「いえ」

早麻理はどぎまぎしながら担任の笑い声を聞いた。

「さあ、食べよう」

「いただきます」

早麻理はいなり寿司に手を伸ばし、早速頰張った。担任がペットボトルの蓋を取ってくれる。ちょこんと頭を下げたものの、いなり寿司が口いっぱいだったので声を出せなかった。

「あわてるな」

また、うなずく。一つ目のいなり寿司を食べ終え、ウーロン茶をひと口飲む。

「もう一つ、いただいてもいいですか」

相変わらず目を上げられないまま訊いた。

「ああ」担任が咳払《せきばら》いをする。「もう一つでも、二つでも。おいなりさんだけじゃなくて、フライドチキンとか、太巻きとか好きなものを食べていいぞ」

声が変にかすれている気がした。担任は右足のかかとを浮かせ、小刻みに動かしていた。早麻理は二つ目のいなり寿司に手を伸ばした。

口へ運び、三分の一ほどを囓《かじ》ったとき、担任が早麻理の背に手を回してきた。早麻理は目をつぶっていなり寿司を噛みくだし、二口目を囓った。とにかくお腹《なか》が空《す》いていて、めまいがしそうなほどだった。

担任の手が体操着と下着をめくりあげ、じかに胸に触れてくる。

「うまいか」

低く、聞きとりにくいほどのかすれ声で訊かれた。

「はい」

早麻理はまぶたを閉じたまま答えた。実際、いなり寿司は今まで食べたどんなご馳走《ちそう》より美味《おい》しかった。

「ぼくはジュースもお茶もほとんど飲まないから買い置きがなくて」

そういってあの人はテーブルの上に置いたプラスチックの使い捨てコップにミネラルウォーターを注いでくれた。

「外食ばかりだから食器とかもなくてね」

台所に調理器具がなかったのを思いだす。

「いただきます」

よく冷えたミネラルウォーターは風呂上がりの咽《のど》に美味しかった。飲みほしてコップを置くとあの人は半分ほど注《つ》いだ。

「寝る前だから少し控えめにした方がいいね」

「はい」早麻理はあの人に目を向けた。「お酒とか飲まないんですか」

「飲まない。体質に合わないみたい。すぐに気持ち悪くなっちゃうんだ。ついでにいうとタバコも喫わない。パチンコもしないし、競馬も競輪もしない。休みの日には古い映画を見てるだけだから友達がいないのかな」

友達がいないという言葉を聞いて早麻理は思った。

私と似てるかも……。

一方で笑っているあの人を見ながら別のことも思った。

この人も担任と同じことをするのかな……。

夕食はファミリーレストランでステーキを食べさせてくれた。その後、いったん出かけたが、帰ってきたあとは爪が剝がれかけた人差し指と中指の手当をしてくれた。浴室を出てきてからラップを取り、包帯を巻き直してくれている。

運動会があった日の夜遅く、母は帰ってきた。翌日は振替休日となり、学校は休みだったが、翌々日、早麻理は頭が痛いといって母から学校へ連絡をしてもらった。電話には担任が出て、悪い風邪が流行《はや》っているようだからしっかり治療をするようにといったらしい。

早麻理の不登校が始まったのはそのときからだが、学校から母に連絡があったのは一週間以上も経ってからだ。まず担任から電話があり、二、三日後、教頭から連絡が来た。母は早麻理の具合がよくならないといいつづけてくれた。

家庭訪問もあったが、母がいないときは居留守を使いつづけた。何度かノックがあったあと、新聞受けにメモや封筒が入れられることがあった。母がいるときに訪ねてきたこともあったが、母はぼんやりとドアを見ているだけで立ちあがろうともしなかった。

そのうちノックの音がすると大きく見開いた目を向け、ぶるぶる震えるようになった。あいつが来た、あいつが来たとつぶやいたが、ついにあいつが誰なのかは教えてもらえなかった。

あの人が腕時計を見て、眉を上げた。

「わお、もうこんな時間だ。いくら何でももう寝なくちゃ」あの人が早麻理を見る。「今日はいろいろあって疲れただろう」

「はい」

「ここで寝る？　二階で寝る？」

「ここで寝てもいいですか」

「別にかまわないけど、ちゃんと布団に入った方が疲れはとれると思うけどな」

「そうですね」早麻理はうなずいた。「それじゃ、やっぱりお布団に寝かせていただきます」

「それがいい」

あの人は頬笑んでうなずいた。

4

はっと目を開いた。だが、眼球に墨汁を流しこまれたみたいに真っ暗だ。栃尾は自分がどこにいるのかわからなかった。

周囲を見まわそうとして顔を動かしたとたん、首筋がぎしっと軋み、ようやく目が覚めた。

軽ワゴン車の運転席で横向きに座り、ベンチシートに両足を投げだした恰好で眠りこけている。硬い窓ガラスに押しあてた後頭部がずきずき痛む。躰をわずかに起こし、欠伸《あくび》をする。

どうして急に目が覚めたんだろ？

そう思いながらデジタルウォッチを目の前に持ってきてバックライトのボタンを押そうとしたときに聞こえてきた。

犬の鳴き声。

今まで聞いたよりも苦しそうで切羽詰まっている感じがする。ベンチシートから足を下ろし、スニーカーに足を突っこむとかかとを踏んづけたまま、ドアを開けた。ちっぽけな車内灯が眩しい。

運転席から出ると冷気に首がすくみ、躰が震えた。

車内灯の光を頼りに犬に近づいた。毛布の上に寝そべってはいたが、躰を横向きにして背をのけぞらせている。突っ張った四肢がぶるぶる震えていた。しゃがんで顔をのぞきこむと舌を出し、白目を剝《む》いている。息が荒く、全身を震わせたかと思うと細く甲高い声を発した。悲鳴に近い。

だが、声は長くつづかずふたたび荒い息になる。

「ちょっと待ってろ」

声をかけた栃尾は立ちあがってスニーカーの爪先をコンクリートの床に打ちつけて履きなおし、階段を上った。廊下を走り、事務所のドアを開ける。電池式ランタンが灯《とも》っていて、部屋の様子がぼんやりと見えた。

栃尾の姿を見て、犬たちは吠《ほ》え、走りまわっているのもいた。猫はそれぞれの寝場所から動かず、首だけ持ちあげている。闇の中で丸い瞳が光を放っていた。

ソファの方から往復するいびきが聞こえた。ほの暗い中で見るとダウンジャケットで着ぶくれした森谷は巨大ないも虫のようだ。

近づき、森谷の足を蹴った。

いびきが止まり、ぱっと目を開いた森谷が栃尾を見る。

「何だ？」

「犬の様子がおかしい」

ひと言いっただけでそれだけで森谷は事態を察したようで躰を起こした。栃尾は先に立って階段を降り、森谷がすぐ後ろにつづいた。

「いつから？」

二人は犬のそばに膝をついた。苦しげに歪《ゆが》んだ犬の顔をのぞきこんだ森谷が訊く。

「わからん。だけど、声で目が覚めたからしばらく前から鳴いていたのかも知れない」

「声……」

森谷がいいかけたとき、ふたたび犬が悲鳴にも似た鳴き声を発した。森谷が今にも涙をこぼしそうに顔をくしゃくしゃっと歪め、栃尾を見る。

「どうしよう。菅野先生のところへ連れていこうか」

「さすがに遅い」

獣医の菅野を訪ねるには夜遅いという意味か、すでに手遅れといいたいのか、自分でもよくわからない。

「とりあえず河原に連れてってみよう。あそこまで行く間にひょっとしたらもち直すかも知れない」

「もち直さなかったら？」

「そんなこと、おれにわかるかよ。とにかく川へ連れていく。様子を見て、あとはそれから考える」

栃尾は立ちあがり、軽ワゴン車のリアゲートを開けた。それから二人で毛布の四隅をつかみ、そっと持ちあげる。犬は背をのけぞらせ、躰を震わせたが、悲鳴は上げなかった。そろそろと歩き、軽ワゴン車の荷室に下ろす。

相変わらず息が荒い。

森谷が軽ワゴン車のキーを差しだした。受けとってリアゲートを閉じ、運転席に乗りこむ間、森谷は工場の扉を開けた。

エンジンをかける。二階で犬たちがさかんに吠えているのが聞こえていた。ライトを点け、ゆっくりと車を出す。工場から出たところで停めた。窓を下ろした栃尾は工場の扉に鎖をかけようとしている森谷の背中に声をかけた。

「放っとけ。どうせ盗られる物なんかない」

鎖を足元に捨てた森谷が助手席に乗りこむ。

軽ワゴン車が狭い道を走りだした。闇は真っ黒から深い藍《あい》色に変わりつつあった。

強い陽射《ひざ》しのせいで、地面にくっきり木の影が落ちていた。光と影のだんだらの中をまっすぐ駆けてくるラブを見て、早麻理は思った。

あ、夢だ。

ラブはもう勢いよく走ることができない。

夢なら夢でもいいと思って早麻理はしゃがんだ。飛びついてきたラブは前足を早麻理の膝に置き、顔を嘗《な》めた。夢なのにくすぐったい。ラブの温かな吐息まで感じた。

「やあ、しばらく」

声をかけられ、早麻理は顔を上げた。陽光に透けた緑の葉が空を覆っている。男の人が立って、早麻理とラブを見下ろしていた。シルエットになっていて顔ははっきり見えなかったが、誰なのかすぐにわかった。

広瀬のお爺ちゃん……、だが、とっくに亡くなっている。

はっとしてラブを見た。舌をだらりと伸ばし、はあはあいいながら早麻理をまっすぐに見ていた。初めて会った頃のまだ若々しいラブの顔だと思った。散歩に連れだすとぐいぐいリードを引っぱり、走りたがったラブだ。

広瀬のお爺ちゃんといっしょにいるということは……。

涙が溢れ、水の底から眺めているようにラブの顔が歪んだ。

そんな……、いやだ……。

ラブが顔を近づけてきて、一生懸命早麻理の顔を嘗める。早麻理はいや、いやとくり返していた。

胸がきりきり痛み、はっと目を開いた。

やっぱり夢だ。ほっとしたが、涙は本物だった。顔の右半分をつけた枕がぐっしょり濡れている。

目を上げた。

あの人がすぐとなりで背を向けて寝ていた。

思いだした。

二階に上がって布団に入ったとき、早麻理が頼んだのだ。眠るまでそばにいてもらえませんか、と。部屋の灯りは点けたままにしておいて欲しいといったのも早麻理だ。

早麻理が寝つくのを待っているうちに眠りこんでしまったのだろう。ワイシャツの襟はよれ、ランニングシャツが透けて見えている。暖房が効いているとはいっても寒そうに見えた。

『休みの日には古い映画を見てるだけだから友達がいないのかな』

声が耳の奥で蘇る。

早麻理は起きあがり、布団を肩に引っかけたまま、あの人に近づいた。背中に寄り添うように身を横たえる。畳の冷たさに一瞬震えた。それから二人の躰に布団をかけた。

あの人の背中に耳をあててみた。

躰の内側に響くいびきは少し不思議な感じがする。

懐中電灯を消して、コートのポケットに入れた小町はスマートフォンを取りだした。まもなく午前六時になろうとしている。すでに三時間以上、毛長川沿いの検索をつづけていて躰はすっかり冷え切っていた。

土手を覆う枯れ草を掻き分けながら綾瀬川、伝右川の合流地点まで行き、半円形の護岸壁の上を歩いて川面の捜索をつづけた。次に川と団地の間にある遊歩道を丹念に調べて広瀬宅付近まで行って、戻ってきたところである。

その間、一度辰見に電話を入れ、中條が児童相談所で調べた結果を伝えた。やはり早麻理は川の南側に並ぶ、現在改修工事中の団地に二年前まで住んでいた。年齢、容貌《ようぼう》、かつて住んでいた場所という点で広瀬のいうサオリは伊藤早麻理と一致している。

もう一つ、小町には気になっている点があった。

広瀬は犬がいなくなっているだけでなく、柱に打ちつけた釘に引っかけてあったリードがなくなっているといっていた。散歩に連れだしたのだとしたら当然リードをつないだだろう。

また、広瀬が外出していた時間を考えると、児童相談所を脱けだした早麻理が広瀬宅を訪ねるのも可能だ。

それでも川の周辺を検索しながら自分がとんでもない見当違いをしているのではないかという疑問は拭《ぬぐ》えなかった。そのたび、偶然にしては符合する点が多いと自分に言い聞かせた。

受令機のイヤフォンを耳に挿したままにしているが、午前三時を過ぎると指令の回数がめっきり減った。一時過ぎに起こったぼや騒ぎでは現場付近を徘徊《はいかい》していた不審者が確保され、その場で放火を認めたため、臨場した伊佐、浅川組も所轄署の刑事課に引き継ぎ、分駐所に戻っている。

石碑の前に停めた捜査車輛が見えてきた。

潮時かとも思うが、早麻理に関する手がかりはほかにない。もし、早麻理が見つかれば、受令機に報告が流れるか、中條から電話があるだろう。

立ちどまり、どうしようと思っているとき、かたわらを車が通りすぎていった。白の軽ワゴン車だと見分けたとき、小町はすぐそばの木に躰を寄せた。軽ワゴン車のブレーキランプが明るくなり、捜査車輛の五十メートルほど手前で停まる。ライトが消え、運転席と助手席から一人ずつ降りるのを見て、小町は辰見に電話をかけた。

「はい、辰見」

「今、どこですか」

「改修中の団地まで来たところだ。今のところ、何も見つからん」

「こっちに白の軽ワゴンが来て、二人降りました。改修工事をしている団地の西端、北側で川との間にある遊歩道です」

「そっちに向かう」

辰見が電話を切った。浅草署の坂井は迷い猫を連れてきた男が白い軽ワゴン車に乗っていたといっていた。

軽ワゴン車の後部ドアがはねあげられ、車内灯が灯る。一人は革ジャンパー、もう一人は白っぽいダウンジャケットを着ている。どちらも男だ。坂井は猫を連れてきて、謝礼をせしめたのは男一人だといっていたが、小町は声をかけることにした。周囲は少し明るくなってきたが、逃げられると面倒なことになりそうだ。

歩きながら今朝、出勤前に見た猫のポスターを思いうかべる。

猫の名前、何だっけ？


ライトの中に浮かびあがったセダンを見て、栃尾はブレーキを踏んだ。誰も乗っていないようだが、下手に近づきたくなかった。路肩に軽ワゴン車を寄せ、停めるとすぐにライトを消し、エンジンを切った。

栃尾と森谷は同時に車を降り、後ろに回りこんでリアゲートを開けた。犬は少し落ちついたのか腹ばいになって目をつぶっている。車を走らせている間中、一声も発しなかったし、今もまったく動こうとしない。森谷も黙っていた。やがて腹がかすかに動いているのがわかり、少しほっとする。

「紐《ひも》は?」

「とっちゃんが持ってきたんじゃないのか」

「いや、おれは……」

舌打ちした。最初から犬の首輪には紐がついていなかった。菅野の病院に運びこんだときも工場に連れ帰ったときも動こうとしなかったので、今まで紐をつなぐことなど考えもしなかった。

「クソッ、何かなかったかな」栃尾は荷室の端を探しはじめた。「これだけ弱ってるんだ。ビニールの紐でも何でもいいだろ」

「おれ、ダッシュボードを見てくる」

森谷がそういって動こうとしたとき、背後から声をかけられ、跳びあがりそうになった。

「ちょっとすみません」

二人は同時にふり返った。荷室の光がぎりぎり届く辺りに爪先の尖ったブーツと革コートが見えた。顔はよくわからなかったが、声からすると女だ。

栃尾も森谷も黙っていると相手の手が動いた。パスケースのようなものを開き、突きだす。金色のバッジと写真入りの身分証明を見たとたん、心臓が喉元までせり上がってきた。

落ちつけ——栃尾は自分に言い聞かせた——おれは弱っている犬を河原まで連れてきただけだ。

「何？」

自分の声が震えを帯びているのが腹立たしい。栃尾は咳払いをした。

「何ですか」

「こんな時間にこんなところで何をしてるのか聞かせてもらえるかな」

「別に、何もしてませんよ」

女の警察官が一歩踏みだしてくる。栃尾をまっすぐに見て訊いた。

「ルルって知ってる？」

今度こそ心臓が咽から飛びだし、口に溢れてきそうな気がした。唇を嘗め、何とか声を圧しだす。今朝、稲荷神社で婆に返した猫の名前だ。

「そんな猫、知らない」

「へえ、ルルって猫なんだ」

舌打ちしそうになって歯を食いしばる。女の警察官は栃尾と森谷の間からワゴン車の荷室をのぞきこもうとした。

「そこにいるのは……」

いきなりだった。今までぴくりとも動かなかった犬が起きあがり、栃尾の足元に飛びおりた。

「わっ」

栃尾と森谷が同時に悲鳴を上げたが、犬はまるでお構いなしに身を翻すとアスファルトの上を走りだした。

さらに驚かされたのは女の警察官が二人を放りだして犬を追いかけはじめたことだ。犬は西の方に向かって一目散に走っていく。どこにあれだけの体力が残っていたのかと思うほどだ。

栃尾と森谷は顔を見合わせた。

「何で警察がルルのことを知ってるんだろ」

森谷が訊いてくる。のんびりした声に腹が立った。

「知るかよ、そんなこと」

「どうする」

「犬は警察に任せて、おれたちは帰る」

「でも……」

森谷が情けない顔をしたのを見たとたん、頭に血が昇った。

「知るかっていってるだろ。もう、うんざりだ。お前もあの犬も。おれは帰る。お前は犬を追いかけたかったら行けばいいだろ」

犬が走っていった方に向かって顎をしゃくり、栃尾はリアゲートを閉じた。

「おれは……」

いいかけて声が途切れた。いきなり肩をつかまれたからだ。

目をやるとスキンヘッドで人相の悪い男が栃尾の肩に右手をかけている。黒っぽいコートを着ていた。

身分証明書を出されるまでもない。警察と書いてあるような顔だ。

「おれらは何も……」

「つべこべいうな」男が腹に響くような声で怒鳴った。「どっちへ行った?」

「あっち」

森谷が犬と女の警察官が走っていった方を指さした。

第六章　命尽きるまで

1

白い軽ワゴン車の荷室から飛びおりた犬が身を翻して走りだし、小町は反射的にあとを追った。広瀬トミ子が飼っている犬なのか確証はなかった。また、二人組の男――どちらも若そうだった――を残してくるのも気になったが、とりあえず犬を逃がすわけにはいかないと判断した。

犬は毛長川のフェンス沿いを西へ向かって走り、たちまち団地の敷地を外れ、住宅街につづく道に入った。左にマンション、右に戸建ての住宅が建ちならぶ道はゆるく左に曲がっている。小町はアスファルトを蹴り、全力で追った。もう一度辰見に電話を入れたかったが、スマートフォンを取りだす余裕すらない。

住宅街を一気に駆けぬけた犬は都道にぶつかったところで止まった。しきりに道路の匂いを嗅いでいる。

小町はたたらを踏んで止まった。

犬が頑丈そうな革の首輪を着けているのが見える。小町は左手を腰の後ろにまわすと手錠ケースのホックを外した。リードの代わりになるようなものとしては手錠しか考えつかなかったからだ。

そろそろと近づきながら犬を刺激しないようできるだけ優しく声をかけた。

「いい子だから。大人しくしてて」

犬は小町の声などまるで耳に入らない様子でさかんに歩道の匂いを嗅いでいる。さらに一歩近づいたとき、ふいに犬が顔を上げ、小町をふり返った。ひたいから鼻にかけて白く、両目の周りと耳は灰色だ。耳は垂れさがり、目頭に目やにが浮いていた。

小町は手錠を抜いた。右手で首輪をつかみ、左手で手錠を打つ手順を脳裏でシミュレーションする。

「ねえ」効果があるかは不明だが、精一杯の笑顔を作った。「ちょっとの間、大人しくしてて……」

犬の両耳が立ち、小町に向けられる。距離は一メートルもない。そろそろと中腰になり、右手を伸ばすタイミングをはかった。

声を出さずに手を伸ばす。

犬はまるで小町の動きを読んでいたかのようにまたしても身を翻し、走りだした。

「もう」

唸《うな》り声を発して追いかけながら手錠をケースに戻し、バンドをかけた。その間に犬は石造りの小さな橋にかかっていた。かたわらを大型トラックが通ったが、目をくれようともしない。

橋を渡ったところで犬はふたたび止まり、歩道の匂いを嗅いだ。小町は犬のそばまで行ったが、無理に近づこうとしないで観察した。

橋を渡ったところの交差点には信号があり、その向こうに上下二枚の白い看板が見えた。上に埼玉県、下に草加市と青い文字で記されている。

埼玉県との境を担当する機動捜査隊員には、越境して被疑者を追うことが認められているが、通報は必須だし、まして追いかけているのは犬なのだ。しかも拳銃を携行したまま管轄区域を離れれば、けん銃警棒等使用および取扱い規範に違反するだけでなく、下手をすれば銃刀法違反になる。

だが、今は犬を逃がすわけにはいかない。

同時に犬が何かを追いかけているように感じはじめていた。軽ワゴン車の荷室をのぞきこんだとき、犬は目を閉じ、ぐったりしているように見え、とても走りだすとは思えなかった。それが目を開け、路上に飛びおりるや走りだしている。

そのとき、犬がいきなり道路に飛びだし、小町は声を上げた。

「あっ」

左から来たトラックがクラクションを鳴らす。ライトに犬の姿が浮かびあがり、ブレーキの甲高い音が響いた。

だが、間一髪犬は反対側に渡った。トラックが不機嫌そうに排気音をまき散らし、去っていくのを待って犬のあとを追った。信号無視になるが、しようがない。

「こうなりゃ矢でも鉄砲でも持ってこいってんだ」

だが、その後犬は片側二車線の道路の右側を走った。左側は白線を引いた路側帯があるのみだが、右側には飛び飛びに縁石が置かれ、歩道が確保されている。

さすがにくたびれてきたのか犬の足取りが遅くなる。

小町は小走りに犬との距離を詰め、すぐ後ろについた。荒い息づかいが聞こえ、口元から立ちのぼるかすかな湯気が見えた。

さらに足取りが重くなり、ついに立ちどまる。小町は犬のわきにしゃがみ、顔をのぞきこんだ。だが、犬は小町に目を向けようとせず前を睨みつづけている。

しばらくの間、立ちどまっていた犬が一歩、また一歩と踏みだした。間違いなく何かを追っている。確信した小町は立ちあがって犬とともに歩きだした。

シルバーグレーのフォードアセダンの後部座席に森谷とともに押しこめられた栃尾は舌打ちをくり返していた。悔しくてしようがない。

暗がりから女の警察官が現れ、ルルを知っているかといわれたとたん、今朝、稲荷神社で猫を渡した老婆の顔が浮かんでしまった。身分証を見せられたときから警戒していたのだが、突然名前を出され、思わず猫と口を滑らせた。

スキンヘッドの刑事が運転席に乗りこみ、後ろをふり返る。頭はつるつるに剃《そ》っているのではなく、短く刈ってあるのだとわかった。刑事は後部座席の二人を交互に見て、栃尾に目を留めた。

「名前は？」

刑事のきつい視線にうつむきそうになる。何とかこらえて、声を圧しだした。

「おれたちが何かしたのかよ」

情けないほど声が震えている。

刑事が目を見開いて怒鳴った。

「ぐずってる暇はないんだ。女の子の命がかかってる。さっさと答えろ」

「女の子？」

わけがわからず訊きかえすと、刑事はふいに鼻に皺を寄せ、歯を剝きだしにして今にも嚙みつきそうな顔をした。

あわてて答えた。

「と、栃尾……、栃尾将輝」

刑事が目を動かし、森谷を睨む。

「そっちは？」

「森谷爽太」

刑事は栃尾に視線を戻した。

「女性の刑事が来ただろう。お前たちは何をした？」

「おれたちはただ犬を降ろそうとしていただけだよ。何も悪いことはしていない」

「ほう」刑事が片方の眉を上げた。「こんな時間に犬の散歩でもするのか。お前たちの犬か」

「ああ……、いや……。昼間、この近くで森谷が拾ったんだ。でも、ひどく弱ってて」

「昼間って、何時頃だ？」

「よく憶えてないけど、三時か四時か少しうす暗くなってた」

刑事の目が動き、森谷を見る。

「時間に間違いないか」

森谷がうなずく。

「どこで拾った？」

「この近く。フェンスの向こう側で枯れ草の間に寝そべってた。最初は死んでるのかと思ったけど、ぐったりして苦しそうだった」

「それからどうした？」

森谷が栃尾を見る。栃尾はため息を吐き、代わりに答えた。

「獣医の菅野先生のところへ連れていった。犬は病気じゃなくて、老衰だっていわれた」

「そのとき、女の子を見なかったか。長い髪をツインテールにしてて、緑のウィンドブレーカー、黒っぽいスカートを穿いてた」

「見てない」

刑事が森谷に目を向ける。森谷はうつむいたまま、首を振った。栃尾はふいに腹が立った。やっぱりヤクビョウガミは犬の方だ。

「女の子なんておれたちは見てないよ。犬を拾った。死にそうだったから病院に連れていった。それが悪いのかよ」

「お前たちは昨日猫を返したろ。相手は婆さんだ。そして五万の謝礼をもらった」

いきなり森谷が顔を上げ、栃尾を見る。

「三万だっていわなかったか」

「馬鹿野郎。そんなことはどうでもいいだろ」

森谷を怒鳴りつけながらも栃尾は背中に汗が浮かぶのを感じた。警察に知られていると思うと座っているのに足がすくむような感じがした。森谷が鼻をふくらませ、栃尾を見返している。

「二万、パクったな」

「パクったんじゃねえよ。必要経費だ。おれは車もガソリン代も出してるんだ。当たり前だろう」

　言い争う二人を見たまま、刑事は携帯電話を取りだし、ボタンを押して耳にあてた。

「辰見だ。今、どこにいる？」

　夜が明ける直前の均質なブルーに染まった空気の中、犬はよろよろと歩きつづけていた。軽ワゴン車の荷室から飛びおり、駆けだしたときの勢いはない。それでも足を止めようとはしなかった。

　犬は白い吐息を押しのけるように進んでいる。寒気はまだ厳しかった。

　スマートフォンが鳴りだし、手探りで取りだした。ディスプレイに辰見の名前が表示されているのを確認して通話ボタンに触れ、右耳にあてる。左耳に受令機のイヤフォンを挿したまま、通話するのにすっかり慣れてしまった。

「はい、稲田」

「辰見だ。今、どこにいる？」

　小町は後ろをふり返った。橋を渡ったところの交差点から数百メートル離れていた。

「草加《そうか》に入りました。団地から西へ向かって、都道を北に折れました。毛長川にかかっている橋を渡ってすぐの交差点を横断して、また西に向かう道路です」

「犬を追ってるのか」

「そう。軽ワゴンの二人組が連れてきた犬がすぐ前を歩いてます。時々匂いを嗅いだりしてるから、ひょっとしたらと思って」

ひょっとしたらといいつつも小町にはかなり強い確信があった。犬は早麻理を追いかけている。

「二人組を放りだしてきたんですが」

「栃尾君に森谷君のことだな。彼らなら今、後ろに乗ってもらってる。その犬だが、昨日の午後三時か四時頃に川のそばで見つけたそうだ。フェンスの向こう側で枯れ草の間に寝そべっていた。ぐったりしていたんで獣医のところへ連れていったといってる」

小町はゆっくりと歩きつづける犬を見た。

「どこか具合が悪いんですか」

「老衰だそうだ。その点もあの婆さんの話と合致する」

「時間的にも合いそうですね。児相を脱けだした伊藤早麻理が広瀬宅まで行って、犬を連れだして散歩させた。そういえば、なくなっているリードの留め具が壊れてて、外れやすくなってるともいってました」

「そうだったな」

「川べりまで連れていったところで留め具が外れて、犬はフェンスの下から川べりに入った。あのフェンスには下の方に二十センチくらい隙間《すきま》がありました。でも、犬を放りだしたまま、どこかへ行ってしまうなんてことがあるかしら」

「ないだろう。女の子とはいえ、十一歳になってる。自分でフェンスを乗りこえるのも不可能じゃないし、犬をもう一度呼ぶこともできたんじゃないか。こっちの二人がいうにはぐったりしてたってことだが、見つけた頃はまだ動けたみたいだ」

「そうですか。軽ワゴンから飛びだしたときは結構な勢いがありましたけど、だんだん動きが鈍くなってます」

「ちょっと待って」

電話口の向こうで辰見がぼそぼそというのが聞こえてきた。相手が答えているが、何といっているのかはわからない。

「こいつらもびっくりしたそうだ。連れてくる前はほとんど動かなくて、ひきつけを起こしてたそうだ。それで怖くなってここへ連れてきた」

カンノ先生に見つけた場所に連れていけといわれたんですという声が聞こえた。カンノ先生というのが獣医なのだろう。

「見つけた場所に連れてきて、どうするんだ?」

辰見の声がはっきり聞こえたが、質問は二人組に向けられている。またぼそぼそと答えるのが聞こえた。

「獣医がいうには、見つけた場所に連れてきて歩かせれば、飼い主のところまで戻る可能性があるようだ」

「飼い主のところですか。やっぱり広瀬さんの犬じゃないのかな。こっちじゃ全然方向が違いますよ」

犬はガード下にかかろうとしている。ガードの下端に描かれた黄色と黒の縞《しま》模様と〈けた下制限　2・7M〉という注意書きが読める程度に明るくなってきた。

「それにしてもなぜあんな時間に連れてきたんですかね」

「今にも死にそうになって、怖くなったようだな」

「ガード下に入りました」

「スカイツリーラインだな」

「ええ」

「わかった。おれもそっちへ向かう」

「ダメですよ」

小町は反射的にいった。現時点では早麻理と犬を結びつける証拠は何一つない。二人組の話にしても時間や場所でいくつか合致する点はあるにしても犬が広瀬のものだと証明しているわけではないし、むしろ犬は広瀬宅と正反対の方角に向かって歩いている。

埼玉県警の管轄に無断で踏みこみ、あとで服務規程違反、銃刀法違反に問われるのは自分だけでいい。

「おれは定年まであと二年を切ってる。年金の満額受給資格もとっくに得てる」辰見が電話口で笑う。「懲戒免職は怖くない。だけど、ほかの連中にはまだ連絡しない」

「しかし」

「班長……、あんたは持ってるデカだ。おれはそれを信じてるし、今は何より伊藤早麻理を見つけることを最優先しよう」

「ありがとう」

「礼をいわれる筋合いはないね。おれもデカだ。何か動きがあったらすぐに連絡をくれ。埼玉県警にも緊急配備を手配する」

「了解」

「それじゃ」

電話を切った小町はスマートフォンをワイシャツの胸ポケットに戻した。

ガード下の暗がりを抜けると空が明るさを増したように見えた。歩道は登りの傾斜がついていて、犬の歩みが一段と遅くなり、息づかいも荒くなっている。踏みだす前足がぶるぶる震えていた。

頑張って、とは声をかけられなかった。

老いた犬は最後の力をふりしぼっているのだ。

ガード下を抜け、信号のある交差点にかかると犬はまた匂いを嗅ぎはじめた。右へ左へ移動し、くるりとその場で一回転する。左手にスーパーが見えるほかは住宅が並んでいるだけだ。足立区から草加市に入っただけなのに一戸あたりの敷地が広いように思えた。

ふいに犬が顔を上げ、一点を凝視した。

「何か見つけた?」

声をかけたのが合図だったように犬が走りだし、小町はあとを追った。

2

ひと足ずつ、犬の爪がアスファルトにあたる音がはっきり聞こえた。高架の下をくぐり抜けた先の交差点は赤信号だったが、犬は気にすることなく突っ切る。幸い車は通りかからなかった。

左手に見えるスーパーの正面にはシャッターが下ろされていた。出入口をプラスチック製の黄色い鎖で閉ざされた駐車場はほぼ空っぽで、建物の近くに配達用軽トラックが二台並べてあるに過ぎない。

犬は駐車場のわきを駆け抜け、大きな二階建てが左右に並ぶ間を抜けるとその先の一時停止の標識で止まった。

右に行き、左に行って匂いを嗅ぐ。何度かくり返したあと、頭を下げて鼻先をこするように道路を横断して、三階建ての白いマンションのわきの通りに入った。道幅が狭くなり、ようやく普通自動車がすれ違える程度でしかない。右に真新しいマンション、左に古い工場らしき建物がある。その間を抜けると戸建ての住宅が並んでいた。

犬はふたたび止まり、匂いを嗅いだかと思うといきなり左に折れて走りだした。追いかける小町の靴音が夜明けの住宅街に響きわたる。突き当たりを右に曲がった犬はT字路まで行き、今度は止まらず左に曲がった。

早麻理は徒歩で移動したのだろう。もし、車に乗せられたとすれば、臭跡は途切れ、犬も追跡できない。

団地を外れ、住宅街を抜けたあとも都道に出て、毛長川にかかる橋を渡り、すぐ左に入ってから犬はずっと歩道を選んでいる。高架下を抜け、交差点を渡ったときも横断歩道を使った。

徒歩とすれば、早麻理は単独で移動したのか……。

埼玉県に入ったとはいえ、かつて早麻理が住んでいた団地からは充分に徒歩圏内にあるといえる。しかし、いくら埼玉県との境に近いとはいえ、同じ学校に通う友達がいるとは思えなかった。

犬がスーパーの駐車場に気を取られることもなく、まっすぐ通りぬけたことで少しほっとした。何者かが早麻理を連れだし、途中で車に乗せるとすれば、停めておくのに昼間のスーパーの駐車場ほど好都合な場所はない。

犬は相変わらず道路の匂いを嗅ぎ、走るのをくり返していたが、明らかについ先ほどまでの弱々しい足取りではなかった。

だが、犬は老いている。その足がいつ止まってもおかしくはなかった。

『今にも死にそうになって、怖くなったようだな』

スマートフォンから流れた辰見の声が脳裏を過ぎっていく。二人組が川のところまで犬を運んできた理由だ。たしかに最初に目にしたとき、犬はぐったり身を横たえていて息をしているのかもわからなかった。

ロウソクは燃え尽きる寸前に明るさを増すという。

小町は思いをふり払った。

やがて左側に墓地が見えてきた。墓地の塀に沿って、犬は走りつづけていく。小町は自分がどこを走っているのかわからなくなっていた。

墓地のわきを駆けぬけ、茶色の二階建て住宅のそばで犬は立ちどまった。まるで空気の匂いを確かめるように、ゆっくり左から右へ顔を動かしている。小町はスマートフォンを取りだして辰見につないだ。

　接続すると同時に辰見が訊いた。

「今、どこだ？」

「よくわかりません」

　思った以上に息が上がっている。片手を膝につき、犬を見つめていた。噴きだした汗が目に入る。顔を手で拭う。

「すみません。息が切れて。スカイツリーラインの高架下を抜けたところの交差点に出ると左にスーパーがあります」

「今、ちょうどその交差点まで来てる。左に大型スーパーがある」

「そこを直進してください。駐車場のわきを通ってまっすぐ。一時停止がありますが、直交する道路を横断して住宅街を進んでください。左に三階建ての白いマンションがあって、そこから五、六十メートルくらい先で左折するとその先に墓地があって……」

　犬がいきなり走りだし、茶色の二階建て住宅のわきの道路を進んでいく。とても老衰で死にかけているとは思えないほどのスピードだ。

「あ、待て」

　小町は走りだしながら握りしめたスマートフォンを耳にあてた。

「墓地のわきの道路を道なりに進んでください。犬が止まったらまた電話します」

「了解。墓地のわきまで行っとく。カーナビで墓地はわかった」

「それじゃ」

電話を切り、犬を追った。

周囲に目印になるようなものは何もなかった。どうやって辰見に知らせたものかと考えているうちに犬は右に曲がり、さらに加速した。

近いの？

住宅街を縫う狭い道に入る。左にある駐車場は地面が剝きだしだ。犬が曲がった角にマンションが建っていて、壁に名前が大書されていたような気がするが、思いだせなかったし、今はふり返る余裕すらなかった。それほど犬は勢いよく走りつづけている。

道路がゆるく右に湾曲し、やがて右手に白いメゾネットタイプの集合住宅が見えてきた。それぞれの住宅の前が駐車場になっていて車が停められている。

小町は犬のあとを追って、住宅の敷地内に入った。犬は迷わず道路から三軒目のドアまで行くとさかんに吠えだした。すぐ前の駐車スペースにはシルバーのメルセデスが停められていた。大きさと形状からするとEタイプのようだ。

犬が吠えつづけている。

小町は住宅に目を向けた。テラスにつづく窓は暗色のシャッターで閉ざされているが、二階には灯りが灯っていて、ベージュのカーテンが引かれていた。

スマートフォンを取りだし、周囲を見まわしたもののやはり目印となりそうなものは見当たらなかった。

犬はなおも吠えつづけている。

「ちくしょう」

小町は低く吐きすてるとたった今走ってきたばかりの道路をふり返った。辰見は墓地のわきまで来るといった。距離にすれば、二百メートルほどだが、途中で左に曲がっている。曲がるための目印は白いマンションだ。

スマートフォンを持ちあげようとしたとき、マンションのドアが開いた。


あの人の背中に鼻を埋めるようにして寝ていた早麻理は目を開いた。またラブの夢を見ていて、鳴き声を聞いたような気がしたのだ。今さらながら後悔がじくじくとわき上がってくる。児童相談所に連れもどされることになってもフェンスを乗りこえ、リードをつなぎ直してラブを広瀬のお婆ちゃんの家まで連れていくべきだった。

胸を掻きむしられるように感じて、ぎゅっと目をつぶった。

そのときに聞こえた。

下で犬が吠えている。

ラブだと直感した早麻理は布団を抜けだし、階段を駆けおりた。リビングも蛍光灯が点けっぱなしになっている。ドアに耳をつける。吠えているのは間違いなくラブだ。

ノブを回そうとした。かすかな金属音がしてロックされたのがわかった。リビングのテーブルに置いてある鍵を思いだす。

「待っててね」

声をかけ、ふりかえるとあの人が立っていた。

「ラブなの」

「まさか」

「ラブの声はわかる。ラブに間違いない」

あの人はドアののぞき穴に目を当てた。

「黒……、灰色の犬だ」

「年寄りだから黒い毛の部分に白髪が増えてるの。顔の真ん中は白いはず」

早麻理は必死にいいつのったが、あの人はのぞき穴に目をあてたまま、何も答えない。

だが、手を伸ばしてチェーンを外すとわずかに開けた。冷たい空気がどっと流れこんでくるのもかまわず早麻理は玄関にしゃがみ、外を見た。

回りこんできたラブが激しく吠えたてる。

「ラブ」

飛びだそうとした早麻理の肩をあの人がつかむ。

「出ちゃいけない。それよりラブを家の中へ」

「ラブ、大丈夫。怖くないよ。おいで」

吠えるのをやめたラブが鼻を鳴らす。早麻理は両手を突きだした。

「置いてきちゃってごめんね。もう大丈夫だから、さあ、ラブ」

口を開け、舌を垂らしたラブがうなずいたように見えた。あの人がもう少しドアを開けるとラブが飛びこんできて、早麻理の膝に足をかける。早麻理は両手でラブの首を抱きしめた。

「ラブ、ごめんね。ラブ、ごめんね」

ドアを閉め、のぞき穴に目を当てたまま、あの人がいった。

「リビングに行ってなさい」

「おうちが汚れちゃう」

「いいんだ。気にするな」

そういうと下駄箱の最上段に手をやり、黒塗りの木刀を取る。早麻理はラブの首を抱いたまま、後ずさりした。

あの人が早麻理に目を向けた。

「すぐに戻る。そのあと出かけるからラブといっしょにリビングで待っていなさい。それとぼくが戻ってくるまで絶対に外へ出ないこと。いいね」

早麻理がうなずくとあの人は木刀をぶら下げ、ドアを開けて出ていった。

さかんに吠えたてていたかと思うと、犬は一転して甘えた鼻声を出し、そして玄関に飛びこんだ。直後、ドアが閉ざされるのを小町は立ち尽くしたまま見ていた。

急変した犬の様子を見れば、見知った相手が中にいるのは確実だが、それが伊藤早麻理であるとはいいきれない。

辰見に連絡して応援を要請すべきか、住人に一声かけるべきか——小町はドアを見つめていた。

軽ワゴン車の二人組は犬は老衰で死にかかっており、獣医に飼い主へ返すようにいわれて川に連れてきたという。目の前にあるメゾネット住宅の飼い犬であり、逃げだしたあと、毛長川わきの遊歩道まで行って倒れこんだとも考えられた。二人組に拾われ、獣医のところへ連れていかれたもののふたたび川べりまで連れてこられたときに逃げだし、飼い主のところまで戻ってきたという可能性も捨てきれなかった。さかんに吠えたのは、飼い主を呼んだためかも知れない。

だが、飼い主のところへ戻ったのだとしたらドアが開けば、すぐに飛びこむのではないか。

もし、広瀬が飼っている犬で昨日の昼間早麻理が散歩に連れだしたときにリードが外れて川べりに行ったのだとしたら……。

そして何らかの理由があって、早麻理は犬を放置したまま、川のそばを離れ、徒歩でここまでやって来た。

小町はベンツに目をやった。車に乗せられてきたのだとしたら犬がここまで追跡してくることは不可能だ。

広瀬が不在だったために早麻理は無断で犬を散歩に連れだした。あり得る。だが、逃げだした犬を放置したままここまでやって来たというのはあまりに筋が通らない。

ドアにはのぞき穴がうがたれている。住人が外を見ていれば、小町が立っているのもわかっているだろう。夜は明けきっていないとはいえ、人の姿をはっきり見分けられる程度には明るい。

いずれにせよ辰見と合流し、二人で対処した方がより確実だと思ってスマートフォンを目の前にかざそうとしたとき、ドアが開き、ワイシャツ姿の男が出てきた。

顔に見覚えがあった。西新井警察署に児童相談所の副所長とともに早麻理を引き取りにやって来た職員だ。

『矢島君にも困ったもんだな』

副所長の声が耳に蘇る。四十歳を過ぎて独身、他人とのコミュニケーションに問題があるといっていた。

『ぼっち二号っていわれてるんです』

ふつうの人々の胸底に潜む悪意に小町は嫌悪をおぼえた。

矢島。

名前を思いだすと同時に小町は上着のボタンを外した。矢島が右手に黒い棒状のものを握っている。木刀のようにも見えたし、鞘《さや》を払っていない日本刀にも見えた。

小町は右腰に手をやり、ケースの安全止革を外して拳銃のグリップを握ると鋭く声をかけた。

「止まりなさい」

矢島が出てきた以上、中に早麻理がいるのは間違いない。

広瀬の飼い犬だからこそ早麻理の臭跡を追ってここまで来られたのだし、中にいる早麻理を見たからこそ玄関に入っていったのだろう。

早麻理は無事だ。今のところは、まだ……。

白目の中にぽつんと浮かんだ矢島の瞳がまっすぐ小町に据えられていた。顔はワイシャツと同じくらいに白い。

「伊藤早麻理がいるのね」

小町がいうのと同時に矢島は木刀を両手で握って身構え、唸り声とともに突進してきた。小町はためらわず拳銃を抜き、安全装置を親指で外した。

矢島は止まらない。

小町は空に向け、威嚇射撃を行った。

このクソ寒いのに何だって窓を開けてなきゃならないんだ——栃尾は運転席に座っている刑事の後頭部を睨みつけ、腹の底で毒づいた。

フォードアセダンの後部座席に座らされたあと、刑事は電話をかけた。相手は犬を追いかけていった女刑事のようだ。それから走りだし、都道に出て北へ向かった。橋を渡ってすぐに左折し、しばらく走った。

刑事の電話が鳴ったのは、スカイツリーラインの高架下をくぐり抜けたときだ。埼玉県に入っているのはわかっていた。毛長川を隔てているだけで足立区とは隣接しているが、栃尾はほとんど来たことがない。

それから刑事はセンターコンソールに取りつけてあるカーナビのディスプレイを見て、墓地の場所はわかったと答え、電話を切った。信号が青に変わるとスーパーの駐車場わきを抜け、さらに住宅街の道を直進してから左折した。

やがて左側に墓地が見えてくると、その先の四つ角の手前で車を停め、すべての窓を下ろしたのである。おまけにエアコンのスイッチを切った。

森谷はとなりでうつむいている。逮捕されたわけじゃないんだから辛気くさい顔するなといおうと思ったら低いいびきが聞こえた。

小さく首を振った栃尾は革ジャンパーのポケットに両手を突っこんだまま、身を乗りだした。

「あの」

「何だ？」

「いやがらせっすか」

「何が」

「寒くてしようがないんですけど」

ふんと刑事は鼻で笑った。

そのときバックファイアのような音が右前方から聞こえてきた。刑事はギアを入れると車を出し、四つ角をまっすぐ突っ切り、クラクションを鳴らした。

呼びかけに応えるようにもう一度バックファイアが響きわたる。

銃声？――栃尾はシートの背にもたれた――何なんだよ、いったい？

3

はあ、はあ、はあ……。

リビングに行けといわれたが、ラブは玄関から台所に上がって腹ばいになったきり動けなくなった。早麻理はラブのかたわらにぺたりと座りこみ、頭を撫《な》でた。ラブは長い舌をだらりと垂らして、躰を揺するように荒い息をしていたが、早麻理の手が頭に載ると目を閉じ、首筋に移動すると目を開けた。

はっと気づいた早麻理は立ちあがって浴室に入った。洗面器を持ってくると台所で何度かすすぎ、水を汲《く》んでラブの前に置く。

「お水飲んで、ラブ」

声をかけるとラブは鼻先を水に持っていき、少しの間匂いを嗅ぐと舌を伸ばした。一度、二度、三度。少しだけ水を飲むとまた荒い息を吐く。

「もう少し」

また洗面器に顔を近づけ、水を飲む。最初に比べると量は少し多かったが、決して勢いがいいとはいえない。早麻理はラブの首筋から背にかけてゆっくりと撫でた。息をするたびに胸がふくらむのを感じる。

そのとき外から何かが破裂する音が聞こえた。

はじかれたように立ちあがった早麻理は玄関に降りた。タイルが素足に冷たい。

爪先立ちになってのぞき穴に目を当てる。丸いレンズで歪んだ玄関先の右にあの人の背中が見える。外はまだうす暗かったが、あの人が向かい合っている相手を見ることはできた。

息を嚥んだ。

昨日、牛丼屋で母を逮捕した女刑事が右手を高く差しあげて立っている。何をしているのかわからなかった。よく見ようと右の頬をドアに押しあて、レンズに目を近づける。

あの人は両手で木刀を持ち、肩を上下に動かしていた。

女刑事の右手で紫色の光がひらめき、ロケット花火が破裂するような音がした。

ピストル？

あの人が殺されちゃうと思った。ドアノブをつかんで回したが、ガチャガチャ音を立てるだけで開かない。

『インテリジェントキーといってね、最新式なんだ。ほら、こうしてポケットに入れておく。それからドアを開ける』

あの人の声が蘇った。

ふり返るとラブがうるんだ目で見上げていた。口を開け、舌を垂らしているのは変わらないが、呼吸は少し落ちついたように見えた。

「ちょっと待っててね」

早麻理はリビングに走り、テーブルの上に置いてあった鍵をつかんだ。

『鍵を握るところがふくらんでいるのがわかるだろ？　ここのところにバッテリーと暗

証番号を送信するチップが入ってるんだ』

鍵を持ち、玄関に戻った。

玄関に降りようとしたとき、ラブが何かを吐きだすように咽を鳴らした。足を止め、ラブを見下ろす。

躰を横倒しにしたラブが背中をのけぞらせ、前足、後ろ足をぴんと伸ばしていた。目をつぶり、歯を食いしばっている。

「ラブ」

早麻理はラブのそばに座りこんだ。

手を伸ばし、背中にそっと触れる。だが、ラブが今まで聞いたこともないような唸り声を発したので思わず手を引っこめてしまった。

一度目の威嚇射撃の直後、クラクションが意外に近くから聞こえた。

墓地のわきといっても角に茶色の二階建て住宅がある交差点まで来ていたのだろう。まっすぐに突っこんでクラクションを鳴らしたに違いない。

小町は二発目を空に向けて撃った。

だが、それが矢島を刺激してしまった。一度は止まった矢島が雄叫《おたけ》びを上げ、木刀を振りまわしながら突っこんでくる。

「止まれ」

怒鳴りながら小町は拳銃を下げたが、銃口を向けるのはためらわれた。矢島が手にしているのが木刀だとわかったからだ。しかも剣道の心得などなく、でたらめに振りまわしているに過ぎない。

躰をさばき、第一撃を躱《かわ》すのは造作もなかった。しかし、小町を打ち損なった木刀が流れ、右の手首に当たった。

瞬時、真っ白な腕の骨が脳裏に浮かぶほどの衝撃が来て、拳銃を落としてしまった。拳銃は吊り紐《ランヤード》でつながっているので、いったんはアスファルトに落ちたものの転がっていくことはなく、ベルトからぶら下がった状態になる。

警棒を抜く暇はなかった。

小町は振り抜いた木刀を引きあげようとしていた矢島に体当たりを食らわせた。よろけた矢島の懐に飛びこみ、木刀をつかんでいる両手の手首あたりをつかんで腰を入れ、足払いをかけながら担ぎあげた。

そのままアスファルトに叩きつけ、馬乗りになる。

背中から落ちた矢島は木刀から左手を離したものの右手はまだ握りしめたままだ。矢島が顔を横に向ける。ランヤードにつながったままの拳銃が矢島の左手のすぐ先に転がっていた。伸ばそうとした手をつかみ、さらに右膝で押さえつけようとした。

罠《わな》だった。

小町は脳天に衝撃を感じた。矢島が振った木刀が当たったのだ。一瞬、意識が遠のきかける。かろうじて開いた目に矢島の右手が動くのが見えた。左手を挙げ、打撃を受けとめる。前腕をしたたかに殴られ、腕が痺れた。

さらに矢島が木刀を振りおろそうとしたとき、小町の左手が髪に挿した塗り箸に触れた。

引き抜く。

髪がばらりと落ちてきて、視界をさえぎる。今ほど美容室に行かなかったのを後悔したことはなかった。

小町は左膝を矢島の胸に載せ――できれば、右腕を押さえたかったが、果たせなかった――、左手に持った塗り箸を振りあげた。

木刀を持った右腕を刺すのは不可能だ。

仰向けになった矢島の目が見開かれる。

目。

振りおろそうとした刹那《せつな》、叫び声が響きわたった。

「やめて。お父さんを殺さないで」

お父さん？

小町は一瞬動きを止めた。

直後、矢島の躰から力が抜け、右手の木刀が落ちた。

慌ただしい足音が聞こえ、くたびれた革靴が木刀を蹴りとばす。辰見の声が頭上から降ってきた。

「班長、手錠《わっぱ》」

小町の右手は半ば自動的に反応し、腰の後ろにつけたケースから手錠を取りだすと辰見がひねり上げた矢島の右手首に打った。小町は矢島の左手をつかみ、もう一方の手錠を咬《か》ませて、ようやく矢島から離れた。

ランヤードを引っぱって拳銃をつかみ、太腿にこすりつけてからケースに差して安全止革をかける。

大きく息を吐いたとたん、どっと汗が噴きだしてきた。

辰見がそばにしゃがんだ。

「大丈夫か」

かろうじてうなずく。

「分駐所に連絡を入れた。本部から埼玉県警に連絡が行く。おっつけパトカー《PC》と……」

辰見は小町をしげしげと眺めた。「救急車がやって来るだろう。犬は広瀬の？」

「たぶん」

「そうか」

近づいてくるサイレンが重なって聞こえてきた。小町はのろのろと立ちあがると、あお向けになったまま、手錠で両手をつながれている矢島を見た。

矢島は小町に目を向けようとせず空を見上げている。

頭がずきずき痛んだが、右手首と左上腕は火照《ほて》っているだけだ。痛みがやって来るのはもう少しあとだろう。救急車が来れば、早麻理とともに病院に運ばれ、診察を受けることになる。

その前にやらなくてはならないことがあった。

「ここ、お願いします」

「わかった」

辰見は矢島のかたわらにしゃがんだまま、うなずいた。

重い足を引きずり玄関先までいった。早麻理がべったり座りこんでいる。ドアは開けっ放しになっていたが、犬が飛びだしてくる様子はない。

視線を下げた。早麻理はだぶだぶのスウェット上下を着ていた。長い髪は乱れ、顔を半ば隠している。その目は横たわっている犬に向けられていた。

小町は片膝をついた。

「怪我はない？」

早麻理がゆっくりと顔を上げ、小町を見た。瞳は濡れていたが、涙のあとは乾いていた。しばらくの間、早麻理はまじろぎもせずに小町を見ていたが、やがて首を振った。

「そう」小町はようやく笑みを浮かべることができた。「よかった」

小町は犬に目を向ける。頭痛がひどくなってきた。

バンドの切れた腕時計をコートのポケットから引っぱり出し、小町は時刻を確認した。午前六時四十分になっていた。

もう三十分以上も早麻理は矢島宅の台所にべったり座りこんだまま動いていない。小町は早麻理に向かい合う恰好で座っている。床に尻をつけた、少々だらしない恰好だが、すっかりくたびれていた。

二人の間には、目を閉じ、身じろぎしない犬が横たわっていた。

当たり前だ。とっくに息絶えている。

「この犬が私をここまで案内してくれた」

「違う」

「え？」

うつむいたまま、早麻理が意外に強い語気でいった。

「犬じゃなくて、ラブ」

犬の名前を初めて知った。

「わかった。ラブがね、団地からここまで連れてきてくれた。団地、わかるでしょ？改修工事中の」

早麻理がうなずく。

「広瀬さんの家に行って、ラブを連れだしたのね」

「そう」

早麻理はまるで表情を変えなかった。

「あの、児相の職員が……」

小町がいいかけると早麻理はさっと顔を上げ、きつい目を向けてきた。小町はまっすぐ早麻理の瞳をのぞきこむ。

「本当にお父さんなの？」

早麻理はすぐには答えようとせず無表情のまま、小町を見返していたが、やがて小さく首を振った。

「あの人はそういってたけど、たぶん違う」

「でも、あのときはお父さんって叫んだでしょ」

「おばさんがあの人を殺しそうに見えたから」

「おば……」

いい返そうとしたが、あとは無理矢理嚥みくだした。早麻理は目を伏せ、ラブを見て、言葉を継いだ。

「本当のお父さんよりずっとお父さんらしいことをしてくれたと思う」

早麻理は左手を上げた。人差し指と薬指に真新しい包帯が巻きつけてある。

「あの人がやってくれたの？」

小町も早麻理に合わせて訊いた。

「そう。鍵がかかっている窓を無理に開けようとして爪が剝がれちゃった。あの人が手当してくれて、お風呂に入ったあと、もう一度包帯を巻いてくれた」

「それで、お父さんって呼んだ？」

早麻理は首をかしげただけで答えなかった。

公務執行妨害、暴行、傷害の現行犯として小町は矢島を逮捕した。未成年者略取、誘拐および監禁の罪は早麻理が家から飛びだしてきたときに明らかになった。身柄は所轄である草加警察署に運ばれている。今後、警視庁と埼玉県警の間で調整が行われるが、最初の取り調べは逮捕した小町が行うことになる。

救急車は到着していたが、早麻理が頑として動かないため、小町だけが病院に行くわけにはいかなかった。これから二人とも病院で検査を受けることになる。

とくに小町は頭部に木刀による殴打を受けているのでＣＴや脳波などいくつもの検査

を受けなくてはならない。たんこぶができ、頭痛も治まっているので大事はないと考えているが、頭部への衝撃は精密な検査を要する。両手の打撲が痛みだしていた。とりあえず動かせるので骨折はないと思っているが、腫《は》れて熱を帯びてきている。こちらもX線撮影が必要だろう。まだ傷は見ていないが、あざになっているのは確実だ。

玄関前には警察官、救急隊員がひしめいていた。現場を仕切っているのは、草加署地域課員たちである。

入口に辰見が立ちふさがり、早麻理が落ちつくまでといって誰も中に入れさせなかったが、そろそろ限界だろう。

どのようにして早麻理を連れだそうかと考えていたとき、玄関から声がかかった。

「失礼します」

小沼が広瀬トミ子をともなって立っていた。

「サオリちゃん」

広瀬が声をかけ、目を向けた早麻理の顔が見る見るうちに真っ赤になったかと思うと大粒の涙がぽろぽろこぼれ落ちた。

「ごめんなさい。ラブが死んじゃった」

広瀬が小町に一礼して、靴を脱ぎ、台所に入ってくる。早麻理のかたわらに座ると肩に手を回した。

早麻理は広瀬の胸に顔を埋めて声をあげて泣きはじめた。広瀬は横たわっているラブを見ながら早麻理の背を撫でていた。その目からも涙がこぼれ落ちた。だが、声は落ちついていた。

「ラブ、偉かったねぇ。お母さん、お巡りさんから聞いたよ。お前がサオリちゃんのところまでお巡りさんを連れてきてくれたんだってね。最後まで、お前は本当にいい子だった」

早麻理はくぐもった声を漏らしつづけていた。

広瀬は早麻理の頭を撫で、ラブに穏やかな目を向けている。

「ありがとう、ラブ。あたしたちのところに来てくれて、本当にありがとう」

いつしか小町の頬にも涙が伝い落ちていた。

栃尾はフォードアセダンの後部座席に座ったまま、目をきょろきょろさせていた。辺りにはパトカーが何台も来て、赤色灯を回しっぱなしにしている。救急車も来ていたし、野次馬が集まりはじめていた。もっともメゾネット住宅の前の道路には警官が数人ずつ立って封鎖しており、遠巻きに見ているだけでしかない。

逃げだすどころか車から降りるのさえ怖かった。となりで平和に眠りこけている森谷がもたれかかってくる。少し強く押しかえしたが、目を覚ますことはなかった。

　丸坊主の刑事がやって来て、運転席に乗りこむ。エンジンはかけっぱなしだったので寒くはなかったが、窓はすべて栃尾が上げた。

「待たせたな」

「いえ」

　シートベルトを留めながら刑事がルームミラーを見上げる。

「相棒はいい度胸してんな。この騒ぎの中、ぐっすりおねんねか」

「そういう奴なんすよ」

「お前ら、案外いいコンビだ。さて、行くか」

「おれたちどこにしょっ引かれるんですか」

「元の場所に帰すだけだ。協力、ありがとうな」

「あ……、いえ」

　栃尾は口ごもった。

　警察をどこまで信用していいかわからなかったが、犬、猫を盗みだしては飼い主に返して礼金をせしめていることまでは知られていないようだ。

　刑事はいった通り軽ワゴン車が停めてあるところまで来ると二人を降ろしてくれた。森谷は寝ぼけていて、自分がどこにいるかもよくわかっていないようだ。

　運転席の窓を下ろした刑事が片手を挙げた。

「それじゃ、気をつけてな」

「はい」

「また、何かあったら連絡する」

「了解しました」

威勢よく頭を下げる。名前は訊かれたが、携帯電話の番号すら教えていない。どうやって連絡してくるつもりかと腹の底でつぶやいた。

セダンが走り去ると栃尾はジャンパーのポケットから鍵束を取りだした。

「とっちゃん、あの犬は？」

「とっくに返したよ。おれたちも帰るぞ。目を覚ませ、ぼけ」

ドアにキーを差しこんだとき、後ろから声をかけられた。

「ちょっといいかな、お兄さんたち」

ぎょっとしてふり返る。深緑色のコートを着た男が近づいてくる。いつの間にかワゴン車と前と後ろにもコートを着た男たちが立っていた。

最初に声をかけてきた男が胸元から警察手帳を取りだし、バッジを見せた。

「浅草警察署の坂井っていう者だが、栃尾君か」

「はあ」

「ルルって猫のことでちょっと訊きたいことがある。これから署まで同行してもらいたいんだが、かまわないかね」

栃尾はがっくり肩を落とし、うなずいた。

何が起こっているのかまるで理解していない森谷はきょろきょろしているばかりだ。ところが、いきなり大欠伸をかました。

殴りつけてやりたかったが、さすがに警察官の前ではまずい。ため息を吐いたとたん、空っぽの胃袋がきゅっと鳴った。

4

机上にはプラスチックジッパー付きのビニール袋に入れた写真が一枚置いてあった。写っているのは若い男女で、そのうち男は矢島、女は早麻理の母親、千都子だ。

小町は写真から目を上げ、対面している矢島を見た。

「これは？」

「作ったんですよ。事務所のパソコンを使って。フォトレタッチ用のソフトを使えば、五、六分でできます。プリントしてから一度くしゃくしゃにして、伸ばして、周りや端をカッターの背で削ったり、消しゴムをかけたりして古びて見えるように細工しました」

小町は写真に目をやった。

「女性の方は伊藤千都子のようだけど」

「去年母親が覚醒剤で逮捕されて、早麻理がうちに来たときに関係書類はすべてスキャンするかデータで提供を受けてました。うちの正規職員であれば、誰でもアクセスできます。母親の写真は十数年前のものしかなかったんですけど、おかげでそんな風に加工できたんです」

それから矢島は淡々と写真の細工について話した。堀切菖蒲園近くの荒川土手でカップルが記念撮影をした画像はインターネットで拾い、それに矢島と千都子の顔を切り貼りして、コントラストを落としたりぼかしを入れるなどして細工したという。

「早麻理ちゃんをだまそうとしたわけね」

小町の問いに矢島は目を背け、床を見た。

草加警察署の取調室には小町、辰見のほか、入口の近くにある机に草加署の刑事が座ってパソコンで調書を作っていた。辰見は矢島の斜め後ろに折り畳み椅子を置いて観察している。逮捕したのは小町だが、手柄は警視庁機動捜査隊と草加署で分け合う恰好となった。無断で管轄を侵し、拳銃を使用、逮捕したのだから警視庁としては譲らざるを得ない。

やがて矢島がうなずいた。

「そうですね。だまそうとしました」

「この写真、いつ用意したの？」

「昨日の午後です。西新井署に行くまであの子が保護されたことは知りませんでした」

矢島があの子と口にしたことで、小町は早麻理が矢島をあの人と呼んでいたのを思いだした。

「保護したあと、早麻理ちゃんを連れだそうと思って用意してたわけね？」

矢島が小町を見る。

「それも違います。用意したのは、あの子が児相を脱けだしたあとです。さっきもいいましたが、その程度の写真を作るのにたいして時間はかかりません」

「早麻理ちゃんが脱けだしたのを見た？」

小町が切りこむと矢島は唇を結び、頬をふくらませた。わずかの間沈黙したあと、ふっと息を吐いて答えた。

「ええ。見ました。たまたまですけどね。あの子は昼食を済ませたあと、疲れたといったので医務室に寝かせることになったんです。そのとき、ひょっとしたらと思いました」

「ひょっとしたら……、何なの？」

「あの子は祖母に引き取られるのをいやがっていたんです。うちの副所長がこぼしてました。ようやくお祖母《ばあ》さんに連絡がついたのにって。去年、うちがあの子を引き取ったときには祖母になかなか連絡がつかなかったんです。連絡がついても家計が苦しいからあの子を引き取るのは無理だといいました。孫は可愛いというのも人によるんでしょうね。たしか孫はあの子一人のはずなのに」

矢島はぼそぼそと話しつづけた。

「でも、今回はすぐに連絡がついたんです。おそらく今度は執行猶予は無理でしょう。刑務所に入るということになれば、それなりの施設か、近親者に引き取ってもらう必要があります。その辺の事情も副所長がお祖母さんに説明したといってました。それで昨日の夕方、うちに来ることになったんです」

「そのことを早麻理ちゃんに伝えたわけね」

「伝えたと副所長はいってました。だから……」

「早麻理ちゃんが児相から逃げだすかも知れないと考えた？」

「ええ、まあ、そうです」

「それであなたの思惑通り早麻理ちゃんは児相を脱けだしたわけね。だけどそれから写真を作ったなんて、のんびりしてるじゃない？」

「時間的に余裕がありましたから」矢島は目を伏せたまま答えた。「あの子が医務室を出たのに気づいたのは、たぶんぼくが最初でしょう。気になってたんで副所長やほかの職員の目を盗んでちょこちょこ見に行ってましたから。それで何回目かにのぞいたとき、ベッドが空になっているのに気づいたんです」

　矢島が口元を歪めた。

　小町は先をうながした。

「それで？」

「布団がめくれてて、あの子がいなくなってるのは一目瞭然《いちもくりょうぜん》でしたから、予備の枕や毛布を使って偽装したんです。頭から布団を被って眠っているように」

　腕組みした辰見が目をつぶり、首を振る。

「それから写真を加工したのね。早麻理ちゃんがどこに行くか心当たりはあったわけ？」

「ええ。あの子に行くところなんてありません。自宅か、広瀬という家か」

「ずいぶんな自信ね。早麻理ちゃんの交友関係をすべて把握していたとはいえないでしょう」

「小学生ですからね。学校はイジメにあって不登校状態だったし、母親は覚醒剤中毒で娘をほったらかしでしょ。小学生の女の子が頼りにできる場所なんかそうはありませんよ。唯一の血縁者といえば、祖父母だけです。でも、嫌ってるし」

「あなたの思惑が外れることだって考えられるでしょ」

　矢島は目を伏せたまま、肩をすくめた。

「そのときは警察におまかせするしかないと思ってました。医務室の偽装は大して問題にならないと考えてました。だいたいぼくがそんなことをしたとは誰も思わないでしょう」

「早麻理ちゃんが偽装していないといえば、内部の誰かがやったと思われるでしょう」

「警察が調べますか。たぶん児相はあの子が嘘《うそ》をついていることにします」

「内部調査は行われるんじゃない？」

小町の問いに矢島は力ない笑みをちらりと浮かべた。

「型通りですよ。一応、一人ひとりに訊いて、心当たりがないという答えが出そろえば、それで終わり。役所なんて所詮《しょせん》そんなもんでしょ」

矢島は机に置いた小町の手を見ていった。

右は手の甲まで、左は手首まで包帯が巻いてある。もっとも袖からのぞいている部分が見えるだけで、左は肘《ひじ》の辺りまで包帯が巻いてあったし、右も手首までがっちり固定されている。骨折はなく、どちらも打撲だけで済んだ。

頭も精密検査の結果、脳内出血などはないことがわかっている。

『それでも頭ですからね。気をつけないと。数時間のうちに頭痛がひどくなったり、めまいや視野が歪んだり、少しでもおかしいと感じたらすぐに脳神経外科の診察を受けてください』

救命治療室に詰めていた若い女性医師にいわれている。

「すみませんでした」

矢島がぼそりといった。

「あの木刀は？」

「前に空き巣に入られたことがあるんですよ。盗《と》られたのは現金が二万円ほどで、それだけだったんですけど、部屋がめちゃくちゃに荒らされて。気持ち悪くてしようがなかったんです。それで鍵を取り換えて、防犯システムも取りつけました。木刀は中学の修学旅行で買ったんです。実家の物置に放りこんであったのを持ってきて、下駄箱に入れておきました」

「空き巣に入られたのは、いつ？」

「三年くらい前ですかね」

「警察には？」

矢島は首を振った。

「警察でも泥棒でも他人がうちに入るのは同じじゃないですか。実はそのとき刑事がうちにも来たんですよ。近所で空き巣被害があったけど、お宅は大丈夫かって」

空き巣狙いは一ヵ所では満足しない。被疑者を引きつれて、現場検証させるが、そのときに押し入った家を供述させる。件数が増えるほど罪も重くなるのでなかなか認めようとしない。そのため盗犯係はあらかじめ周辺での聞き込みを行い、被害にあったところをピックアップしておく。

「うちは何もありませんと答えたらあっさり帰っていきました」

「三年前?」

「三年くらいですね。はっきりとは憶えてませんが」

被疑者は刑事が矢島宅について何も訊かなければ、黙っていたに違いない。刑事訴訟法二百五十条では、長期五年未満の懲役若《も》しくは禁錮《きんこ》又は罰金に当たる罪についての時効を三年としている。矢島が今から被害届を出しても時効が成立している可能性がある。

「私を殴り倒して、早麻理ちゃんを連れて逃げるつもりだったのね?」

「どうかな」

矢島は首をかしげ、しばらくの間沈黙した。小町は矢島の表情を注意深く観察しつつ、ふたたび話しはじめるのを待った。

「刑事さんとは西新井署で会ってるし、どうやったのかあのときはわからなかったけど、うちまで来た。だけどぼくはまだあの子を手放したくなかったんです。たぶんあの子も離れたくなかったと思います。警察の人が一人で動かないことは知ってたんですけど、あのときはとにかく刑事さんだけ何とかすれば、まだ逃げられると思ったんです。あのとき、ぼくが何者かはすぐにわかったと思いますけど」

　事件現場となったメゾネット住宅は賃貸で、児童相談所が家賃の補助をしている。たとえ矢島が小町を殴り倒し、逃走したとしても児童相談所と早麻理、そして矢島を結びつけるのは難しくない。

「自分が何をしているかわかってるつもりでしたし、いずれ近いうちに捕まるだろうとも思ってました」

「あなたは何をしたの？」

　矢島が目を上げ、まっすぐに小町を見る。

「小学生の女の子を誘拐して、自宅に監禁しました」

　口調はきっぱりしていて、表情は落ちついている。

　それから矢島はインテリジェントキーを使ったインチキについて話しはじめた。

「あの子に最初に渡した鍵はダミーだったんです」

「ダミーというのは？」

「施工業者が営業のときに見本として持ってきたものです。別に返せともいわれなかったので、そのまま自宅の小物入れに放りこんで忘れてたんです。こんな風に役に立つとは思ってもいませんでしたけど」

「どうしてそんなことをしたの？」

「あの子にはいつでもこの家から出ていけるといったんです。でも、本当のところはどこにもやりたくなかった。鍵を置いておけば、それで安心すると思って」

「でも、早麻理ちゃんは逃げだそうとして怪我をした」

矢島の顔が歪んだ。

「防犯システムがちゃんと作動したんですね。爪が剝がれかけて、血が出てるのを見たときにはあわてました。消毒して、包帯を巻いてやったんですけど、そのときに閉じこめたときつく訊かれて……」

「それで？」

「鍵を持ってなかったんじゃないかといったら納得したのか、憶えてないのかわかりませんが、本物の鍵を持ってドアや窓を開けてみせたら納得したようでした。本物の鍵はぼくが持ってましたから。それで防犯システムのデモンストレーションをやったあと、ポケットの中ですり替え、本物をテーブルの上に置いたんです」

大きくため息を吐いたあと、矢島がぼそりといった。

「後悔してます」

「そうでしょうね。刑務所に入って、仕事をなくして人生もめちゃくちゃになる」

「違います」

「何が違うの？」

「あの子に怪我をさせたことを後悔してるんです。ほかは後悔してません。むしろ満足してるくらいです」

小町はまっすぐに睨んでいたが、矢島は臆《おく》する様子を見せなかった。それどころか背筋を伸ばし、小町を見返している。

「ぼくの人生って何ですかね。ひたすら真面目にやってきたつもりですけど、結局勇気がなくて殻に閉じこもっていただけです。結婚もできなかった。自分が陰で何と呼ばれてるか知ってますし」

ぼっち二号。

「何と呼ばれてるの？」

「いいたくありません。渡部副所長にでも訊けば、喜んで教えてくれますよ。今やぼくは犯罪者ですからね。溺《おぼ》れる犬は打て……」

自分の言葉にはっとしたように目を見開き、次いでうつむいた。

「犬のことは悪くいえませんね。ラブが命がけであの子を助けてくれたんですから」

「助けてくれたって。あなたは早麻理ちゃんに危害をくわえるつもりだった？」

「さあ、わかりません」

矢島は首をかしげ、考えこむ様子を見せた。

「そんなつもりはありませんでしたけど、いっしょにいる時間が長くなれば、どうしても離したくないと思うようになったかも知れません。どうなるかなんて予想できませんよ。ラブにはあの子だけじゃなく、ぼくも助けてもらったのかな」

「どうしてこんなことをしたの？　早麻理ちゃんには去年から目をつけてた？」

「あの子だけというわけじゃありません。実をいえば、女の子でも男の子でもよかったんです。児相で子供たちを見ているとだんだん同情するようになりますよ。同時に自分が惨めになってくる」

「どういうことかしら？」

「赤ん坊を放りだして遊び歩いているような馬鹿親にはちゃんと子供がいるのに、ぼくは結婚もできないし、わが子を抱くこともなかった。それで世間からは欠陥品のように見られる。結婚してることが偉いんですか。子供がいることがふつうなんですか」

　矢島は声を荒らげたわけではない。むしろ淡々と話しつづけていた。

「美味しいものを腹一杯食べさせてやりたい。温かな部屋で、誰にも邪魔されずに眠らせてあげたい。親になりたいなんて、そんな大それたことを考えたわけじゃないんです。でも、あの子は……」

「お父さんって呼んだわね」

　玄関から飛びだした早麻理が叫んだとたん、矢島が脱力したのをはっきり覚えている。

「はい。あのひと言で全部報われた気がしました」

「どの子でもいいんだったら、どうして伊藤早麻理を連れだそうとしたのか、その辺りのことを聞かせてもらおうかな」

「はい」矢島はおずおずと顔を上げると訊いた。「その前に水を一杯いただけませんか。咽が渇いちゃって」

立ちあがろうとした辰見を制して、入口にいた草加署の刑事が取調室を出ていった。ほどなく戻ってきた刑事が矢島の前に五百ミリリットルのペットボトル入りミネラルウォーターを置く。

「ありがとうございます」

キャップを取り、半分ほど飲んだ矢島は口元を手で拭った。

「ぼくはミネラルウォーターが好きです。変な臭いがついてないから」

矢島はほっと息を吐き、ゆっくりと話しはじめた。

5

僕は今年四十一歳になりますが、今まで一度も結婚したことがありませんし、子供もおりません。結婚願望は人並みだったと思います。もっと若い頃はいずれは結婚して、子供が生まれるんだろうと漠然と思ってました。それが自然ですし、誰もがしてることだし、決して難しいことではないと考えていました。今から考えると、消極的な性格と潔癖症のところが災いしたのだと思います。縁がなかったといえば、それまでですが。

児童相談所に勤務していると、神様も理不尽なことをするものだと思うことがあります。神様といっても特定の宗教に入信しているわけではありませんけど。児童相談所にはいろいろと事情のある子供が連れてこられます。中には問題行動を起こして、家族の手に負えなくなった子もいますが、大半は親の事情によってちゃんとした生活ができずに連れてこられるのです。子供自身の問題行動といっても原因は親にある場合が多いんです。

母親がトドみたいに太っているのに子供は栄養失調寸前なんて……


矢島の供述調書を手にしたまま、小町は会議室の窓に目をやった。昨日とは違って、朝から晴れわたっている。

トドみたいに太ってというくだりを目にしたとき、昨日の朝、ピンクの軽自動車を運転していた女を思いだした。歩道を走ったので停止を求めたら逃げだし、朝っぱらから大捕物となった。はるか昔の出来事のように思える。

同じテーブルに向かい、供述調書を読んでいた辰見が立ちあがった。

「終わったんですか」

「いや、まだ途中だ。ずいぶん喋る奴だったからな。深呼吸してこないととてももたんよ」

「お疲れ様」

辰見が会議室を出ていき、小町はふたたび供述調書に目を落とした。

母親がトドみたいに太っているのに子供は栄養失調寸前なんて信じられないケースもあります。子供を虐待している親の場合、親自身が世間から虐待というか、つまはじきというか、疎外されているケースもあります。たいていは親自身の自業自得ともいえますが、同情できる場合も少なくありません。それでも子供を虐待するのは許されません。面倒なのは自分で虐待しているくせに子供を手放そうとしない親ですね。手放せないんじゃなく、離れられないんです。子供に、というか、子供を虐待することに完全に依存しちゃってるんです。だから子供を預かろうとすると子供がいなくなると生きていけないとかいうんです。あながち大げさでも嘘でもないと思います。依存しちゃってるわけですから。

僕が理不尽だと思うのは、そういう連中にさえ子供がいるのに僕にはいない。僕のように別に望んだわけじゃなく、気がついたら結婚しないで四十を過ぎてたって人は多いのかも知れません。職場にも独身の職員がいて、話をしてみるとたいてい僕と同じような感じですから。

私の場合はどうかな——小町は読みながら胸のうちでつぶやいた。

もし、保育園で保育士をしていた頃に園児が連れだされ、殺害されるという事件に遭遇しなければ、警察官になることはなかったし、今頃は子供が二人くらいいたかも知れない。しかし、自分の子供は想像できなかった。警察官となり、いやというくらいに現実を見せられているうちに想像力がどんどん衰えているのを感じる。

伊藤早麻理に会ったのは今回で二度目になります。最初は平成二十五年三月二日で、覚醒剤取締法違反で母親の千都子が西新井警察署に逮捕された際、早麻理を預かるために同警察署に行きました。二度目が平成二十六年二月二十日の午後二時頃、やはり覚醒剤取締法違反で母親が西新井警察署に逮捕されたため、早麻理の身柄を同警察署に引き取りに行ったときです。最初のときは母親が初犯ということもあって執行猶予がつきましたから裁判の間だけ児童相談所で生活していました。平成二十五年三月二日から六月十日までです。

伊藤早麻理については可愛いというか、きれいな子だとは思いますが、まだ小学生でもあり、性的な対象として見たことはありません。これだけははっきりといわせていただきますが、一年前も今回もそういう目で見てはいません。

ただ今回、二月二十日に再会したときには、ひどく汚れちゃったという印象をもちました。たった一年なのに。それと栄養状態も悪いみたいだし、着ている物もきたなくて、風呂にもちゃんと入ってないんじゃないかと思いました。児童相談所に預けられる子の親が覚醒剤中毒というケースは結構あるんです。私が児童相談所で働くようになったのは十年前からですが、覚醒剤事犯の子供を預かることが増えているという感じがします。統計でも出ていたと思いますが、正確な数字は覚えていません。

それとお祖母さんの件があるでしょう。伊藤早麻理はお祖母さんを嫌っていた。嫌っていたというか、怖がっていたという方が正確かも知れません。でも、そんなことにはおかまいなしに渡部副所長がお祖母さんが夕方来るという話をしたんです。本人はわかりましたと答えたようですが、沈んだ様子だったと聞いて、ひょっとしたら逃げだすかも知れないと思いました。僕は伊藤早麻理の面接を行っていません。すべて副所長から聞いた話です。

平成二十五年三月二日のことになりますが、西新井警察署から出てきた伊藤早麻理を見たとき、胸を突かれたような気持ちになりました。最初はやっぱり可哀想だと思いました。それから腹が立ちました。今回会ってはいませんし、顔も見ていませんけど、覚醒剤に溺れていった母親の様子が想像できましたから。母親は一度見かけたことがあるだけです。平成二十五年六月十日に児童相談所に伊藤早麻理を引き取りに来たときに。

そこからは自分でもおかしいんですけど、伊藤早麻理の父親になりたいと思っちゃったんですね。結婚したこともなく、家族を持ったことのない僕には父親がどんなものかわかりもしないんですけど。

会議室に戻ってきた辰見が小町の前に缶コーヒーを置いた。

「よかったら」

「ありがとうございます」

辰見はもう一缶ポケットから取りだし、さっきまで座っていた椅子に戻った。小町はプルリングを引っぱって開け、ひと口飲んだ。

「矢島の供述、どう思いました？」

「正直にゲロしてるって感じだな。父親になりたいってくだりはおれにはよくわからんがね。家族なんて厄介なだけだ」

脳裏に橋脚のそばに停められたセダンが浮かんだ。自殺した田川は電車内で盗撮しているところを現行犯逮捕された。警察官を辞め、妻は子供を連れて、実家に帰ってしまった。

いかなる理由があろうと犯罪は犯罪であり、たとえ元同僚であっても見逃すことはできない。田川は真面目な刑事であったともいわれた。自分の仕事に自負があっただろうし、仕事が自分のアイデンティティでもあっただろう。刑事課から外され、さらに通勤時間が倍以上に長くなる所轄署への転勤が重なったとき、田川の胸にはどれほどの屈託が降り積もっていったか。まして警察官でもなくなったとき、再起の拠《よ》り所《どころ》となるのは家族だったのではないか。

だが、失職と同時に家族も失った。

正直にいうと以前から夢想はしてたんです。必ずしも伊藤早麻理が対象というわけではありませんが。男の子でもよかった。自分が父親になったら、どうするだろうって。養子縁組という方法がないではありませんが、僕は独身ですから養父になるのはまず不可能です。まして相手が女の子となれば、なおさらですね。いくら僕が純粋に父親になりたかっただけだといっても世間は信用しません。

実は今まで一度だけ親になりかけたことがあります。変な言い方ですが。僕が高校二年のときです。相手は同じ高校の国語の先生でした。向こうはもう三十一か二になってました。彼女にすれば、遊びに過ぎなかったとは思っていませんが、それでも僕はまだ十七ですからね。結婚なんてあり得なかったでしょう。半年ほど付き合った頃、彼女が妊娠したんです。僕がそのことを知ったのは、彼女が一人で掻爬《そうは》したあとでした。すごく体調が悪そうだったんで、心配して理由を聞いたら産婦人科で堕《お》ろしてきたっていわれて。すごくショックでした。僕にしてみれば、自分の血が流れている命が失われたわけですからね。

独り相撲だったかも知れません。彼女は僕が高校三年になったときにはほかの学校に転勤したんです。それ以来、連絡がとれなくなりました。卒業して、五年くらいして、同級生何人かが集まって食事をしたことがあります。そのとき、彼女の話が出たんですけど、僕以外の生徒とも付き合っていたとか、ある体育教師と不倫してたとかいわれました。どれも嘘っぽいような、でも、自分のことと考えあわせると本当のことのような何ともいえない感じですけど、僕が卒業した高校から転勤して、二年くらいで結婚したという話はどうやら本当で、子供も二人生まれたらしいです。

父親になりたいというのは、そのときの恨みが残っていたからかも知れません。交際している相手が妊娠したのは、そのときだけでした。今から二十三年前ですから伊藤早麻理とは全然年齢が合わないんですが、なぜか西新井署で見たとき、あのときの子供が帰ってきたような気がしたんです。それで作り話がさっと頭の中ででき上がりました。

伊藤早麻理が児童相談所を出て、どこへ行くか見当はついてました。確信があったわけじゃありませんが、自宅のある団地か、広瀬さんという家か、どちらかだと思って。それで伊藤早麻理が医務室にいないことがわかって、職員が総出で捜しに行くことになったんです。児童相談所としても体面がありますからただちに警察に連絡することはしません。それはわかってました。だから僕はまず団地に行って、しばらく周辺を捜してました。それから広瀬さん宅に向かおうとしたとき、毛長川のそばにいる伊藤早麻理を見つけたんです。たぶん二月二十日午後三時頃だったと思います。そのときは時計を見たわけではないので、正確な時間はわかりません。伊藤早麻理が毛長川の堤防に設けてあるフェンスを乗りこえようとしていましたから危ないと声をかけました。

そこで僕が父親だという作り話をしました。児童相談所のライトバンはすぐそばに停めてあったんですけど、乗せようとすれば、連れもどすと思われるんじゃないかと思って。そこからちょっと距離はあるんですけど、僕の自宅まで歩きました。距離的には一キロ半あるかないかくらいでしょうか。そのときの僕にはあっという間でしたけど。

刑事さん（註　警視庁警部補稲田小町を指す）がうちに来たときはパニックでした。たった数時間ですけど、すっかり父親になった気持ちで娘を守るんだと思っていました。これは本当のことですが、僕はヘタレなので今まで喧嘩もほとんどしたことがありませんし、木刀で人を殴ったこともありませんでした。いくらパニックになっていたとはいえ、刑事さんにお怪我をさせたことは大変申し訳なく思っています。

スマートフォンが鳴りだし、小町はスーツのポケットから取りだした。ディスプレイには機動捜査隊本部と表示されている。

通話ボタンを押し、耳にあてた。

「はい、稲田です」

口調が改まっているせいだろう。辰見がいぶかしげに小町を見た。

「総務課の林と申します。本日、午後一時、本部に出頭してください」

優しげな女性の声だったが、有無をいわせない調子ではあった。

「よろしいですか」

「はい。大丈夫だと思います」

「それではお待ちしております。林をお訪ねください」

「承知しました」

電話を切ると辰見が声をかけてきた。

「何かあったのか」

「午後一時に本部に来いって」小町は顔をしかめ、スマートフォンをポケットに戻した。

「勝手に管轄を離れて、おまけに二発ぶっ放してますからね」

「それならおれも同罪だ。何だったらおれもいっしょに行って、ひと言いってやろうか」

「まさか。一人で大丈夫ですよ」

「あんたは伊藤早麻理を助けた。それは間違いない」

「私と辰見部長とで、ね。それとあのちょっと頼りない感じのコンビ。そういえば、いつの間にか現場から消えてましたね」

「軽ワゴンのところまで送っていった」

「へえ？」

小町は辰見をまじまじと見た。

「その前に浅草警察署の坂井に連絡しておいて、そこまで迎えに来てくれっていっておいたけどね」

辰見はにやにやしていた。

小町は左手首を見たが、腕時計はなかった。


ノートパソコンのディスプレイに映しだされているのは、小町にとって悪夢以外の何ものでもなかった。

ひと目見ただけで昨夜臨場した観音裏の居酒屋であることはわかった。画面の左にカウンターがあり、野球帽を被った老人——顔にはぼかしが入っていた——がタバコを喫っている。画面の右側には壁際に並んだ三つのテーブルが映っている。

テーブルとカウンターの間では紫色のシルクシャツを着た太った女——竹内徳子と、ピンクのTシャツを着たひょろりとした女がつかみ合っている。Tシャツの女の後ろにはもう一人、黄色のTシャツを着た女が立っていた。

小町は口元を歪め、ディスプレイを睨んでいた。

ほどなく黒いパンツスーツの女――小町自身が現れ、大声を発する。

〝はい、警察です。落ちついて、落ちついて〟

自分の声もノートパソコンの小さなスピーカーから流れると別の人間が喋っているように聞こえた。小町をふくめた警官やつかみ合いをしている女たちの顔にもカウンターの老人同様ぼかしが入っている。

絶対に許さんからな、と胸のうちでつぶやいたが、店員の間に挟まってスマートフォンのカメラを向けていた男の顔をはっきり思いだすことができなかった。

今朝方、草加署で矢島の調書を読んでいるとき、機動捜査隊総務課の林から電話があり、午後一時に本部へ出頭するよう命じられた。分駐所に戻って手をつけた書類仕事を途中で放りだし、愛宕《あたご》警察署に隣接する本部までやって来た。今、林はノートパソコンを置いたテーブルの向こう側に座っている。

林のとなりでは機動捜査隊長が背もたれに躰をあずけ、足を組んでいた。本部総務課の林を訪ねるとそのまま隊長室へ案内されたのである。

動悸《どうき》が激しくなってきたものの、小町にはどうすることもできない。このあとの展開がわかっているだけにひたすら冷や汗をかいていた。

てっきり無断で埼玉県警の管轄に踏みこみ、拳銃まで使用した件で呼びだされたのだと思っていた。だが、何の説明もないまま、ノートパソコンが目の前に置かれ、インターネットの動画サイトに接続された。

まるで要領を得ないうちに悪夢が再生されはじめ、チクショウ、そっちかよと胸のうちで毒づいた。

ディスプレイでは体格のいい女性警察官が小町の肩に手をかけたあと、もみ合っている女の間に割って入り、瘦せた女を抱くようにして引きはなした。このとき小町は瘦せた女がピンクのポーチを手にしている以外、ほかの二人は何も持っていないことを確かめていたが、別の角度から眺めることで改めて女性警察官の度胸と行動力に感心した。

小町は竹内徳子を押さえにかかる。

次の瞬間、小町は呆然《ぼうぜん》とした。ピンクのTシャツの女が叫んだが、その声にはピーという音が被せられている。小町がTシャツ女をふり返ると、身を乗りだした竹内が叫んだ。

やはりピーと被せられている。

さらにピーという耳障りな音が何度かつづき、女性警察官の制止を振り切ってTシャツ女がポーチを投げつけた。ふたたびピー音の応酬となり、小町が入口付近で突っ立っている男の警察官たちを怒鳴りつけたとき、逆上した竹内が小町の後頭部につかみかかった。

〝コラっ、離しなさい〟

小町の声には何の加工も施されていない。動悸がさらに速まった。

竹内の手を振りほどこうとして躰をよじった直後、髪がざんばらに広がった。

落ち武者……、いや、展開から考えると長く激しい相撲を終えて髷のほどけた力士といった方が適切か。もっとも竹内にすれば、小町の髪をつかんだ意識はないだろう。手を振りまわし、たまたま手頃なだんごがあったというだけだ。

ついにディスプレイの中で小町が怒鳴った。

〝静かにしろってのがわからんのか、この腐れ……〟

どもが、と複数形で女性器を指す隠語がはっきり聞きとれた。あのときスマートフォンを向けていた男がにやりとした。

そしてはっきりと思いだした。男はスマートフォンを顔の前にかまえていたので口元しか見えなかったのだ。

動画はそこで終わり、ウェブサイトの窓には、ほかの動画を紹介する画像が並んだ。

林が手を伸ばし、ウェブサイトを閉じる。

隊長が足を組みなおした。

「臨場したのは昨夜の午後十一時過ぎだそうだね」

「はい」

顔を上げられなかった。

「この動画がアップロードされたのは午前四時だ。録画を加工する時間はたっぷりあったわけだ」

暇な野郎だと思ったが、罵るわけにもいかない。うつむいたまま、返事をした。

「はい」

「私も現場を踏んできた。殺伐とした空気に満ちているのは充分に理解している。だが、今はこんな時代なんだ。何かちょっとしたことがあれば、たちまち世界中に拡散される」

「申し訳ありません」

頭を下げた。

「現場での言動には充分気をつけるように」

「はい」小町はふたたび頭を下げた。「肝に銘じておきます」

「君も受傷したそうだが」

小町は包帯を巻いた手を重ねた。指先が思うように動かせず書類作りに苦労している。

「大したことはありません。打撲だけです。頭の方もこぶができたくらいで済みました」

「無理をしないように。少しでもおかしいと思ったら医者の診察を受けるんだ。いいね」

「はい」

「ところで、行方不明になっていた女児は無事に発見されたようだな。怪我はなかったのか」

「指先に怪我をしておりましたが、鍵のかかった窓を自分で開けようとして爪を剝がしたといっています。被疑者《マルヒ》がその後の処置をしたそうです。そのほかに怪我はありませんでした」

「被害者《マルガイ》が無事だったことが何よりだ。ご苦労だった」

隊長の声が穏やかになり、小町ははっと顔を上げた。厳格そうな口元に笑みが浮かんでいる。

「さっきの動画だが、顔がはっきり出ているわけでもないし、不適切な雄叫びを発したのが誰か特定することはできない。よって不問とする。以上だ」

小町はさっと立ちあがった。

「ありがとうございます」

深々と頭を下げた。

終章　青い苺《いちご》の誘惑

改行するため、エンターキーを打とうと右の小指を伸ばしたとたん、手首に鋭い痛みが走り、小町は低く声を漏らした。

機動捜査隊本部から浅草分駐所に戻って、書類仕事を再開したものの相変わらず指の動きは鈍く、とくに右手は手首から手の甲にかけて打撲を負っていて不用意に小指を動かすと痛みがあった。気をつけてはいるのだが、文章に気を取られるとつい忘れてしまう。

壁の時計に目をやった。午後六時を回っている。昨日の朝、ベッドの上で目覚まし時計を止めてから三十六時間が経っていた。

分駐所には小町のほか、辰見と小沼がいた。

小沼は相勤者の村川とともに昨日保護から逮捕に切り替えた被疑者の実況見分に立ち会い、午前中から夕方まで引きずり回された。酔っ払いは酔いが醒めると正気になるものだが、素面《しらふ》の方が質《たち》が悪いというまれなケースだったようだ。その上、小沼は模造刀を振りまわして逮捕された元ヤクザの西広幸三の弁解録取書も作らなくてはならなかった。

辰見は小町と同じだけ事件にあたっている以上、ほぼ同量の書類を書かなくてはならなかった。

稲田班六名のうち、独身者ばかり三名が残っているという見方もできる。

小町はノートパソコンのディスプレイに目をやった。今、拳銃使用に関する報告書を作成していた。パソコンのわきには二個の空薬莢《からやっきょう》が置いてあった。今朝、矢島宅前で小町が威嚇射撃をしたときのもので、辰見が現場から拾っておいてくれた。

警察官等けん銃使用及び取扱い規範第十条において、拳銃を撃ったとき——誤って暴発させた場合も含む——には、使用の日時及び場所、使用者の所属、官職及び氏名、危害の内容及び程度、使用の理由及び状況、事案に対する処置やその他参考事項として使用した拳銃の名称、型式、口径、銃身長及び番号などを報告しなくてはならないとされている。今回は人に危害を与えていないので報告書の内容は、使用した日時、場所、理由と状況までで、あとは小町の氏名、所属、官職に空薬莢二個を添えて提出するだけである。

しかつめらしい用語の羅列にはすっかり慣れているものの、二発目の威嚇射撃の理由をもっともらしく書くのに苦労していた。

　ふたたびキーボードに手を置こうとしたとき、机に置いたスマートフォンが震動した。明るくなったディスプレイに中條逸美と表示される。手にとって耳にあてた。

「はい、稲田」

「中條だけど、電話、大丈夫？」

「ええ、大丈夫よ」

「伊藤早麻理の件なんだけど、さっき児相の副所長から電話が来て、私が取ったのね。今日、お祖母さんが児相に来て、早麻理をふくめて話し合いをしたってことなんだけど、どうやら施設に行くことになったみたい」

「やっぱりそっちか」

「早麻理本人が希望したんだって。だけどね、お祖母さんが嫌いだとか、お祖母ちゃんの家にいるのがいやだというわけじゃなくて、何ていうか、すごくお祖母さんを気遣ってたようだよ。祖父母の家もあまりお金に余裕があるわけじゃないらしくて。母親の裁判はこれからだけど、実刑は免れないでしょ？」

「たぶんね」

「それで一年でも二年でも施設から学校に通いながら待つって。その間、お祖母さんの家にも遊びに行くと約束したらしいの。副所長がね、たった一晩で早麻理がすごく思いやりのある子供に変わったってびっくりしてたわ」

犬——ラブの亡骸《なきがら》を間に挟んで向かい合っていたときの早麻理の様子を思いうかべた。文字通り命がけで早麻理を探しだしたのはラブだし、方法は適切ではなかったにしろ矢島は一時的に父としての愛を注いだ。

どちらがどのように影響したのかわからないが、早麻理にしてみれば、自分を変えるのに充分だったのだろう。

「今度は逃げだすことはなさそうだね」

「そうね。それであなた、受傷したんだって？」

「マルヒを確保するときにね。木刀でぼこぼこにやられた」

「えっ」

中條が心底驚いたような声を発したので小町は思わず笑みを浮かべてしまった。

「でも、大丈夫。骨折はなくて、打撲だけで済んだから。今は湿布してるし、無理に動かさなきゃ痛みもないの」

「本当？」

「ええ。心配かけてごめんね」

「いや、そんなことはいいんだけど……」中條が言葉を切った。「あの……、いや、やっぱりいいや。稲田が無事なら万事問題なしだわ」

「何よ、それ。いいたいことがあるんだったらいってよ」

「いや、いいの。とりあえず伊藤早麻理について知らせておこうと思っただけだから。それじゃ、また」

また、と答えて小町は電話を切った。

それから二時間かかってようやくすべての書類作りが終わった。小沼もほぼ同時に作業が終わり、辰見は応接セットで夕刊を読んでいた。

大きく伸びをした小町は二人に声をかけた。

「どう？　帰りに食事がてら一杯やってく？」

辰見が近づいてきて、ポケットから携帯灰皿を出した。

「あったかいちゃんこ鍋ってのはどうだい、班長？」

「いいわね」

小町は小沼に目を向けた。小沼は満面に笑みを浮かべ、大きくうなずいた。

「へえ、ＳＩＧ／ＳＡＵＥＲのＰ２３０ですかぁ」

さすがに元相撲取りだけあってマスターは躰が大きかった。飛びぬけて背が高いわけでもなく、現役時代に比べればすっかり痩せてしまったというが、肩といい、胸板といい、分厚い。

「それが持ちたくて機捜を希望したんですよ」

小町は焼酎のオン・ザ・ロックを持ちあげ、胸を張った。

〈ちゃんこ番　二式〉は浅草分駐所から徒歩で十分ほどのところにあった。吉原のソープランド街とは目と鼻の先になる。入口に緑色でプロペラが四つついた飛行機の模型が置いてあり、それが二式何たらというらしい。珍しいのは背景が城であることだ。〈ニシキ〉と〈シロ〉がマスターの現役時代の四股名《しこな》に関係しているといわれた。

板張りの床に座布団を敷いて座り、自然木を使ったテーブルが三つ、そのほか厨房《ちゅうぼう》に面した掘りごたつ式のカウンターがある。小町たちは一番奥のテーブルに陣取っていた。ほかに客の姿はない。元相撲取りながらマスターは大の軍事マニア、拳銃マニアだと辰見がいい、マスターから何を持っているのかと訊かれたので答えた。

拳銃の話は小町も嫌いではない。

「自分がどんな拳銃持ち歩いてるかわかってるお巡りさんもいるもんなんですねぇ」マスターはそういって辰見に目を向けた。「中には名前すらわからないって人もいるのに」

「名前なんてどうでもいいんだよ。どうせ拳銃なんか朝出納して、翌日戻すときくらいしか触らないんだから。あとは一日中ぶら下げっぱなしだ。何十年もそんな生活してたら背骨が曲がっちまう」

「あれ？」小沼が声を上げた。「辰見さんはずっと保管庫に入れっぱなしじゃないですか」

辰見がじろりと小沼を睨み、低い声でいった。

「うるせえ」

辰見は捜査車輌に乗るとすぐにホルスターを外し、ダッシュボードに内蔵されている保管庫に入れ、当務中ほとんど取りだすことがない。

マスターが小町に顔を向けた。

「P230といえば、お宅では最新式でしょう」

「いやぁ、わが社で最新式といえば、ヘッケラー・ウント・コッホのP2000があります」

「二列弾倉で9ミリパラベラム弾が十三発入れられるんですよね。でも、お宅は規則で五発までしか装塡《そうてん》できないでしょ」

「今は取扱規範が改正されて、十発を超えて装塡できる拳銃については十発までとなってます。でも、P2000はイモですよ」

「イモ?」

マスターが小さな目を見開く。

「ストライカー方式なんですけど、一発撃つごとに引き金が最初の位置に戻っちゃうんですよ。コッキングポジションじゃなく。だから遊びが大きくて。精密射撃には向きません。その点、セミオートマチックでもスミス・アンド・ウェッスンのM3913は違いますね。初弾はダブルアクションで撃つのが基本なんですけど、ダブルでも引き心地がすっごくいいんです。さすがリボルバーの大家《たいか》って感じ。二発目からはハンマーがコックされて、引き金も後退してますからほんのわずか動かすだけで撃てます」

辰見と小沼が互いに見交わし、苦笑している。自分でも喋りすぎだと思いながら久しぶりに拳銃の話ができる相手がいて楽しい。元相撲取りにして拳銃マニアのマスターはなかなか懐が深い。

ひとしきり拳銃談議をしたあと、マスターが辰見を見た。

「辰ちゃん、アオイチゴが入ってるけど飲むかい？」

「いやぁ」辰見は首をかしげた。「今日は当務明けだし、ついさっきまで分駐所で仕事してたんだ」

「何ですか、アオイチゴって」

小町が割りこむ。

「日本酒です。なかなか手に入らないんですよ。口当たりがまろやかで深い味わいがあります」

小町は右手をさっと上げた。

「いただきます」

用意しますといってマスターが立ちあがり、三人は店の人気メニュー、キムチちゃんこをつつきはじめた。キムチを使っているものの辛さはそれほどでもなく、肉や野菜の甘みが引きだされていた。豚肉はやわらかく、口に入れたとたん、ほろほろと崩れる。食べるほどに躰の芯からほかほかしてきた。

次から次へとくり出される肴はいずれも一手間くわえられていて、どれも美味しく、何より酒が進んだ。小町は生ビールの中ジョッキを二杯飲んだあと、芋焼酎のオン・ザ・ロックに切り替えていたが、何杯飲んだかよくわからなくなっていた。

「はい、アオイチゴ、お待たせぇ」

辰見に携帯灰皿をくれたという女将が盆にグラスを載せて運んでくる。

「青い苺なんて、何か素敵なネーミングじゃないですか」

早速飲んだ。口当たりはまろやかだが、奥深い味わいがある。ひと口飲むと、もうひと口、もうひと口と後を引く。

残念ながら小町にはその後の記憶がない。

後日、アオイチゴではなく、青越後《えちご》だと辰見に教えられた。

合わせていた手を下ろし、小町は目を開けた。仏壇には半袖シャツを着て、眩しそうに目を細めて笑っている痩せた男の写真が飾られていた。

仏壇の前にもう一つ写真立てが置いてあり、その中には目を細め、舌をだらりと垂らしているラブがいた。目の周りの黒いぶちは小町が見たときよりもくっきりと黒い。犬も白髪になっていくのだと初めて知った。

小町は仏壇の前から下がり、かたわらで正座している広瀬トミ子に一礼した。

「わざわざ恐れ入ります」

「いいえ。近くまで来る用事があったものですから。ご挨拶だけでもと思いまして。その節はお世話になりました」

「私は何もしてませんよ」トミ子はラブの写真に目をやった。「この子がしてくれたんです。サオリちゃんを助けたい一心だったんでしょう」

「この間、警察犬といっしょに仕事をしたんですけど、担当者にラブの話をしたらそんなことがあるのかってびっくりしてました」

「そうなんですか」トミ子ははっと気づいたように小町を見た。「犬といえば、浅草警察署の坂井さんという刑事さんが見えて、ラブを見つけてくれた二人の若い人……、名前、何といったかな」

「栃尾君と森谷君ですか」

「そう、その二人です。何でもどっちかの家が古い工場を持ってて、何年も使ってなかったらしいんですけど、今年の秋に犬猫病院に改装するんだって話でしたよ」

ラブを川に連れてきたのは、獣医にいわれたからだといっていたのを思いだした。

トミ子がつづけた。

「刑事さんがお見えになったのは、ラブについて被害届を出すかって訊きに来たんです。何でもあの二人は犬や猫を連れだしては、迷っていたとかいって飼い主のところに持っていって謝礼をせしめてたんだとか。そんなにお金にはならなかったみたいですけどね。まあ、うちの場合はサオリちゃんが散歩に連れていってくれたんで、あの二人が盗《と》っていったわけじゃありませんから被害届なんか出しませんて答えましたけどね」

しばらく話をしたあと、トミ子は早麻理から手紙が来たと嬉しそうに話してくれた。新学期が始まり、毎日学校に行っているけど、勉強の遅れを取りもどすのが大変だと書いてあったそうだ。

「あの子がしっかりした字を書くんでびっくりしました。そのうち遊びに来たいって書いてありましたよ」

「楽しみですね」

広瀬宅を辞し、外に出た小町は毛長川の方へと歩いていった。すっかり春となり、フェンスの向こうには青々とした草が陽射しを受けている。

事件から二ヵ月が経っていた。西新井警察署に勤務していた中條逸美は三月いっぱいで退職し、出産に備えている。事件の翌日、電話をかけてきたときに言いよどんだのは退職のことだったのかも知れない。中條の退職を知ったのは、四月に入って挨拶状が来てからだ。すぐに電話をかけ、水臭いとなじったが、中條にしてみれば、独り身で仕事に追われている小町に気を遣ったのかも知れない。

顔を上げた。頬にやわらかな春の風を感じる。

時計バンドは買ったが、いまだ髪は切っていない。

本書は書き下ろしです。

本作品はフィクションであり、実在の個人および団体とは、一切関係ありません。

実業之日本社文庫　最新刊

実業之日本社文庫　好評既刊

蒼井上鷹
最初に探偵が死んだ
雪の山荘で起きる惨劇……の前に名探偵が殺された！　じゃあ、謎を解くのは誰？『4ページミステリー』の著者が贈る仰天ミステリー！（解説・村上貴史）
あ41

蒼井上鷹
あなたの猫、お預かりします
猫、犬、メダカ……ペット好きの人々が遭遇する奇妙な事件の数々。『4ページミステリー』の著者が贈るユーモアミステリー、いきなり文庫化！
あ42

梓林太郎
秋山郷　殺人秘境　私立探偵・小仏太郎
女性刑事はなぜ殺されたのか!?「最後の秘境」と呼ばれる秋山郷に仕掛けられた罠とは――人気ミステリーシリーズ第4弾。（解説・山前　譲）
あ34

梓林太郎
高尾山　魔界の殺人　私立探偵・小仏太郎
この山には死を招く魔物が棲んでいる!?――東京近郊の高尾山で女二人が殺された。事件の真相を下町探偵が解き明かす旅情ミステリー。（解説・細谷正充）
あ35

荒山　徹
徳川家康　トクチョンカガン
山岡荘八『徳川家康』、隆慶一郎『影武者徳川家康』を継ぐ「第三の家康」の誕生！　興奮＆一気読みの時代伝奇エンターテインメント！（対談・縄田一男）
あ61

伊園　旬
怪盗はショールームでお待ちかね
その美中年、輸入家具店オーナーにして怪盗。セレブの絵画や秘匿データも、優雅にいただき寄付します。サスペンス＆コン・ゲーム。（解説・藤田香織）
い81

実業之日本社文庫　好評既刊

宇江佐真理
酒田さ行ぐさげ　日本橋人情横丁
この町で出会い、あの橋で別れる――お江戸日本橋に集う商人や武士たちの人間模様が心に深い余韻を残す、名手の傑作人情小説集。（解説・島内景二）
う22

海野 碧
アンダードッグ
旅仲間との再会後に起きた不審死と、17年前の事故死との連関を求め、元刑事がタイで見た真実は――人間味あるハードボイルド。（解説・池上冬樹）
う31

内田康夫
風の盆幻想
富山・八尾町で老舗旅館の若旦那が謎の死を遂げた。警察の捜査に疑問を抱く浅見光彦と軽井沢のセンセの推理は？　傑作旅情ミステリー。（解説・山前 譲）
う13

小川勝己
ゴンベン
ゴンベンとは警察用語で「詐欺」のこと。負け組人生から脱するため、サークルのノリでカモを騙す計画を練る学生詐欺グループの運命は!?（解説・杉江松恋）
お31

風野真知雄
月の光のために　大奥同心・村雨広の純心
初恋の幼なじみの娘が将軍の側室に。命を懸けて彼女の身を守り抜く若き同心の活躍！　長編時代書き下ろし、待望のシリーズ第1弾！
か11

風野真知雄
東海道五十三次殺人事件　歴史探偵・月村弘平の事件簿
先祖が八丁堀同心の名探偵・月村弘平が解き明かす、東海道の変死体の謎！　時代書き下ろしの名手が挑む初の現代トラベル・ミステリー！（解説・細谷正充）
か12

実業之日本社文庫　好評既刊

風野真知雄
消えた将軍　大奥同心・村雨広の純心2
紀州藩主・徳川吉宗が仕掛ける幼い将軍・家継の暗殺計画に剣豪同心が敢然と立ち向かう！　長編時代書き下ろし、待望のシリーズ第2弾！
か13

風野真知雄
信長・曹操殺人事件　歴史探偵・月村弘平の事件簿
「信長の野望」は三国志の真似だった!?　歴史研究家にしてイケメン探偵・月村弘平が、怪事件を追って日本を走る！　書き下ろし。
か11

川端康成
乙女の港　少女の友コレクション
少女小説の原点といえる名作がついに文庫化！『少女の友』昭和12年連載当時の、中原淳一による挿し絵も全点収録。（解説・瀬戸内寂聴／内田静枝）
か21

北 杜夫
マンボウ家族航海記
株で破産、自宅に共和国建国、妻、娘、孫とのドタバタ騒動…マンボウ家の面白すぎる大航海の日々を描く爆笑エッセイ。（解説・斎藤由香）
き21

草凪 優
堕落男《だらくもの》
不幸のどん底で男は、惚れた女たちに会いに行く——。堕落男が追い求める本物の恋。超人気官能作家が描くセンチメンタル・エロス！（解説・池上冬樹）
く61

鯨 統一郎
幕末時そば伝
高杉晋作は「目黒のさんま」で暗殺？　大政奉還は拒否のはずが「時そば」のおかげで？　爆笑、鯨マジックの幕末落語ミステリー。（解説・有栖川有栖）
く11

実業之日本社文庫　好評既刊

鳥羽亮
残照の辻　剣客旗本奮闘記
暇を持て余す非役の旗本・青井市之介が世の不正と悪を糾す！　秘剣「横雲」を破る策とは!?　等身大のヒーロー誕生。（解説・細谷正充）
と21

鳥羽亮
茜色の橋　剣客旗本奮闘記
目付影働き・青井市之介が悪の豪剣「二段突き」と決死の対決！　花のお江戸の正義を守る剣と情。時代書き下ろし、待望の第2弾。
と22

鳥羽亮
蒼天の坂　剣客旗本奮闘記
敵討ちの助太刀いたす！　槍の達人との凄絶なる決闘。目付影働き・青井市之介が悪を斬る時代書き下ろしシリーズ、絶好調第3弾。
と23

鳥羽亮
遠雷の夕　剣客旗本奮闘記
目付影働き・青井市之介が剛剣〝飛猿〟に立ち向かう！　悪をズバっと斬り裂く稲妻の剣。時代書き下ろしシリーズ、怒涛の第4弾。
と24

鳥羽亮
怨み河岸　剣客旗本奮闘記
浜町河岸で起こった殺しの背後に黒幕が!?　非役の旗本・青井市之介の正義の剣が冴えわたる、絶好調時代書き下ろしシリーズ第5弾！
と25

鳥羽亮
稲妻を斬る　剣客旗本奮闘記
非役の旗本・青井市之介が廻船問屋を強請る巨悪の正体に迫る。草薙の剣を遣う強敵との対決の行方は!?　時代書き下ろしシリーズ第6弾！
と26

実業之日本社文庫　好評既刊

実業之日本社文庫　好評既刊

睦月影郎
淫ら上司　スポーツクラブは汗まみれ
超官能シリーズ第一弾！　断トツ人気作家が描く爽快エロス。スポーツジムの更衣室やプールで、上司や人妻など美女たちと……。
む2 1

森 達也
メメント
人気ドキュメンタリー作家が死を想い、生を綴ったロングエッセイ。大切なのは生と死を見つめること。文庫版には、東日本大震災後に執筆の新章を収録。
も2 1

池波正太郎、隆慶一郎ほか／末國善己編
軍師の生きざま
直江兼続、山本勘助、石田三成…群雄割拠の戦国乱世を、知略をもって支えた策士たちの戦いと矜持！　名手10人による傑作アンソロジー。
ん2 1

司馬遼太郎、松本清張ほか／末國善己編
軍師の死にざま
竹中半兵衛、黒田官兵衛、真田幸村…戦国大名を支えた名参謀を主人公にした傑作の精華を集めた、11人の作家による短編の豪華競演！
ん2 2

山田風太郎、吉川英治ほか／末國善己編
軍師は死なず
池波正太郎、西村京太郎、松本清張ほか、豪華作家陣による〈傑作歴史小説集〉。黒田官兵衛、竹中半兵衛をはじめ錚々たる軍師が登場！
ん2 3

司馬遼太郎、松本清張ほか／末國善己編
決戦！　大坂の陣
大坂の陣400年！　大坂城を舞台にした傑作歴史・時代小説を結集。安部龍太郎、小松左京、山田風太郎など著名作家陣の超豪華作品集。
ん2 4

実業之日本社文庫 な26

失踪《しっそう》　浅草《あさくさ》機動《きどう》捜査《そうさ》隊《たい》

2014年12月15日　初版第一刷発行

著　者　鳴海《なるみ》 章《しょう》

発行者　村山秀夫
発行所　株式会社実業之日本社
〒104-8233　東京都中央区京橋 3-7-5 京橋スクエア
電話 [編集]03(3562)2051 [販売]03(3535)4441
ホームページ　http://www.j-n.co.jp/
ＤＴＰ　株式会社ラッシュ
印刷所　大日本印刷株式会社
製本所　大日本印刷株式会社

フォーマットデザイン　鈴木正道（Suzuki Design）

ISBN978-4-408-55200-2（文芸）